Claudia Puhlfürst

Fürchte die Nacht

MIX
Papier aus verantwortungsvollen Quellen
FSC® C083411

5 4 3 2 1
ISBN: 978-3-649-67127-5

Text: Claudia Puhlfürst
Umschlaggestaltung: Anna Schwarz, Sara Vidal Peiró
Lektorat: Sara Mehring
Satz: Sabine Conrad, Bad Nauheim
Printed in Germany
www.coppenrath.de
Das @book erscheint unter der ISBN: 978-3-649-62362-5.

Claudia Puhlfürst

Fürchte die NACHT

COPPENRATH

TEIL 1
Mai

Hilfe!

Anne konnte das verängstigte kleine Mädchen schreien hören.

Das verängstigte kleine Mädchen war sie selbst.

Die Arme gerade ausgestreckt, setzte sie einen Fuß vor den anderen und unterdrückte dabei das Zittern, das ihr durch den Körper fahren wollte. Vorhin hatte noch der Mond geschienen, jetzt hingegen war es stockfinster. Ein stachliger Zweig schlug in ihr Gesicht und ein Schluchzen entschlüpfte ihrer Kehle. Wäre sie doch bei den anderen auf der Lichtung geblieben!

Aber Luca hatte den Arm um sie gelegt und ihr ins Ohr geflüstert: *Lass uns ein paar Schritte gehen*. Anne hatte sofort gewusst, dass er sie küssen wollte. Nur eben nicht vor den anderen. Ihr Herz hatte sofort schneller geschlagen – so laut, dass sie geglaubt hatte, er könnte es hören. Wie romantisch! Eine laue Sommernacht bei Mondschein mit dem Jungen, den sie toll fand. Keiner schien Notiz davon zu nehmen, dass sie mit Luca verschwand.

Das hast du nun von deiner Romantik, Dummchen! Jetzt irrst du allein im dunklen Wald umher und Luca ist spurlos verschwunden.

Mit dem Ärmel fuhr sich Anne über Mund und Nase, um die Feuchtigkeit abzuwischen. Dann hielt sie die Luft an und lauschte. Ein paar Meter hinter ihr raschelte es, und sie zog die Schultern noch ein wenig höher, während ihr Blick versuchte, die Schwärze zu durchdringen.

Luca hatte sie nicht nur *einmal* geküsst. Sein heftiges Atmen, der schwere Körper, der sich gegen sie lehnte, hatten ihr zunehmend Angst eingejagt. Und so hatte sie sich von ihm losgerissen. War davongelaufen. Dorthin, wo sie die Lichtung und die anderen vermutete.

Doch leider war sie anscheinend genau in die andere Richtung gerannt.

Jetzt verfluchte sich Anne für ihre Panik. Sie war doch kein kleines Mädchen mehr, das sich vor einem Zungenkuss fürchtete! Sie zwang sich, langsamer zu gehen, und rang kurz nach Atem. Es hatte sich einfach nicht richtig angefühlt. Zu schnell, zu viel. Was mochte er den anderen jetzt erzählen? Dass sie eine prüde kleine Ziege war? Die Gedanken an Luca verdrängten die Furcht vor der Dunkelheit. Fast jedenfalls.

Anne drehte sich um. Da sie anscheinend bisher tiefer in den Wald gelaufen war, musste sich die Lichtung genau in der entgegengesetzten Richtung befinden. *Sieh zu, dass du dich auf den Weg machst, Anne Neugebauer!* Ohne Taschenlampe war das nur leider etwas schwierig.

Das Wispern der Blätter setzte für einen Moment aus und in der Stille knackte überlaut ein Zweig. Ziemlich dicht hinter ihr. Anne fuhr zusammen und schlug die Hand vor den Mund, um nicht loszuschreien. Es gab keinen Zweifel, *etwas* näherte sich ihr. Ein Tier?

Einen bangen Augenblick lang hoffte sie, dass die Geräusche von Luca kamen, der nach ihr suchte, verwarf den Gedanken aber sofort wieder. Warum sollte Luca sich anschleichen? *Setz dich endlich in Bewegung!*, meldete sich die verängstigte Mädchenstimme in ihrem Kopf zurück, aber Annes Füße waren wie festgeklebt, während sie in die Schwärze lauschte.

Wieder knackte ein Ast. Noch näher. *Das ist kein Tier!*

Jemand ist hinter mir her! Anne presste die Lippen aufeinander, um keinen Laut entschlüpfen zu lassen. Sie durfte nicht noch einmal um Hilfe rufen. Damit würde sie verraten, wo sie war. *Lauf*!

Jetzt löste sich die Starre und sie tappte los. Irgendwohin, nur weg von hier! Der Mond war inzwischen wieder hinter einer Wolke hervorgekommen und tauchte die Szenerie in ein gespenstisches Zwielicht.

Hastig tastete sich Anne an Stämmen entlang und versuchte dabei, so leise wie möglich zu sein. Das Knacken und Rascheln schien zuzunehmen und sie lief schneller, vergaß jede Vorsicht. Sie kam nicht weit. Ihr rechter Fuß verfing sich in einer Ranke und Anne fiel auf die Knie.

Noch ehe sie sich wieder aufrappeln konnte, nahm sie aus dem Augenwinkel einen Schatten wahr. Eine dunkle Gestalt sprang zwischen den Bäumen hervor, stürzte sich auf sie und drückte sie zu Boden. Und noch ehe Anne ein Laut entfahren konnte, legten sich Finger um ihre Kehle, umklammerten ihren Hals und drückten ihr die Luft ab.

1

Zwei Stunden zuvor

»Los, da rüber.« Lena strich sich die Haare hinter die Ohren und griff nach Annes Arm, während sie mit der Taschenlampe kurz nach rechts leuchtete, das Licht aber gleich wieder ausschaltete. »Auf dem Weg können wir nicht bleiben. Wir müssen uns verstecken.« Ihre Verfolger würden mit Sicherheit zuerst hier nach ihnen suchen. Widerwillig ließ ihre Freundin sich mitziehen. Kurz darauf blieb sie stehen.

»Reicht das nicht?« Annes Stimme klang ein bisschen genervt. Oder versuchte sie nur, ihre Angst zu überspielen?

»Noch ein paar Meter, komm. Sicher ist sicher. Die dürfen uns nicht entdecken!«

Vorsichtig schritt Lena vorwärts. Sie wollte heute tough sein. Kleine Äste knackten unter ihren Schuhen, trockene Blätter raschelten. Zwischen mehreren Fichten hielt sie an und ließ den Arm ihrer besten Freundin los. »Ganz so weit weg vom Weg möchte ich auch nicht sein. Lass uns hierbleiben.«

»Was glaubst du, wann sie kommen?« Anne tastete nach ihrer Hand und Lena hielt sie fest.

»Zehn, fünfzehn Minuten, schätze ich. Wir können uns ein bisschen ausruhen.« Nebeneinander gingen sie in die Hocke und nahmen auf dem weichen Waldboden Platz, den Blick in Richtung Weg gerichtet. Lena spürte die schorfige Rinde der Fichte in ihrem Rücken. Ein feiner Windhauch brachte den Geruch nach feuchtem Moos und Pilzen mit. Jetzt spürte sie noch mehr, wie sich das Unbehagen in ihr verdichtete. Anne hatte sich ganz nah neben sie gesetzt und Lena schob ihre Hand unter den Arm ihrer Freundin.

Anne atmete tief ein und wieder aus, bevor sie den nächsten Satz hervorstieß. »Wie findest du eigentlich Luca?«

»Ein bisschen zu sehr von sich eingenommen.« Lena wusste genau, warum Anne gefragt hatte. Luca Feldberg war nach den Winterferien neu in ihre Klasse gekommen. Und auch, wenn die anderen es nicht bemerkten, war ihr schon längst aufgefallen, dass ihre Freundin sich für ihn interessierte. Trotzdem wollte sie Anne etwas zappeln lassen. »Warum fragst du?«

»Ich glaube, er steht auf mich.«

Lena grinste in sich hinein. Anne hatte es noch nie an Selbstbewusstsein gefehlt. »Und du?«

»Na ja … ich … ach, scheiß drauf. Ich finde ihn süß.« Anne schnaufte und jetzt musste Lena kichern.

»Ach, das ist mir ja noch gaaar nicht aufgefallen!«

»Oh Gott, merkt man das so?«

»Andere vielleicht nicht, aber ich kenn dich eben, Süße.«

Jetzt sah Anne Lena direkt in die Augen. »Wehe, du verrätst mich!«

»Habe ich das jemals getan?«

»Nein, ich meinte ja nur.«

»Ist schon klar.« Lena schloss die Augen und rief sich ein paar Szenen mit Luca Feldberg in Erinnerung. Er sah gut aus, keine Frage: dunkle Haare, blaue Augen. Und er schien tatsächlich Interesse an Anne zu haben. Sollte er. Zum Glück war er nicht ihr Typ, und selbst wenn, wäre es ihr nie in den Sinn gekommen, ihrer besten Freundin den Kerl auszuspannen.

»Was ist das?«, flüsterte Anne, berührte Lenas Arm und zeigte dann nach rechts. Ein orangefarbenes Leuchten schimmerte durch die Stämme wie das Licht aus einem Geisterschloss.

»Der Mond.« Lena flüsterte auch. Im nachtdunklen Wald schienen sich alle Geräusche zu verstärken.

»Bist du sicher?«

»Was soll es denn sonst sein?« Sie war froh, dass ihre Freundin in der Dunkelheit nicht bemerkte, dass auch sie mit aufgerissenen Augen die Finsternis fixierte.

»Aber die Farbe! Wie eine Apfelsine. So etwas habe ich noch nie gesehen!«

»Das kommt, glaube ich, weil er gerade erst aufgegangen ist und noch dicht über dem Horizont steht. Hängt irgendwie mit der Dicke der Luftschicht zusammen, die das Licht durchdringen muss. Weißt du nicht mehr …« Lena lehnte sich an Annes Schulter, »das hat Erbi uns erklärt.« Johann Erben war ihr Physiklehrer. Das Wiedergeben nutzlosen Wissens beruhigte Lena immer, wenn sie nervös war.

»Du merkst dir echt alles, alte Streberin.« Trotz des Scherzes hörte sich Anne ein bisschen wie ein furchtsames Kind an. »Es kommt mir vor, als ob wir schon Stunden hier hocken.«

Lena wünschte sich, dass sie ihr Handy eingesteckt hätte. Eigentlich hatte sie es *immer* dabei. Nur heute Nacht, wo sie es so gut hätten gebrauchen können, hatte sie es im Zimmer der Jugendherberge liegen lassen. Sie konnte die Freundin neben sich atmen hören. Weiter weg raschelte es und dann erklang ein leises Scharren. Ob ihre Verfolger sich womöglich, statt den Weg zu nehmen, von hinten durch den Wald anschlichen?

Mit einem Prusten stieß Anne die Luft aus. »Ich hab langsam echt Schiss.«

»Wir schaffen das schon.« Lena bemühte sich um einen optimistischen Ton, während ihre Finger über das kalte Metall der Taschenlampe wanderten und dabei nach dem Einschaltknopf fühlten. Dass Anne sich fürchtete, konnte sie nur unter vier Augen zugeben und auch nur deshalb, weil sie wusste, dass Lena ihr niemals in den Rücken fallen und ihre Furcht ausplaudern würde.

»Es dauert bestimmt nicht mehr lange. Komm, wir stehen auf, damit wir startklar sind.« Schnell erhob sie sich und wartete, bis Anne es ihr gleichgetan hatte, bevor sie nach den Steinen in ihrer Jackentasche tastete. Mindestens zehn Stück hatte sie auf dem Weg hierher aufgesammelt. Ihre Hand schloss sich um einen der glatten Kiesel. Der Stein fühlte sich warm an. Lena spürte, wie Anne sich straffte, und stupste sie mit dem Ellenbogen in die Seite. »Lass uns jetzt still sein. Sonst merken wir nicht, wenn sie kommen.«

Noch bevor sich das letzte Wort zwischen den herabhängenden Ästen hindurchgeschlängelt hatte, war von Ferne Gemurmel zu hören.

»Das sind sie.« Lena duckte sich unwillkürlich und hielt die Luft an. Geisterhafte Lichtstrahlen zitterten zwischen den Stämmen hindurch. Das Gemurmel verwandelte sich in Stimmen.

»Die müssen doch irgendwo sein!« Tim klang verärgert. Was nichts Ungewöhnliches war. Richtig fröhlich hatte Lena ihn fast noch nie erlebt. »Dass man die Mädels nicht mal zehn Minuten allein lassen kann!«

»Anne! Lena! Wo steckt ihr?« Das war Jacob, Tims bester Freund. Weil er so bleich und dünn war und auf Michael Jackson stand, hatten die anderen ihn »Jacko« getauft.

Lena neigte sich zu Anne und kicherte leise. »Es geht los. Die sind voll mit der Suche nach uns beschäftigt.« Die Lichtkegel der Taschenlampen kamen näher, schwenkten von links nach rechts, verharrten am Wegrand.

»Hier ist was!« Kurze Stille, dann trafen sich die Lichtstrahlen alle an einer Stelle.

»Luca hat mein Tuch gefunden. Hoffentlich nehmen die uns das nicht übel.« Anne flüsterte kaum hörbar, um sich nicht zu verraten.

»Du meinst wohl, hoffentlich nimmt *er* dir das nicht übel!« Lena, die genauso leise gesprochen hatte, unterdrückte das Kichern, das in ihr aufstieg. »Die hatten doch das Gleiche mit uns vor. Starten wir den Angriff!« Sie zog den ersten Stein aus der Tasche und warf ihn in Richtung Weg, wo er mit einem lauten Plumpsen aufprallte.

»Was war das? Habt ihr das auch gehört?« Jacobs sonst so

betont gelangweilte Stimme geriet etwas ins Schwanken. Noch ehe die anderen beiden ihm antworten konnten, schleuderte Anne ebenfalls einen Stein. Er landete im Gestrüpp neben dem Weg.

»Da! Wieder!« Jetzt gab es keinen Zweifel mehr: Jacko hatte Angst.

»Ist bestimmt nur irgendein Vieh!« Auch Tim hatte seine ewige Coolness verloren. Lena warf zwei Steine auf einmal.

»Scheiße, Mann. Was, wenn es Wildschweine sind? Die können einen Menschen mit ihren Hauern zerfetzen, hab ich gehört.« Luca hatte sich ins Gespräch eingeschaltet. »Mit den Viechern ist nicht zu spaßen! Außerdem können die auch noch schneller rennen als ein Leichtathlet! Lasst uns bloß abhauen!«

Fast taten Lena die Jungs leid. Aber nur fast. Sie zupfte Anne am Ärmel, und beide traten einen Schritt nach vorn, wobei sie sich bemühten, richtig Lärm zu machen. Als Anne anfing, Grunzgeräusche von sich zu geben, hätte Lena beinahe laut losgelacht. Gleich darauf ertönte ein entsetzter Aufschrei und etwas fiel klirrend zu Boden.

Als Anne erneut grunzte, konnte Lena sich nicht mehr halten und prustete los.

»Was zum … Lena? Seid ihr das?«

Jetzt kicherte auch Anne. Zwei Lichtkegel schwenkten synchron herüber, trafen auf ihre Beine und glitten schnell nach oben.

»Ich werd verrückt, die Mädels!« Luca kam näher.

»Wir dachten, wir drehen den Spieß einfach um.« Dass sie selbst Angst gehabt hatten, würde Lena den Jungs bestimmt nicht auf die Nase binden. »Ihr hattet ganz schön Schiss, gebt es zu.«

»Ich nicht. Konnte mir schon so was denken.« Tim hatte wieder seinen üblichen mürrischen Tonfall aufgesetzt. Er wandte sich ab und murmelte an Jacob gewandt: »Komm, lass uns zurückgehen. Die anderen warten bestimmt schon.«

»Na, dann.« Lena beobachtete, wie Luca auf Anne zuging und ihr den Arm um die Schultern legte. Er hatte seine Fassung wiedergefunden. Und *sie* war anscheinend nicht mehr existent. Im Schein seiner Taschenlampe sah sie den seligen Ausdruck in Annes Gesicht und verkniff sich ein Grinsen. Ihre Freundin war echt verknallt in den Kerl.

*

»Wo wart ihr so lange?« Michelle legte den Kopf schief und schob ihre Lippen nach vorn. Mondschein erhellte die Lichtung, und so sah Lena, dass ihr Mund wie lackiert glänzte. Anscheinend hatte Michelle frischen Lipgloss aufgelegt. Im Dunkeln! Das sah der Klassenbarbie ähnlich!

»Wir haben uns versteckt und die Jungs ein bisschen erschreckt …« Lena blickte nach oben. Der Mond hatte seine tieforange Farbe eingebüßt und leuchtete nun gelb. Auch schien er kleiner zu sein als vorhin. Hier draußen im Wald sah man viel mehr Sterne als bei ihnen daheim in Feldstatt. »… obwohl die ja genau das mit uns vorhatten.«

»Cool.« Michelle verzog ihre Entenschnute zu einem Lächeln und Lena nahm neben ihr Platz.

Sie war gleich misstrauisch geworden, als Tim und Jacob

nach dem Abendbrot verkündet hatten, dass sie im Schullandheim bleiben würden, weil sie keinen Bock auf einen nächtlichen Ausflug hatten. Die zwei Unzertrennlichen waren sonst die Ersten, die bei etwas Verbotenem mitmachten. Und eine Nachtwanderung gehörte eindeutig dazu. Wenn Tim und Jacko sich diesem Ausflug also verweigerten, planten sie etwas.

Sie alle hatten vor der Klassenfahrt eine Belehrung unterschrieben: kein Alkohol, kein unerlaubtes Entfernen von der Gruppe. Schon gar nicht mitten in der Nacht.

Als Luca und Yannick dann vorhin vorgeschlagen hatten, dass alle als Mutprobe ein Stück des Wegs ohne die anderen zurücklegen sollten, war ihr klar gewesen, was dahintersteckte. Tim und Jacko warteten sicher schon in einem Versteck, um die Mädchen gehörig zu erschrecken. Auf dem Weg in den Wald hatte sie Anne vorgeschlagen, den Jungs einen Strich durch die Rechnung zu machen.

Inzwischen waren auch Luca und Anne eingetroffen und setzten sich neben die anderen in den Kreis. Lena dachte kurz darüber nach, ob die beiden irgendwo heimlich geknutscht hatten, entschied aber, dass es dafür wohl noch zu früh war. Wahrscheinlich waren sie nur langsamer gelaufen. Sie sah, wie Julia, die etwas abseits von den anderen saß, Luca und Anne fixierte. Im Zwielicht wirkte ihr Gesicht maskenhaft, der Blick starr. Wie immer eigentlich. Julia, die Sonderbare.

Lena blickte in die Runde. Sie waren schon eine außergewöhnliche Truppe: zwei schlaksige Typen, die T-Shirts mit schrägen Prints bevorzugten und so taten, als ob sie an nichts Gefallen fanden, eine Barbie, die sich für Germanys Next

Topmodel hielt, dazu Luca, der Schönling, und Julia, die nie ein Wort sagte. Anne und sie wurden seit Jahren nur Schneeweißchen und Rosenrot genannt – wahrscheinlich wegen ihrer unterschiedlichen Mähnen, Anne hatte auffallend rotblonde Haare, sie dagegen sehr dunkle, die so gar nicht zu ihrer blassen Haut passten.

Nur Yannick, Miriam und Paul hatten keine offensichtlichen Macken – außer dass alle Paul Muthmann »Goncalves« nannten, weil er Gitarre spielte und die gleiche Schmachtfrisur wie der australische Justin-Bieber-Verschnitt trug. Obwohl der echte Goncalves seinen Nachnamen inzwischen in »Adams« geändert hatte, war der Spitzname an Paul kleben geblieben. Ganz genau wie »Schneeweißchen« und »Rosenrot« an Anne und ihr.

»Wer anderen eine Grube gräbt …« Michelle ließ ihr affektiertes Kichern hören und wackelte dabei mit dem Zeigefinger. »Habt ihr etwa Angst vor den Mädels gehabt?«

Tim runzelte die Stirn, dann begann er, in seinem Rucksack zu kramen.

»Unsere Mädchen sind eben keine Angsthasen.« Luca tätschelte Annes Schulter. Der stand anscheinend tatsächlich auf sie. Lena stellte sich vor, wie sich die beiden küssten, und spürte Neid in sich aufflammen. Hoffentlich entwickelte sich das Ganze nicht zu einer Sache, bei der Anne nur noch Augen für Luca hatte. Ohne ihre beste Freundin wäre sie aufgeschmissen. Andererseits gönnte sie ihr die Verliebtheit.

Tim zog eine grüne Flasche hervor. »Ich geb 'ne Runde aus, Leute!«

»Was ist das?« Michelle, die sich aufgerichtet hatte, blinzelte. Anscheinend hatte sie ihre Kontaktlinsen nicht drin. Eine Brille kam wegen ihrer Eitelkeit nicht infrage.

»Wein.« Jacob reichte Tim ein Taschenmesser und der öffnete die Flasche. »Haut rein. Hab noch zwei.«

Luca beugte sich nach vorn, griff zu und setzte die Flasche an. »Danke, Mann.« Er reichte die Flasche an Anne weiter, die sie skeptisch betrachtete, und setzte hinzu: »Probier mal. Schmeckt echt lecker.«

Anne nahm einen Schluck, und Lena sah, wie sie das Gesicht verzog. Ihre Freundin trank sonst nie Alkohol. Das eben hatte sie nur Luca zuliebe getan.

Die Flasche wanderte im Kreis herum. Yannick hatte sich die eingeschaltete Taschenlampe in den Mund geschoben und machte Geräusche, die er für gruselig hielt. Was für ein Kindskopf! Sein von innen rötlich erleuchtetes Mondgesicht verlieh ihm das Aussehen eines Halloween-Kürbisses mit Igelschnitt.

Im Wald hinter ihnen rief ein Nachtvogel, aber Lena spürte keine Furcht. Mochten die Bäume unheimlich rauschen, Käuzchen schreien oder etwas hinter ihr rascheln. Zehn Leute saßen im Kreis, es konnte nichts passieren.

Sie hatten sich gegen ein Lagerfeuer entschieden, was Lena schade fand. Aber die Jungs hatten mit ihrem Argument, dass womöglich jemandem der Lichtschein auffallen könnte, recht. Trotzdem war ihr nicht kalt. Der Wein wärmte ihren Bauch.

»Ich muss mal. Kommst du mit?« Anne hatte sich aus Lucas Arm gelöst und zu ihr herübergebeugt.

»Na klar, Süße.« Lena richtete die Taschenlampe auf den

Waldrand und sie zogen los. Nachdem sie sich außer Hörweite befanden, legte sie los. »Luca steht auf jeden Fall auf dich.«

»Ist dir wohl aufgefallen?« Anne kicherte.

»Das ist nicht zu übersehen. Habt ihr euch vorhin auf dem Rückweg geküsst?«

»Noch nicht.« Anne blieb stehen. »Mach das Licht aus. Ich möchte keine öffentliche Strip-Show abliefern.«

Lena gehorchte und versuchte, das leise Plätschern auszublenden.

Auf dem Rückweg spekulierte Anne darüber, ob es auffallen würde, wenn sie sich morgen beim Ausflug zum Hochmoor mit Luca absonderte. Lena bezweifelte, dass die Lehrer dies nicht bemerken würden, nickte jedoch zu den Plänen ihrer Freundin.

»Prost, Leute!« Neben Tim stand eine leere Flasche, die zweite machte bereits die Runde. »Lasst es euch schmecken, wir haben genug. Jacko hat auch noch Likör.«

Seit wann waren die beiden denn so sozial, dass sie für alle Wein und Likör spendierten? Planten sie etwas, bei dem die Meute betrunken sein musste? Dann würden sie sich wahrscheinlich selbst mit dem Trinken zurückhalten. Aber Tim hatte die Flasche schon wieder am Hals. Lena entschied, dass es ihr egal war.

»Was haltet ihr davon, wenn wir hier die Nacht durchmachen?« Tim sah in die Runde. Seine Augen glänzten. »Das wäre doch geil.«

»Und wenn Bücherfresser und Agathe was merken?« Yannick nannte ihren Klassenlehrer Herrn Büchner immer

»Bücherfresser« und »Agathe« war der von allen verwendete Spitzname für ihre Sportlehrerin Christine Fuchs-Riedel. »Die machen doch einen Riesenaufstand und dann fahren wir sofort zurück.«

»Sei kein Weichei, Yann. Was sollen die schon mitkriegen? Die schlafen tief und fest, und wir sind zurück, ehe sie aufstehen. Na?« Triumphierend musterte Tim seinen Mitschüler. Das mit dem Weichei konnte Yannick natürlich nicht auf sich sitzen lassen.

»Ist doch 'ne coole Idee, Leute.« Michelle musste auch ihren Senf dazugeben. Schlugen die Jungs etwas vor, fand sie es fast immer »cool«. Julia, die zwar schon ordentlich mitgetrunken, aber noch kein einziges Wort gesagt hatte, runzelte die Stirn. Wozu war sie überhaupt mitgekommen, wenn sie sich nicht an den Gesprächen beteiligte? Die Mutprobe hatte sie vorhin auch abgelehnt. Andererseits benahm sich Julia Dengler *immer* komisch.

»Dann sind wir uns einig?« Jacob wartete, bis alle genickt hatten, und klatschte sich dann mit Tim ab. Jetzt war Lena überzeugt: Die zwei führten etwas im Schilde. Sie rieb sich die Augen und beschloss, sich ein paar Meter entfernt von den anderen ein Plätzchen zu suchen, wo sie sich an einem Stamm anlehnen konnte.

Angekommen, ließ sie sich nieder und betrachtete, in ihre Jacke eingehüllt, die anderen. Jacob hob gerade die angekündigte Likörflasche hoch und prostete in die Runde. Paul, der neben ihm saß, schüttelte den Kopf und erhob sich.

Die Müdigkeit kroch in Lena nach oben wie eine graue Wolke, der Wein kreiste in ihrem Blut. Betrunken war sie nicht, höchstens leicht beschwipst. Links von ihr flüsterten Luca und Anne. Lena schloss die Augen, und die Stimmen entfernten sich, wurden zu einem diffusen Gemurmel, verwoben sich schließlich zu einem Geräuschteppich, der wie ferne Brandung in ihren Ohren rauschte und dabei leiser wurde.

2

Der fahle Mondschein verlieh dem Ganzen eine besonders unheimliche Stimmung. Das Monster trug eine Maske aus Leder mit Augenschlitzen und grunzte, während es durch den Wald stampfte. Dies hier war nicht seine erste Verfolgungsjagd und die hübsche Kleine, die er sich eben geschnappt hatte, nicht sein erstes Opfer. Es lief immer gleich ab: Wenn er Lust auf Frischfleisch hatte, holte er seine Maskerade hervor und legte sie an. Dann zog er los. Immer nachts, immer bei Mondschein. In dieser gottverlassenen Gegend gab es nicht viele Orte, aber ab und an verirrte sich doch jemand in sein Revier. Besonders im Sommer. Liebespärchen zum Beispiel. Meist musste er zuerst den dazugehörigen Kerl loswerden oder verjagen, um sich dann ungestört seiner Freundin widmen zu können. Aber das erhöhte den Reiz nur. Er liebte es, wenn die Mädchen unter ihm zappelten und sich wehrten; wenn sie versuchten zu schreien, wenn sich seine Hände immer fester um den weichen zarten Hals schlossen. Das Beste war, wenn ihr Widerstand erlahmte, das Leben aus ihnen wich.

Luca lächelte.

Dann trampelte er auf der Stelle und gab knurrende Geräusche dazu ab. Lautes Kreischen durchdrang den Wald. Die Mädels waren so leicht zu erschrecken! Er strich sich die Haare glatt, trat aus dem Dunkeln und klatschte dabei theatralisch Beifall. Wenn Tim eines konnte, dann Horrorgeschichten erzählen. Er und Jacob zogen sich ständig irgendwelches Horror-, Splatter- oder Zombiezeug rein.

Als Luca sich wieder in den Kreis setzte, knuffte Jacko ihn in die Seite und musterte ihn mit glasigem Blick.

»Mann, das hat ja voll gepasst. Tim hat gerade den Horrorfilm erzählt, den wir uns letzte Woche reingezogen haben. Echt geil. Man könnte glauben, er hat das alles selbst erlebt.« Jacob nickte zu seinen Worten und griff nach einer halb vollen Flasche. Das Gesicht des Klassenkameraden wirkte im Halbdunkel noch bleicher als sonst. Neben ihm lagen drei leere Flaschen im Gras. Die hatten ganz schön zugelangt, während er weg gewesen war. Luca sah Tim geschmeichelt grinsen. Es gab also doch Dinge, die ihn zum Lachen brachten. Abartige zwar, aber immerhin.

»Hier, willste einen Schluck?« Jacob hielt ihm den Likör hin, aber Luca schüttelte den Kopf.

»Wo hast du denn Anne gelassen?« Michelle schob ihre Lippen nach vorn, nachdem sie geredet hatte, und Luca dachte zum wiederholten Mal, dass sie eine aufgeblasene Ziege war.

»Wie meinst du das? Ich dachte, sie wäre hier.« Fragend sah er in die Runde.

»Aber sie ist doch vorhin mit dir losgezogen!« Miriams Stimme klang ungewohnt schrill.

»Was hast du mit ihr gemacht, Mann?« Tim grinste ihn verschwörerisch an, und Luca wollte gar nicht wissen, welcher Horrorfilm gerade in seiner Fantasie abging.

»Wir dachten, du willst ein bisschen mit ihr allein sein, stattdessen schleichst du dich an und erschreckst die Mädels. War's mit Rosenrot zu langweilig?«

»Red keinen Scheiß.« Luca spürte Zorn in sich hochsteigen. Tim Stepanski war ein blöder Schwätzer. »Ich habe sie irgendwie verloren.« Die ganze Wahrheit würde er denen hier keinesfalls auf die Nase binden. »Ich dachte, sie ist allein zurückgelaufen.«

»Na, hier ist sie jedenfalls nicht angekommen.« Jacob, der schon ein wenig verschliffen sprach, nahm einen weiteren Schluck. Luca kniff die Augen zusammen. »Julia ist auch weg!«

»Die kotzt dahinten in die Büsche.« Wenn Tim grinste, sah man seine spitzen Eckzähne. »Paul schaut gerade nach ihr. Hat wohl den Likör nicht vertragen.«

»Und Lena?«

»Schneeweißchen schläft da drüben.« Michelle zeigte hinter sich in die Dunkelheit.

»Was müsst ihr auch so viel saufen!« Yannick, der bisher geschwiegen hatte, stand auf. »Los, suchen wir Anne. Vielleicht hat sie sich verlaufen.«

»Hast recht.« Luca erhob sich wieder und stieß Tim mit dem Fuß an. »Komm mit. Jacko bleibt hier, schlage ich vor. Der ist so voll, dass er sich eh nicht mehr zurechtfindet.«

»Klar finde ich mich zurecht, Blödmann!« Jacob wollte sich erheben und fiel rücklings auf den Boden.

»Das sieht man.«

Tim schien wenig Lust auf eine Suchaktion zu haben. »Was machst du denn für ’nen Aufstand. Ruf sie doch einfach an. Ich lauf doch jetzt nicht durch den Wald.«

Luca seufzte genervt und hielt Tim sein Handy unter die Nase. »Hast *du* vielleicht Empfang? Das kannst du voll vergessen. Wir sind hier im Nirgendwo!«

Tim grunzte missmutig, schien dann aber einzusehen, dass Luca recht hatte. Mühsam erhob er sich und klopfte Jacko auf die Schulter. »Pass auf die Mädels auf, während wir weg sind. Nicht dass das Monster hierherkommt und sich die kleine Michelle schnappt.« Er lachte laut, als Michelle ein erschrecktes Quieken von sich gab.

»Dann kommt.« Luca hielt sein Handy vor sich und zu dritt marschierten sie los.

3

»Los, leuchte mal mit dem Handy! Hier ist es finster wie im Bärenarsch!« Tim stieß Luca an und der befolgte den Befehl.

»Wo hast du Anne denn zuletzt gesehen?« Yannick schien über Tims drastischen Ausdruck zu grinsen.

»Irgendwo dahinten, links vom Weg.« Luca leuchtete in Richtung der Sträucher. »Wir hätten die Taschenlampen mitnehmen sollen.«

»Hätte, hätte, Fahrradkette.« Tim klang irgendwie wütend. »Du hast vorhin gesagt, du hast Anne ›irgendwie verloren‹. Weswegen eigentlich?«

»Wir haben rumgeknutscht. Das hat ihr plötzlich nicht mehr gepasst, sie hat sich losgerissen und ist weggerannt.«

»Weiber!« Jetzt prustete Tim verächtlich und scharrte mit dem rechten Schuh Laub beiseite. »Hast du nicht gesagt, die steht auf dich?«

»Glaub schon. Jedenfalls dachte ich, sie findet den Weg zur Lichtung allein, aber anscheinend ist sie in die falsche Richtung gelaufen.« Hinter Luca knackte ein Zweig und er fuhr zusammen.

»Wenn Bücherfresser spitzkriegt, was hier abgegangen ist, gibt's Ärger.«

»Sei kein Mädchen, Yannick. Wir sollten machen, dass wir Anne finden, zurück zu den anderen gehen und ihnen einimpfen, dass sie den Mund halten sollen.« Tim stieß Luca erneut an und der setzte sich in Bewegung.

»Anne!« Überlaut hallte der Name zwischen den Bäumen. Wie eine fahle Bühnenbeleuchtung tauchte der Mond, der zwischen zwei Wolken hervorgekommen war, das Ganze in ein gespenstisches Licht. Die Tiere des Waldes waren verstummt, als fürchteten sie das, was gleich geschehen würde.

»ANNE! Wo steckst du?« Luca und Yannick wechselten sich mit dem Rufen ab, während Tim missmutig schwieg, ihnen aber wenigstens folgte.

»Und wenn ihr etwas passiert ist?« Jetzt hörte sich Yannick ängstlich an.

»Was bitte soll das denn sein?« Tim schnaufte abschätzig.

»Hast du nicht selbst vorhin von diesem Monster erzählt?«

»Das war ein Film, Alter!«

»Und woher nehmen die Filmemacher ihre Ideen? Aus der *Wirklichkeit*!«

»Jetzt halt doch mal die Klappe!« Luca ließ den Lichtstrahl von links nach rechts gleiten.

»Ihr wisst doch selbst, dass es tatsächlich Leute gibt, die nachts auf der Suche nach Opfern umherstreifen, sie vergewaltigen, foltern oder töten.« Yannick gab nicht auf.

»Aber doch nicht in dieser gottverlassenen Gegend!« Noch einmal schnaufte Tim. »Was für ein Bullshit, Mann.«

Luca wurde langsam wütend. »Es reicht, wenn sie gestolpert und hingefallen ist und sich verletzt hat. Vielleicht hat sie sich etwas gebrochen oder ist durch den Sturz ohnmächtig geworden.«

»Habt ihr die Story gehört, wo Wildschweine eine ohnmächtige Frau am Waldrand angefressen haben, während ihr Mann Hilfe holen war?« Tim war schon wieder in seinem Element.

»Erstens hast du das schon zweimal erzählt und zweitens ist so etwas total unwahrscheinlich. Hör auf mit dem Scheiß, Tim. Wir müssen Anne finden, und zwar bald.« Luca schaltete das Licht wieder ein und marschierte los, ohne sich umzudrehen, während er Annes Namen rief. Yannick fiel ein und jetzt machte sogar Tim mit.

Wenige Sekunden später blieb Yannick stehen und hielt den Finger an die Lippen. »Seid mal still. Hört ihr das auch?«

Das leise Rufen kam schnell näher. »Luca? Tim?« Die furchtsame Mädchenstimme klang kindlich. »Seid ihr das? Wo steckt ihr?«

»Anne? Hier herüber!« Und zu sich selbst gewandt murmelte Yannick: »Zum Glück. Wir haben sie.«

4

»Jungs! Wo ist Anne?« Lena stoppte und strich sich die Haare hinter die Ohren. Jetzt hörte sie ihr eigenes Schnaufen noch lauter.

»Du bist es?« Yannick runzelte die Stirn.

»Wer denn sonst?«

»Wir dachten, es ist Anne. Verdammte Scheiße!« Luca schlug die Faust in die linke Handfläche. »Wo kommst du denn auf einmal her?«

»Ich war am Waldrand eingeschlafen. Der Wein …« Lena schüttelte den Kopf. In ihren Ohren rauschte das Blut. »Dann habe ich das Rufen gehört und bin aufgewacht. Mir war gleich klar, dass etwas passiert sein musste, und ich bin euren Stimmen nachgegangen.« Sie schniefte. »Was ist denn mit Anne?«

Während Luca ihr erklärte, was in der letzten halben Stunde passiert war, spürte Lena, wie die Furcht wie ein großer dunkler Nebel in ihr nach oben kroch, den Brustkorb hinauf bis zum Hals. Ihr Mund fühlte sich trocken an, und ihr Herz pochte heftig, während sie den Gedanken daran, dass ihrer besten Freundin etwas Schlimmes zugestoßen sein könnte, ganz schnell wieder zu verdrängen versuchte.

»Wahrscheinlich hat sie sich bloß verlaufen.« Tim klang gar nicht mehr so cool wie sonst. »Wir sollten weitersuchen.«

Von ferne raschelte es und wie auf ein Zeichen hin schwiegen alle und lauschten. Das Rascheln verstärkte sich, wurde zu einem Trappeln, das schnell näher kam. Noch ehe Lena realisiert hatte, dass das Begleitgeräusch ein Schluchzen war, hatte Luca auch schon die hell leuchtende Taschenlampe seines Handys in die entsprechende Richtung gedreht und strahlte die sich nähernde Gestalt an.

Blonde lange Haare flogen im Takt der Schritte wirr um ein schmales Gesicht. Mit der verlaufenden Schminke um die Augen sah Anne wie ein Zombie aus. Sie stolperte die letzten Meter und fiel Lena in die Arme, wobei sie laut aufheulte. Lena drückte ihre Freundin fest an sich und hatte Mühe, vor Erleichterung nicht auch zu schluchzen.

»Boah, Anne, du hast uns vielleicht einen Schrecken eingejagt!« Yannick war sichtlich erleichtert. »Hast du dich verlaufen?«

Anne, die in Lenas Armen noch immer zitterte, schüttelte nur den Kopf.

Lena schluckte und strich der Freundin über die Wange, die daraufhin noch einmal aufschluchzte, jedoch allmählich ruhiger zu werden schien.

»Schön, dass du dich endlich blicken lässt.« Tim hatte seinen schnoddrigen Tonfall wiedergefunden.

»Alles klar bei dir?« Luca war näher gekommen und streichelte Annes Schulter. »Warum bist du vorhin weggerannt?«

»Weiß nicht.« Gepresst kamen die Worte hervor. Dann löste die Freundin endlich das Gesicht von Lenas Schulter und sah sie an. »Ich wollte zurück zu den anderen.«

Lena hatte eine Ahnung, warum Anne vor Luca weggelaufen war, beschloss aber zu schweigen. Sie konnten morgen darüber reden. Hauptsache, ihre Freundin war wieder wohlbehalten da.

»Was hast du da?« Luca neigte seinen Kopf nach vorn, und jetzt schien es Anne wieder einzufallen, warum sie so aufgelöst war. Sie legte beide Handflächen an den Halsausschnitt, und Lena sah, wie ihr Gesicht dabei einen entsetzten Ausdruck annahm.

»Jemand hat mich im Finstern angefallen und gewürgt!« Nun schluchzte die Freundin wieder.

»Quatsch!« Luca richtete das Licht auf Annes Hals und in Lenas Bauch begann es zu rumoren. Yannick und Tim reckten die Hälse. »Sieht irgendwie rot aus. Wie ist das denn passiert?«

Lenas Entsetzen verwandelte sich in Zorn. »Lasst sie erst mal zur Ruhe kommen! Und blende doch nicht so mit dem Licht, Yannick!« Sie fuhr mit den Fingerspitzen über die weiche Haut ihrer Freundin und befühlte die gerötete Stelle. Wie von selbst schlang sich dann ihr Arm um Annes Hüfte und zu ihr gewandt fügte sie hinzu: »Erzähl mal der Reihe nach, was passiert ist.«

Unter Schluchzen und Schniefen berichtete die Freundin, dass sie durch den Wald hatte zur Lichtung zurücklaufen wollen, als sich jemand angeschlichen und sie ohne ein Wort angefallen habe. »Er hat mich am Hals gepackt und zugedrückt!

Ich hatte solche Angst!« Anne fuhr sich mit dem Ärmel über die Nase. »Hat jemand ein Taschentuch?«

Lena kramte in ihrer Hosentasche und zog ihre Freundin dann wieder an sich.

»Echt krass, Mann!« Tim schien verblüfft zu sein und gleichzeitig glänzten seine Augen fasziniert. Seine Horrorfantasien hatten sich in Realität verwandelt.

Auf Lucas Stirn war hingegen eine steile Sorgenfalte zu erkennen. »Kannst du den Typen beschreiben?«

»Nein. Nur, dass es eine dunkle Gestalt war, wahrscheinlich mit Kapuze. Mehr habe ich nicht gesehen. Es war finster.«

»Er muss von dir abgelassen haben, als er unsere Stimmen gehört hat. Ein Glück, dass wir gleich losgezogen sind, um dich zu suchen.«

»Der Würger aus dem Hochmoor! Unglaublich! Meint ihr, der streift jetzt noch hier herum?« Tim schüttelte den Kopf. Wahrscheinlich stellte er sich gerade vor, wie er seinem Kumpel Jacko davon berichten würde.

»Das ist nicht lustig. Ihr jagt Anne noch mehr Angst ein.«

Und mir auch.

Lena setzte einen strafenden Blick auf. »Lasst uns zu den anderen zurückgehen. Anne ist voll fertig.«

Luca richtete den Lichtschein auf den Weg und auch Yannick wandte sich zum Gehen.

»Genau. Und dann nichts wie ab ins Schullandheim. Agathe und Bücherfresser brauchen nichts davon zu erfahren.« Tim schien plötzlich die Furcht zu plagen, dass er als Anführer des nächtlichen Ausfluges auffliegen könnte und die von ihm angezettelte Sauferei herauskam. Wenn sie sich sofort auf den Weg machten, konnte Jacko bis morgen früh noch ausnüchtern.

Wie spät mochte es überhaupt sein? Lena spürte, wie Anne ihren Arm umklammerte, und streichelte erneut ihre Hüfte. »Alles ist gut, Süße. Wir passen auf dich auf.« Als sich die Bäume lichteten und das Gemurmel der anderen lauter wurde, atmete Lena auf. Sie hatten es geschafft.

5

»Guten Morgen, die Herrschaften.« Frau Fuchs-Riedel schaute grimmig. Eigentlich wirkte sie nie freundlich, und die tiefen Falten um ihre Mundwinkel zeugten davon, dass sie schon immer eher missvergnügt gewesen sein musste, aber heute schien sie besonders zornig zu sein.

Lena, die hinter Anne den Frühstücksraum betreten hatte, sah Herrn Büchner neben der Sportlehrerin stehen. Ihr Klassenlehrer überragte die Kollegin um mindestens zwanzig Zentimeter. Seine dunklen Haare standen struppig vom Kopf ab, so als hätte er sie sich gerauft. Die braunen Augen schauten betrübt.

»Setzt euch.«

Kein »Bitte«. Frau Fuchs-Riedel deutete mit einer knappen Handbewegung auf die Stühle. »Es gibt etwas zu besprechen. Und zwar noch *vor* dem Frühstück.« Dabei glitt ihr Blick zuerst zu Tim und Luca und wanderte dann zu Anne.

Schnell ließ sich Lena neben ihre Freundin plumpsen. Die beiden Lehrer mussten irgendwie spitzgekriegt haben, was heute Nacht passiert war. Sie sah, wie Julia Dengler hastig den Kopf senkte und mit ihren abgenagten Fingernägeln die Tischplatte bearbeitete. Oder *jemand* hatte es ihnen gesteckt. Unter dem Tisch tippte Anne ihr Bein an, und als Lena sie ansah, blinzelte sie zu Julia hinüber. Ihre Freundin hatte also auch bemerkt, dass die Sonderbare ein schlechtes Gewissen zu haben schien.

»Was habt ihr euch eigentlich dabei gedacht?« Herr Büchner sprach leise. Gefährlich leise.

»Wobei?« Tim schob nach dem Wort den Unterkiefer vor und Lena bewunderte seine Kaltschnäuzigkeit.

»Ihr wisst, was wir meinen!« Agathe klang schrill. »Also, stellt euch nicht dümmer, als ihr seid. Eure einzige Chance, aus der Sache herauszukommen, ist es, reinen Tisch zu machen! Und zwar gleich!«

Luca sah kurz herüber und zwinkerte unmerklich. Offenbar wollte er sie aufmuntern. Die Frage war, was Bücherfresser und Agathe tatsächlich wussten. Und was *nicht*.

Lena wartete, ob einer von den anderen Anstalten machte, etwas zu sagen, doch es hatte nicht den Anschein. In dem Moment, als sie den Mund öffnete, um zu reden, stand Luca auf. »Es tut uns sehr leid, Herr Büchner. Wir möchten uns bei Ihnen und Frau Fuchs-Riedel entschuldigen.« Seine blauen Augen schauten treuherzig.

Clever gemacht. Er sprach für alle, gab nichts Konkretes preis und nahm ihnen den Wind aus den Segeln, indem er sich entschuldigte. Und da er bei den Lehrern beliebt war, würden sie ihm so schnell nichts übel nehmen.

Anne schien das Gleiche zu denken, denn sie stupste erneut Lenas Bein an. Die Freundin schien den nächtlichen

Überfall gut verkraftet zu haben. Nach ihrer Rückkehr heute Nacht waren alle erleichtert gewesen, dass Bücherfresser und Agathe schliefen, und schnell in ihren Zimmern verschwunden. Sie beide jedoch hatten nicht schlafen können und das Ereignis wieder und wieder durchgekaut. Doch je mehr Lena nachfragte, desto unsicherer wurde Anne. Weder konnte sie sich erinnern, wie der nächtliche Angreifer ausgesehen hatte, noch woher er gekommen war. Selbst die roten Male an ihrem Hals waren inzwischen verblasst. Fast hätte man meinen können, sie hätte sich den Überfall nur eingebildet und wäre stattdessen in der Finsternis gegen ein Hindernis gelaufen. Je größer der zeitliche Abstand zu dem Geschehen wurde, umso mehr schien sogar ihre Freundin selbst Zweifel an allem zu haben.

Lena schaute kurz zu den beiden Lehrern. Frau Fuchs-Riedel trug nach wie vor ihren erbarmungslosen Gesichtsausdruck zu Schau, Herr Büchner betrachtete Luca, der noch immer stand.

»Da du dich ja anscheinend zum Sprecher ernannt hast …«, Agathe zeigte auf Luca, »erzählst du jetzt bitte noch einmal, was heute Nacht passiert ist.« Der Mund der Sportlehrerin schnappte nach diesem Satz zu. Während Luca schilderte, wie die Gruppe zu der Nachtwanderung aufgebrochen war, ließ Lena ihren Blick in die Runde schweifen. Jacko hatte rote Augen und wälzte ein Bonbon im Mund hin und her. Da er ausnahmsweise mal nicht seine Mütze trug, sah man seine Haare wie dünne Fäden vom Kopf herabhängen. Wenigstens wirkte er einigermaßen nüchtern. Goncalves hatte sich zurückgelehnt und die Arme verschränkt, Michelle und Miriam starrten übertrieben interessiert auf ihre Fingernägel und Julia bearbeitete noch immer die Tischplatte. Was nur hatte die blöde Kuh getrieben, den Lehrern alles zu erzählen? Wollte sie sich einschleimen? Tim und Jacko würden der Verräterin nachher mit Sicherheit die Leviten lesen.

Luca war inzwischen dabei angekommen, wie sie nach Anne gesucht hatten. Er stellte es so dar, als habe sie sich verlaufen, als sie austreten gewesen war; genauso, wie sie es letzte Nacht im Wald mit Anne besprochen hatten.

Julia hatte jetzt ihre Teilnahmslosigkeit abgelegt und schaute herüber. Ihr Blick schien direkt auf Annes Hals gerichtet zu sein. Mit den zusammengekniffenen Augen hatte ihr Gesicht etwas Katzenhaftes. Sie konnte nicht wissen, was Anne zugestoßen war, weil keiner von ihnen es denen auf der Lichtung erzählt hatte, und doch schien sie eine Ahnung zu haben, dass etwas an Lucas Bericht nicht stimmte.

»… und als wir sie gefunden hatten, sind wir gleich zurück.«

Jacob grinste kurz. Luca hatte auch kein Wort über den Alkohol verloren, aber vermutlich konnten sich die Lehrer das eh denken.

»Leute, Leute …« Bücherfresser schüttelte den Kopf. »Stellt euch mal vor, euch wäre etwas passiert. Keiner von uns wäre seines Lebens mehr froh geworden!«

»Herr Büchner und ich haben uns beraten.« Wieder klappte Agathes Mund mit einem hörbaren Geräusch zu. Wie bei einer alten Schnappschildkröte. Einer *faltigen* alten Schnappschildkröte. Lena sah, wie sich Annes Nase kräuselte, und unterdrückte das aufkommende Kichern. Schnell zog sie die

Lippen nach innen. Manchmal dachten sie beide exakt das Gleiche. Ziemlich oft sogar.

Mal sehen, was sich die Lehrer als Strafe ausgedacht hatten.

»Ich war der Meinung, dass die gesamte Klasse sofort nach Feldstatt zurückfahren solle, aber Herr Büchner hat mich überzeugt, dass dies für diejenigen von euch, die sich an die Regeln halten, ungerecht wäre.«

Na klar. Bücherfresser hat dich überzeugt … Lena konnte sich gerade noch ein verächtliches Schnaufen verkneifen. Das mit der sofortigen Abreise war nichts als eine leere Drohung. Schließlich hatten die Eltern Geld für die Fahrt bezahlt, und eine harmlose Nachtwanderung war noch lange kein Anlass, auch die zu bestrafen, die mit der Sache nichts zu tun hatten.

»Deshalb haben wir Folgendes entschieden. Nach dem Frühstück werden wir euch noch einmal schriftlich belehren. Niemand darf die Herberge zwischen 18:00 und 07:00 Uhr verlassen.«

Herr Büchner nickte ernst und Frau Fuchs-Riedel fuhr fort. »Außerdem hat sich auch tagsüber jeder bei einem von uns beiden abzumelden, falls er nach draußen geht.«

»Auch wenn wir nur mal frische Luft schnappen wollen?« Obwohl Miriam sonst in allen Dingen das scheue Reh gab, rauchte sie genau wie Jacko heimlich und schien nun Angst um ihre Zigarettenpausen mit ihm zu haben.

»Keine Ausnahmen, Fräulein. Sonst geht es sofort nach Hause.« Immer wenn Agathe eine von ihnen »Fräulein« nannte, war sie besonders wütend. Und Miriam hatte sie sowieso auf dem Kieker, weil die hübsch, aber unsportlich war. Unsportliche Menschen fielen bei Frau Fuchs-Riedel durchs

Raster. Egal, was sie im Kopf hatten, in ihren Augen taugten sie nichts.

»Haben das alle verstanden?« Herr Büchner wartete das einmütige Nicken ab, ehe er fortsetzte. »Dann werden wir jetzt frühstücken und danach geht es zur Exkursion.«

Stühle scharrten. Die Lehrer würden sie heute scheuchen, so viel war sicher. Auf dem Weg zum Frühstücksbüfett hörte Lena, wie Tim Michelle zuflüsterte: »Heute Nacht ziehen wir wieder los. Ich lass mir doch von den beiden Betonköpfen nicht vorschreiben, was ich zu tun und zu lassen habe. Kommst du mit?« Er legte den Arm um ihre Hüfte und Michelle kicherte geziert.

6

»Beeilt euch ein bisschen!« Herr Büchner, der neben Lena und Anne lief, vollführte eine herrische Handbewegung in Richtung Jacob und Miriam. Die beiden hatten sich von der Gruppe abgesetzt und bummelten hinterher. Wahrscheinlich hatten sie sich hinter Bücherfressers Rücken eine Zigarette anstecken wollen, aber der schien den Plan durchschaut zu haben. Anne hakte sich bei Lena unter und sie beschleunigten ihre Schritte.

»Agathe rennt wie immer vorneweg.« Lena zeigte nach oben, wo die anderen gerade eine Steigung erklommen hatten und im Wald verschwanden.

»Das macht sie doch dauernd.« Anne tuschelte, damit Herr Büchner sie nicht hören konnte. Der kam, Jacob und Miriam vor sich hertreibend, schnell näher. »Damit auch jeder sieht, wie gut sie marschieren kann. Und bestimmt will sie sich für letzte Nacht rächen.«

»Ich bin schon gespannt auf die Pflanzen, die wir uns heute vornehmen werden.« Lena spürte, wie Anne sie in die Seite stieß und dabei »Nicht dein Ernst!« zischte, und musste lachen. Gleich darauf schnaufte Bücherfresser an ihnen vorbei, und sie konnte sehen, wie Anne wegen der Bemerkung eben ein Licht aufging.

»Ihr zwei lauft bitte auch ein bisschen schneller.« Der Klassenlehrer atmete schwer. Zwei schöne Aufpasser hatten sie dabei. Lena grinste. Eine alte faltige Schnappschildkröte und eine asthmatische Dampflok.

»Worüber lachst du?« Anne löste sich aus Lenas Arm.

»Erzähl ich dir später. Los, komm.«

Der Wald begrüßte sie mit kühler Luft, die einen feinen Duft nach Tannennadeln und Moos mit sich brachte. Lena fuhr sich mit dem Ärmel über die Stirn. Für Mitte Mai herrschte eine ziemliche Hitze.

»Ich denke die ganze Zeit über letzte Nacht nach.« Anne griff wieder nach Lenas Arm.

»Das kann ich mir vorstellen. Hat Luca eigentlich noch irgendetwas zu dir gesagt? Also, ich meine, zu gestern Nacht?«

Natürlich hatten sie letzte Nacht auch *darüber* gesprochen, aber Anne war ein bisschen einsilbig beim Thema Luca gewesen und Lena hatte sie nicht bedrängen wollen.

»Nicht wirklich. Ich glaub, es ist ihm peinlich. Und mir auch. Eigentlich war es ja schön, ihn zu küssen, aber …« Wieder atmete Anne tief ein, und Lena wusste, was sie als Nächstes erzählen würde.

»Aber dann wurde er auf einmal aufdringlich. Ich weiß nicht … Er hat mich so fest an sich gedrückt und ich hatte irgendwie Schiss.« Die Freundin sprach jetzt leiser, weil sie sich den anderen näherten. »Da habe ich mich losgerissen und bin weggerannt.«

»Gibst du ihm noch eine Chance?« Auch Lena flüsterte jetzt.

»Mal sehn. Ich möchte gern mit ihm darüber reden, weil ich glaube, dass er gar nicht gemerkt hat, wie unangenehm mir das war. Vielleicht hatte er nur ein bisschen viel getrunken.«

Das hieß also *ja.* Lena betrachtete die blühende Bergwiese. Ein Riesenhaufen unbekannter Pflanzen zum Bestimmen. Was für ein Scheiß. Sie würden den ganzen Tag zu tun haben. Bloß gut, dass Anne dabei war, so konnten sie wenigstens quatschen.

»Ich glaub, ich muss mal. Kommst du mit?«

»Klar.« Anne erhob sich und klopfte sich die Krümel vom Shirt. Vor einer Viertelstunde hatte Herr Büchner verkündet, dass es Zeit für eine Pause sei, und alle hatten sich ein schattiges Plätzchen gesucht und ihre mitgebrachten Brote ausgepackt.

»Wir verschwinden mal kurz.« Lena sah Agathe nicken und folgte ihrer Freundin.

Hinter einem dichten Gesträuch hockte sie sich hin, während Anne stehen blieb und die Umgebung absicherte. Dann tauschten sie. Obwohl Lena das ganze Pflanzenzeug hasste, musste sie sich eingestehen, dass der Ausflug auch etwas Idyllisches hatte. Vögel zwitscherten, Bienen und Hummeln summten über die Lichtung und es roch nach Honig. Sie betrachtete Annes bis zu den Schultern hochgekrempelte Ärmel. Die Freundin nutzte jede Chance, braun zu werden, obwohl sie mit den hellen Haaren eine ziemlich empfindliche

Haut hatte. Rosenrot eben. Sie hingegen wurde sowieso nie braun und hatte das Sonnenbaden inzwischen aufgegeben.

»Fertig.« Anne zog die Hose hoch und berührte dann in Gedanken ihren Hals. »Am Tag ist der Wald gar nicht so gruselig.« Nach einigen Schritten fasste sie nach Lenas Arm und flüsterte »Warte!«.

»Was ist denn?«

»Sei still.« Die Freundin, die stehen geblieben war, legte den Finger auf die Lippen. Erst jetzt hörte Lena die Stimmen. Tim und sein Kumpel Jacko.

»Ich denke, Luca hat etwas damit zu tun.«

Lena hielt die Luft an. Tim schien über letzte Nacht zu spekulieren.

»Wahrscheinlich wollte er sie erschrecken und hat es etwas übertrieben. Sie war ja wohl vorher schon hysterisch.«

»Oder Anne hat sich das Ganze nur ausgedacht.« Lena sah, wie das Gesicht der Freundin bei den Worten der beiden Jungs einfror.

»Könnte auch sein. Wollte sich vielleicht ein bisschen wichtigmachen oder Luca dazu bringen, den Beschützer zu spielen, und der Blödmann hat es nicht mitbekommen.« Tim lachte.

Hallo? Was fantasierten die zwei sich da zusammen? Lena tat einen Schritt in Richtung der Stimmen, doch Anne hielt sie zurück und schüttelte den Kopf.

»Heute Nacht jedenfalls werde ich mir Michelle vorknöpfen.« Tim lachte meckernd. »Die rennt mir schon die ganze Zeit nach wie ein Schoßhündchen.«

»Ich weiß nicht, was du an der findest. Die ist doch voll

künstlich.« Lena konnte den Rauch von Jacobs Zigarette riechen.

»Klar ist sie künstlich, aber ich will ja auch nichts Ernsthaftes mit ihr anfangen. Nur ein bisschen Spaß. Ich habe es ihr schon angedeutet und sie schien nichts dagegen zu haben.«

»Na dann, Alter. Gib mir ein Zeichen, wenn ich mich verziehen soll.«

»Klar.« Jetzt flog eine Kippe in ihre Richtung, und Schritte verkündeten, dass sie sich auf den Rückweg machten.

»Ekelhaft, wie die über uns sprechen!«

»Hast du von den beiden etwas anderes erwartet?« Lena strich über den Arm ihrer Freundin. »Lass uns zurückgehen. Nicht dass Bücherfresser uns noch sucht.«

»Glaubst *du*, dass Luca etwas damit zu tun hat?« Anne klang ängstlich.

»Nie im Leben. Auch wenn er dir gestern etwas auf die Pelle gerückt ist, so was macht der nicht. Eher stecken Tim oder Jacko selbst dahinter.«

»Jacob kann es nicht gewesen sein, der war besoffen.« Anne verzog den Mund. Sie hasste Betrunkene. Obwohl sie sonst fast alles von ihrer Freundin wusste, hatte Lena keine Ahnung, woher dieser Abscheu kam.

»Das könnte er auch gespielt haben. Ich habe leider nicht mitgekriegt, wer alles von der Lichtung verschwunden ist, weil ich weggenickt war. Aber meiner Meinung nach war Jacko tatsächlich blau.«

»Jedenfalls habe ich mir das Ganze nicht ausgedacht. Jemand war da und hat mich gewürgt. Ich gehe heute Nacht nirgendwo mehr hin!«

Lena nickte Anne zu, und gemeinsam betraten sie die Lichtung, wo die anderen schon wieder eifrig über ihren Pflanzen hockten.

»Ihr wart ja ziemlich lange weg!« Frau Fuchs-Riedel trug wieder ihren verdrießlichen Gesichtsausdruck zur Schau, und für eine Sekunde dachte Lena, dass sie die beiden Lehrer in ihren Spekulationen über den nächtlichen Überfall völlig außer Acht gelassen hatten. Doch dann musste sie über sich selbst lachen.

Aus welchem Grund sollten Bücherfresser oder Agathe nachts losziehen, um ein Mädchen im Wald zu überfallen? Sie stupste ihre Freundin an. »Weißt du was? Wir könnten heute Abend ein bisschen Detektiv spielen.«

»Hm?« Anne musterte die gelbe Blüte in ihrer Hand.

»Zuerst erstellen wir eine Liste, wer überhaupt für den Angriff infrage kommt. Dann checken wir die Alibis.«

»Ich möchte das Ganze eigentlich so schnell wie möglich vergessen. Mir hat das einen Riesenschrecken eingejagt! Die können denken, was sie wollen, aber da war definitiv jemand, der mich angefallen hat.« Die Pflanze segelte zu Boden und Anne strich sich wie vorhin schon mit den Fingerspitzen über den Hals.

»Klar, ich glaube dir. Aber womöglich kriegen wir so heraus, wer es gewesen sein könnte.«

»Wenn du denkst …« Anne schien noch nicht überzeugt zu sein.

»Außerdem hören die Blödmänner dann hoffentlich mit ihrem dummen Gequatsche auf. Von wegen, du willst dich nur wichtigmachen!« Wut stieg in Lena auf, als sie daran dachte.

»Dann haben wir ja heute Abend allerhand vor.« Das Argument mit den Jungs schien bei Anne auf fruchtbaren Boden gefallen zu sein.

»Exakt.« Lena sah, wie ihr Klassenlehrer herüberschaute, und nahm die Pflanze vom Boden, um sie mit bedeutungsvoller Miene zu betrachten. »Nur eines nicht: mit den anderen erneut auf Tour gehen.«

7

»Ich lese noch mal vor.« Lena betrachtete die Liste. »Luca, Tim und Jacob.« Sie zog die Linien neben den Namen nach, hinter die sie »Uhrzeit«, »Aufenthaltsort« und »Zeugen« geschrieben hatte. »Das sind die Hauptverdächtigen. Dann hätten wir noch Yannick und Michelle; Julia, Miriam und Paul.«

»Paul? Unser Goncalves kommt nie im Leben auf solche Ideen, genauso wenig wie Miriam.«

»Was ist mit denen, die letzte Nacht hiergeblieben sind?« Lena lauschte kurz nach draußen, aber die Schritte auf dem Flur entfernten sich wieder.

»Von mir aus, nehmen wir sie auch mit auf die Liste.« Anne griff nach dem Stift und schrieb die Namen unter die anderen. »Der Form halber. Ich glaube nicht, dass einer von denen losgezogen ist, um allein durch den dunklen Wald zu wandern. Woher sollten sie denn wissen, wo wir sind und dass einer von uns allein unterwegs ist?«

»Und die Lehrer?«, wiederholte Lena ihren Verdacht von heute Nachmittag.

»Jetzt hat es dich wohl gepackt, was?« Anne prustete los.

»Kannst du dir vorstellen, wie Herr Büchner durchs Gestrüpp trampelt, um seine Schüler zu überfallen? Außerdem hätte ich sein asthmatisches Schnaufen meilenweit gehört. Auch wenn ich kaum was erkannt habe, so groß wie der Büchner war der Typ nicht.«

»Agathe würde also eher ins Raster passen?«

»Welchen Grund sollte gerade sie haben?«

»Weil sie hübsche Mädchen mit Grips im Kopf hasst? Nee, Spaß. Du hast recht. Das Motiv ist entscheidend. Haben wir das Motiv, haben wir auch den, der dir einen Schrecken einjagen wollte.« Lena überflog erneut die Namen und dachte darüber nach, wer von den Mitschülern einen Beweggrund für den Angriff auf ihre Freundin gehabt haben könnte. »Die Frage, die wir zuerst beantworten müssen, ist, ob der Überfall speziell gegen dich gerichtet war oder ob du ein beliebiges Opfer gewesen bist.«

»Wer aus unserer Truppe sollte etwas gegen mich haben?«

»Kann ich mir auch nicht vorstellen, aber bedenken müssen wir es.«

»Mir macht das alles Angst.« Anne lehnte sich an das Kopfteil ihres Bettes und schlug die Beine übereinander. »Bis jetzt habe ich mich an dem Gedanken festgehalten, dass es ein missglückter ›Scherz‹ war.«

»Ich bin doch bei dir.« Lena, die die Namen wieder und wieder gecheckt hatte, blickte hoch. Sie hatte sich vorgenommen, Anne ihre eigene Furcht nicht spüren zu lassen. »Ich denke auch nicht, dass du aus Versehen in einen Horrorfilm geraten bist. Gehen wir erst einmal unsere Liste durch. Was hältst du von Tim?«

»Er war im Wald, als ich überfallen wurde.«

»Und er benimmt sich eigenartig.« Lena malte ein Sternchen hinter Tims Namen. »Zeit und Gelegenheit passen. Aber was könnte sein Motiv sein? Hattest du mal Stress mit ihm?«

»Nicht dass ich wüsste. Er interessiert mich nicht, ich interessiere ihn nicht. Allerdings liebt er diesen Horrorkram. Und hat einen ziemlich fiesen Humor.«

»Also verdächtig, der Gute. Sein Kumpel Jacob käme theoretisch genauso infrage.«

»Der war hackedicht, glaub mir. Und bei der Suche nach mir war er auch nicht dabei.«

»Er könnte sich versteckt haben, nachdem er dich erschreckt hat. Wir sollten unauffällig bei den anderen nachfragen, ob er die Lichtung verlassen hat.« Anne nickte und Lena fuhr fort. »Über Luca haben wir ja heute Nachmittag schon gesprochen.« Draußen wurde es langsam dunkel. Trotz des geschlossenen Fensters konnte man die Vögel zwitschern hören. Vor dem Abendhimmel wirkten die knorrigen Äste der Fichten fast schwarz. Lena überkreuzte ihre Beine und stopfte das Kissen in ihrem Rücken zurecht. »Julia ist auch komisch. Noch seltsamer als sonst.«

»Die war auch blau.« Anne schüttelte den Kopf.

»Sagtest du nicht, sie wäre weg gewesen, weil ihr schlecht war? Sie könnte das Betrunkensein nur vorgetäuscht haben. Außerdem ist sie neidisch und hinterlistig.«

»Und das soll ausreichen, um mich zu überfallen?«

»Steht sie nicht auch auf Luca? Was, wenn ihre Sicherungen durchgeknallt sind, als du mit ihm losgezogen bist? Für mich kommt sie jedenfalls auch infrage.« Lena malte hinter Julias Namen ebenfalls ein Sternchen.

»Wer in der Klasse steht denn bitte nicht auf Luca?«

»Ich zum Beispiel.« Lena sah den Klassenschönling vor sich und entschied, dass das stimmte. Sie fand wirklich nichts an Luca. »Zurück zu unserer Liste. Yannick, Michelle, Miriam und Paul sind es wahrscheinlich nicht gewesen.«

»Klingt alles logisch, aber mit Spekulieren kommen wir nicht weiter. Vielleicht verrät sich der- oder diejenige in den nächsten Tagen von selbst!«

»Oder wir müssen unauffällig alle, die mit im Wald waren, befragen. Gleich morgen.«

»Wenn du meinst...« Anne gähnte und auch Lena fühlte die Müdigkeit durch ihre Adern fließen wie warmen Wein. Inzwischen war es draußen finster geworden, und sie stand auf, um die Gardinen zuzuziehen. »Wir sitzen hier im hell erleuchteten Zimmer wie auf dem Präsentierteller.« Lena starrte in die Dunkelheit. »Das ist vielleicht eine Einöde da draußen.«

Die einsame Bogenlampe auf dem Hof des Schullandheimes zeichnete einen gelben Kreis auf die Steinplatten, der die umgebende Finsternis nur verstärkte. Eisfinger kribbelten ihren Rücken nach oben zum Nacken. »Ob Tim und Jacob wirklich noch losziehen?« Sie kehrte zum Bett zurück und kuschelte sich neben Anne.

»Na klar. Die müssen zeigen, wie lässig sie sind. Außerdem hat Tim vor, Michelle abzuschleppen, das hast du doch heute selbst gehört.«

»Die beiden gehen echt gar nicht.« Lena betrachtete die Liste, die neben Anne auf dem Bett lag.

»Mir will eins nicht aus dem Kopf.« Anne nahm einen Schluck von ihrer Cola und fuhr fort. »Du hast vorhin gesagt, der Täter könnte auch ein Fremder gewesen sein. Jemand, der nachts durch den Wald schleicht und Leute überfällt.«

»Du schaust zu viele Gruselfilme.« Lena tat es ihrer Freundin nach und gähnte. »Das ist ansteckend... Glaubst du im Ernst, dass sich da draußen ein geisteskranker Würger herumtreibt?«

»Aber stell dir mal vor, es war tatsächlich ein Irrer.« Anne gab nicht auf. »Was, wenn er diese Nacht wieder unterwegs ist, um sich ein Opfer zu greifen? Wären dann nicht unsere Leute in Gefahr?«

»Wer kann denn jetzt nicht aufhören zu spekulieren? Davon hätte man doch schon mal irgendwas gehört. Im Übrigen dachte ich, dir jagt das Angst ein?«

»Tut es auch. Aber ich komme auch nicht davon los. Wir könnten versuchen, das im Internet zu checken.«

»Von mir aus. Aber danach ist Schluss. Ich bin echt erledigt.« Lena griff nach ihrem Handy und Anne tat es ihr nach. »Wahrscheinlich macht Agathe gleich ihre Kontrollrunde.«

»Es ist erst halb elf.« Anne, die bereits eifrig auf ihrem Smartphone tippte, runzelte die Stirn.

»Egal, die wird jetzt alles dreifach checken. Was gibst du ein?«

»Überfall, Wald und die Gegend.«

»Dann nehme ich statt ›Überfall‹ ›Mord‹.« Lena schauderte, als sie das Wort eintippte. Es hatte so etwas Endgültiges. Nach endlosen Sekunden erschien auf dem Bildschirm die Nachricht, dass die Seite nicht angezeigt werden konnte. »Echt ätzend, der miese Empfang hier. Geht es bei dir?« Mal gab es ein Netz, dann wieder nicht. Lena kam sich richtiggehend abgeschnitten von der Welt vor. Da draußen dachten wahrscheinlich alle, sie sei im Nirwana verschollen.

»Nichts.« Anne verzog das Gesicht. »Manchmal denke ich, Bücherfresser und Agathe haben diese Wildnis hier mit Absicht ausgesucht, um uns zu ärgern.«

»So schlau sind die nicht. Es wird ihnen aber bestimmt gelegen kommen. Was nun?« Noch ehe sie die Frage richtig ausgesprochen hatte, ertönte ein energisches Klopfen, und im gleichen Moment wurde auch schon die Tür aufgerissen, und Frau Fuchs-Riedel steckte ihr zerknittertes Gesicht herein. »Nachtruhe, meine Damen!«

»Jawoll, Frau Riedel!« Anne imitierte den Befehlston perfekt und die Sportlehrerin wirkte kurz irritiert.

»Und keine Eskapaden! Herr Büchner und ich werden genauestens aufpassen!«

Lena hatte Mühe, ernst zu bleiben, als Anne murmelte: »Ihnen auch eine gute Nacht!« Doch Agathe hatte die Tür schon wieder geschlossen.

»Wie ein alter Tabaksbeutel.« Die Freundin legte die Hand vor den Mund und kicherte.

»Meinst du ihr Gesicht?«

»Klar, was sonst.«

»Das kommt von der Askese, glaub mir. Zu viel Sport und zu wenig richtige Nahrung. Geschieht ihr recht. So ein Gesicht bekommt man, wenn man viele Jahre lang grimmig dreingeschaut hat.« Lena spürte ihr schlechtes Gewissen wegen der Lästerei, erhob sich und schlich zur Tür. Die Sportlehrerin würde doch nicht etwa lauschen?

Nichts. Sie zog die Tür leise wieder zu.

Anne hatte sich langgemacht und die Augen geschlossen. »Ist sie noch draußen?«

»Nein.« Sanft umarmte die Müdigkeit Lena wie eine schwere weiche Decke. Anne schien es ebenso zu gehen. Ihre Stimme war leiser als sonst und sie sprach ein bisschen schleppend. »Weißt du, ich kriege den Gedanken nicht aus meinem Kopf, dass es doch ein Verrückter gewesen ist und ich letzte Nacht großes Glück gehabt habe, dass ihr nach mir gesucht und gerufen habt. Das hat ihn wahrscheinlich dazu gebracht, von mir abzulassen.«

»Wir sollten Tim und die anderen warnen.«

»Als ob die sich von uns etwas sagen lassen!«

»Versuchen müssen wir es trotzdem.« Lena, die nach ihrem Schlafshirt gekramt hatte, sah Anne den Kopf schütteln.

»Wie willst du das anstellen? Die Fuchs-Riedel schleicht doch noch da draußen rum. Was willst du ihr sagen?«

»Du hast recht. Ich könnte denen aber eine WhatsApp schicken, dass sie aufpassen sollen.«

»Mach das. Hoffentlich hast du Empfang.« Anne gähnte jetzt laut. »Ich dusche morgen früh. Machst du bitte das Licht aus?«

»Ja klar.« Lena schlüpfte in ihre Flip-Flops. Wie sie ihre Freundin kannte, würde die in wenigen Sekunden eingeschlafen sein. Beneidenswert! Sie knipste die Lampe aus und sprach leise vor sich hin: »Jetzt kommen hoffentlich keine Mücken mehr. Ich kippe das Fenster an.« Die Lampe im

Hof flackerte. Leise rauschten die Blätter der Bäume und der Wind trug einen Geruch nach modrigem Laub heran. Fröstelnd rieb sich Lena über die Oberarme, bevor sie zu ihrem Bett tappte. Es würde schon nichts passieren.

8

Diese Finsternis! Trotz großer Anstrengungen können meine Blicke die Nacht nicht durchdringen. Hoffentlich kommt der Mond noch zum Vorschein … Selbst wenn ich eine Lampe hätte, würde ich sie nicht benutzen. Das könnte mich verraten.

Ich muss höllisch aufpassen. Der Wald hat tausend Augen, die mich anstarren. Bedrohungen überall und die Zeit verrinnt. Heute muss ich es schaffen.

Gestern ist irgendetwas schiefgegangen. Jemand ist mir bedrohlich nahe gekommen. Zu nah. Ich muss besser aufpassen, mich konzentrieren, sonst schaffe ich es nicht.

Die Nacht ist gleichzeitig mein Freund und mein Feind. Sie gibt mir Schutz, verbirgt jedoch auch die Gefahren, die in der Schwärze lauern.

Ich bleibe stehen, lausche. Keine Schritte, nur das leise Rascheln der Blätter. Kühle Nachtluft streicht über mein Gesicht und ich ziehe die Kapuze wieder über den Kopf.

Leider habe ich gestern zu zeitig aufgeben und nun muss ich es erneut versuchen. Eines jedoch weiß ich ganz sicher: Dieses Mal werde ich nicht aufhören, bis ich es geschafft habe.

9

»Boah, Alter, das ist echt übel!« Jacob schien ausnahmsweise ernsthaft besorgt zu sein.

»Das weiß ich selber.« Tims Stimme klang rau. Ab und zu hüstelte er.

»Aber musstest du denn gleich zurückrennen und den anderen Bescheid sagen? Wenn sich von denen jemand verquatscht, sind wir fällig!«

»Das sind wir auch so. Und wenn mehrere Leute nach Michelle suchen, finden wir sie eher.«

Ein eisiges Rinnsal lief Lena den Rücken hinab, und sie grub ihre Fingernägel in die Handfläche, um das Zittern zu unterdrücken. Miriam, die dicht neben ihr stand, schniefte leise und griff dann nach ihrer Hand. Der Mond, der zwischen zwei weißgrauen Wolken hervorgekommen war, schien bleicher zu sein als gestern.

»Wieso seid ihr überhaupt diese Nacht wieder losgezogen?« Yannick hatte einen ärgerlichen Ton. »Am Ende fällt das auf uns alle zurück!«

»Weil wir uns von denen nichts vorschreiben lassen, deshalb! Und du brauchst hier nicht den Streber zu geben.« Jacob kräuselte die Oberlippe.

»Das ist jetzt auch egal.« Yannick wandte sich an Tim. »Erzähl noch mal schnell, was passiert ist.«

»Ich hab ein bisschen mit Michelle rumgemacht, aber dann hat sie plötzlich rumgezickt. Das war mir zu nervig, ich hab sie stehen lassen und dachte, dass sie mir gleich nachkommt. Aber dann war sie plötzlich weg.«

»Bist ihr zu sehr auf die Pelle gerückt, Alter.« Jacob lachte hämisch.

»Das ist nicht zum Lachen, Mann. Wo warst *du* eigentlich in der Zwischenzeit?« Yannick richtete das Licht seiner Taschenlampe auf Jacob und der wurde wieder ernst.

»Hab eine geraucht.« Wahrscheinlich hatte Tim ihm gesagt, dass er mit Michelle allein sein wolle und er sich verziehen solle.

»Hast du eine Ahnung, in welche Richtung sie gelaufen sein könnte?« Lena wischte sich den kalten Schweiß von der Stirn und drehte den Kopf zu Luca. Er hatte noch kein einziges Wort gesagt. Wahrscheinlich, weil er genau wie sie ein Déjà-vu zu haben schien und an das dachte, was gestern mit Anne passiert war.

»Vielleicht da rüber, den Weg hoch.« Tim schwenkte seine Lampe in Richtung der Steigung. »Da hab ich sie auf jeden Fall stehen lassen.«

»Und wann war das genau?«

»Ist schon ’ne Weile her. Halbe Stunde mindestens.«

»Hatte sie eine Lampe dabei?«

»Nee, die habe ich.«

»Dann teilen wir uns jetzt auf und suchen sie. Luca, gehst du mit Lena?«

Luca nickte, und Yannick verkündete, dass er mit Tim losziehen wolle und Miriam mit Jacob.

Keiner sprach aus, was alle dachten. Wenn Michelle schon seit über dreißig Minuten verschwunden war, musste ihr etwas passiert sein.

10

»Wieso ist Anne eigentlich nicht mitgekommen?« Luca leuchtete auf den Weg. Die Stimmen der anderen, die nach Michelle riefen, verloren sich zwischen den Stämmen.

»Die wacht selbst bei einem Erdbeben nicht auf.« Lena beschleunigte ihre Schritte. »Ich muss immer an letzte Nacht denken.«

»Das geht mir genauso.« Mehr musste er nicht sagen. Sie wussten beide, was gemeint war. »Vielleicht ist Michelle gestürzt und hat sich wehgetan? Tim hat gemeint, dass sie keine Lampe hatte. Im Finstern stolpert man schnell mal über eine Wurzel.«

Lena antwortete nichts, während sie sich wünschte, dass Luca recht hatte. Ein Sturz war das Harmloseste, was Michelle passiert sein konnte. Außer natürlich, dass sie wohlbehalten wieder auftauchte. Tim hatte gesagt, dass Paul und Felix zur Sicherheit bei der Herberge zurückgeblieben waren, um Michelle abzufangen, falls sie dort auftauchte, bevor die Lehrer spitzkriegten, was los war.

Den Blick auf den Weg gerichtet, marschierte Lena neben

Luca her. Würde Michelle ihnen nicht antworten, wenn sie irgendwo verletzt lag? Das Rufen war doch nicht zu überhören!

Luca blieb stehen. »Irgendwas muss zwischen ihr und Tim ziemlich schiefgelaufen sein.« Dass ihn das höchstwahrscheinlich an sein Stelldichein mit Anne letzte Nacht erinnerte, sagte er nicht dazu. »Wo würdest du hinlaufen?«

Lena sah sich um. Im fahlen Mondlicht warfen ihre beiden Gestalten lange schmale Schatten. Kalte Luft streifte ihren Nacken und sie erschauerte.

»Keine Ahnung, was da los war und wie Michelle tickt. Ich wäre vielleicht da hochgelaufen. In den Wald.« Sie rieb sich mit beiden Händen über das Gesicht. »Aber nicht zu weit, damit ich zurückfinde. So wie Tim es erzählt hat, wollte sie ihn ja nur ein wenig schmoren lassen.«

»Falls das stimmt … Dann lass uns dort nach ihr suchen.« Luca setzte sich wieder in Bewegung. Jetzt rannte er fast.

»Ganz schön steinig hier.« Der Lichtstrahl der Taschenlampe glitt über den Boden. Lena, die Mühe hatte, mit ihm mitzuhalten, hörte das Blut in ihren Ohren rauschen.

Der Wald erwartete sie mit bedrohlicher Finsternis. Hexen, Unholde und Waldgeister aus den Märchen ihrer Kindheit spukten durch Lenas Kopf, während sie versuchte, die Schwärze mit Blicken zu durchdringen. In ihrem Hals ballte sich ein fester Klumpen und das Atmen fiel ihr zunehmend schwerer.

»Bist du okay?« Luca hatte bemerkt, dass es ihr nicht gut ging, und griff nach ihrem Arm. »Du zitterst ja!«

»Ich fürchte mich. Dieser Wald …« Lena rang nach Luft.

»… als ob er mich bedroht. Es geht gleich wieder. Gib mir eine Minute.« Der feste Reif, der sich um ihren Brustkorb gespannt hatte, wollte nicht weichen. Lucas Hand strahlte Wärme durch den Ärmel ihrer Sweatjacke aus und allmählich bekam Lena wieder Luft. »Ich bin sonst nicht so ängstlich. Weiß auch nicht, was mit mir los ist.«

»Kein Problem.« Sie schwiegen beide einen Moment und lauschten in die Nacht. Die Rufe der anderen waren verstummt. Luca schaute auf das Display seines Handys und drehte es dann zu ihr. Kein einziger Balken. »Wir haben noch knapp dreißig Minuten. Gehen wir weiter?« Lena nickte.

Sie hatten mit den anderen vereinbart, dass sie sich nachher alle wieder unten im Tal auf der Lichtung treffen und sich beratschlagen wollten, falls bis dahin niemand Michelle gefunden hatte. Luca hatte sich bereits in Bewegung gesetzt und eilte den Weg zwischen den Fichten nach oben. Er schien genau zu wissen, wo er hinwollte. Ab und zu rief er nach Michelle, blieb stehen und sie warteten ein paar Sekunden auf eine Antwort, doch der Wald blieb stumm.

»Glaubst du, dass sie wirklich so weit gelaufen ist?« Lena hörte ihre eigene Stimme. Sie klang wie die eines Kleinkindes.

»Vielleicht hatte sie doch Panik?« Luca hielt nicht an, sondern schnaufte weiter den Berg hinauf. »Gehen wir noch bis zu der Anhöhe dort und dann kehren wir um und suchen noch einmal die Wegränder ab.«

Der Reifen um Lenas Brust schnürte sich wieder enger. An ihren Unterarmen richteten sich die feinen Härchen auf und in ihrem Nacken kribbelte es. Ihre Beinmuskeln brannten, als sei sie mehrere Kilometer gerannt. Da oben lauerte die Gefahr, sie spürte es. Keuchend versuchte sie, Luca zu folgen, doch der war viel schneller als sie.

Noch ehe sie jedoch ein »Warte auf mich!« hervorpressen konnte, blieb Luca abrupt stehen. Der Strahl seiner Lampe glitt nach links und er sog scharf die Luft ein. Lena hörte eine Kinderstimme in ihrem Kopf »Nein, nein!« flüstern, dann sank sie zu Boden.

11

Lena konnte das Klappern ihrer Zähne hören. Sie schlugen in einem steten Stakkato aufeinander. Irgendwie war es ihr gelungen, zu Luca zu gehen, und nun starrte sie hinunter. In den Abgrund. In diesen schwarzen Schlund, der in Wirklichkeit ein mit Wasser gefüllter stillgelegter Steinbruch war.

In ihrem Kopf strudelte ein Meer aus grauen Wolken, und sie griff nach Luca, um sich an ihm festzuhalten. Der murmelte Unverständliches vor sich hin, während er die Lampe hin und her schwenkte, um Näheres zu erkennen, doch die schwarze Wasseroberfläche war zu weit entfernt, um Details zu erleuchten. Die Umrisse eines großen Gegenstandes waren dennoch nicht zu übersehen.

»Ist … das …« Mehr brachte Lena nicht heraus. Sie drückte die Zähne aufeinander und presste die Lippen zusammen. Lena spürte die Wärme von Lucas Körper und rückte dichter an ihn. Der Gegenstand da unten schien sich zu bewegen.

»Ich kann nichts Genaues erkennen. Vielleicht ein Baumstamm?« Lucas Stimme schwankte.

»K… könnte es …?« Es wollte ihr einfach nicht gelingen,

Michelles Namen auszusprechen. »Luca, ich habe solche Angst.«

Luca, der unterdessen die Grasnarbe vor ihnen angeleuchtet hatte, trat einen Schritt zurück und zog Lena mit sich. »Das sieht irgendwie zerdrückt aus. Als ob jemand hier gestanden hat. Womöglich hat sie den Abgrund nicht gesehen, ist abgerutscht und hinuntergestürzt. Wir müssen nachsehen. Warte, ich klettere runter.«

»Halt! Nimm mich mit, bitte!« Lena wusste, was da im Wasser trieb. Es bedurfte keiner Bestätigung. Und um nichts in der Welt wollte sie da oben allein bleiben. Was, wenn hier doch ein irrer Mörder herumgeisterte? Vorsichtig lief sie hinter Luca her. In ihrem Kopf fuhren die Gedanken Karussell. Warum hätte Michelle bis zu diesem Steinbruch laufen sollen?

Vielleicht, weil jemand sie verfolgt hat?

Sei still! befahl Lena der Stimme, doch die insistierte weiter. *Der Würger hat sie durch den Wald gejagt, nachdem sie von Tim weggelaufen ist. Und in ihrer Panik ist sie dann hier hochgerannt.*

Nein!

Doch! Du wirst schon sehen! Da unten schwimmt Michelles Leiche!

Am liebsten hätte sich Lena mit beiden Fäusten gegen die Stirn geschlagen, doch sie schüttelte nur den Kopf, dass die Haare flogen, und beeilte sich. Der Weg führte im Halbkreis am oberen Rand des Steinbruchs entlang und senkte sich dann nach unten bis zum Eingang. Luca, der auf sie gewartet hatte, tat einen Schritt zwischen den steil aufragenden Felsen hindurch. Der Lichtstrahl zitterte über die Wasseroberfläche. Kleine Wellen kräuselten sich im schwefelgelben Mondlicht und tanzten um den menschlichen Körper, der mit dem Gesicht nach unten im Steinbruch trieb. Helle Haare wehten wie ein Fächer um den Kopf, die Arme waren zu beiden Seiten ausgestreckt.

Lena schluchzte laut auf. In ihrem Bauch ballte sich ein fester Klumpen. Die Gestalt trug Michelles dunkle Skinny-Jeans und die Knee-High Boots, auf die sie so stolz gewesen war. Und ihre Lederjacke, die im Tageslicht dunkelrot war, jetzt jedoch fast schwarz erschien.

Es gab keinen Zweifel, das da war eindeutig Michelle. Und sie war augenscheinlich tot. Niemand konnte so lange die Luft anhalten und mit dem Gesicht nach unten im kalten Wasser treiben. Es kam Lena vor, als hätten sie, verstummt im Angesicht des Schreckens, Stunden hier gestanden, doch es waren wohl nur ein paar Sekunden gewesen. Luca rührte sich als Erster. »Sag mir, dass das ein Traum ist!« Seine Stimme bebte.

»Mir ist schlecht.« Lena unterdrückte den Würgereiz und schluckte sauren Speichel hinunter, während sie sich fragte, wieso Michelles Leiche nicht untergegangen war, und sich im gleichen Moment für ihre herzlosen Gedanken schämte. Dann brachen die Dämme und heiße Tränen strömten über ihre Wangen. Ihre Worte wurden von Schluchzern unterbrochen. »Was … machen wir denn jetzt?«

»Wir müssen uns vergewissern, dass sie nicht nur ohnmächtig ist.« Lucas Worte drangen wie durch Watte zu ihr, während er auf die dunkle Wasseroberfläche zuging, in der sich der fahle Mond spiegelte.

Du glaubst doch nicht im Ernst, dass Michelle noch lebt? Nachdem ihr Gesicht gefühlte Stunden unter Wasser gewesen ist?

Lena schluckte die Antwort hinunter. Er hatte recht. Und gleichzeitig fragte sie sich, wie man im Angesicht solchen Schreckens vernünftig denken konnte. In ihrem Gehirn rauschte ein Wirbelsturm. Ihre Blicke verfolgten Luca, der sich bis auf die Boxershorts seiner Sachen entledigte und dann schnell ins Wasser watete. Daran, dass er scharf die Luft einsog, erkannte sie, dass es sehr kalt sein musste. Und auch ihr war die Kälte inzwischen unter der Kleidung den Rücken hinaufgekrochen. Das hier war ein Albtraum. Vielleicht erwachte sie gleich und alles war gut.

Lena beobachtete mit weit aufgerissenen Augen, wie Luca mit schnellen Zügen zu dem Körper schwamm. Seine bleichen Arme wirbelten das schwarze Wasser auf. Bei der Gestalt angekommen, schnaufte er kurz und streckte dann die Hand nach ihr aus. Lena hielt die Luft an und auch der Wald schwieg. Sogar das Plätschern der kleinen Wellen war verstummt. Sie wagte es nicht zu rufen, sondern beobachtete Luca, der um den Körper herumschwamm und anscheinend nach etwas suchte. Fühlte er ihren Puls? Endlose Sekunden später packte er die Gestalt und zog sie prustend und ächzend hinter sich her. In Lenas Kopf flehte die Stimme, dass Michelle noch am Leben sein solle – bitte, bitte, bitte, lieber Gott, mach, dass sie nur bewusstlos ist –, aber Luca schwamm so langsam und kraftlos, dass sie die Antwort auf ihre Gebete schon kannte, bevor er den Körper aus dem Wasser zog und mit dem Gesicht nach oben liegen ließ. Kleine Rinnsale liefen flüsternd von Michelles Körper herunter, und Lena schaute schnell weg, um ja nicht dem Blick der aufgerissenen, leblosen Augen zu begegnen.

Mit müden Schritten ging Luca zu seinen Klamotten, sah sie an und schüttelte mehrfach schweigend den Kopf, bevor er die Nase hochzog.

Lena, die plötzlich fühlte, dass ihr immer noch Tränen übers Gesicht liefen, wandte sich ab und wartete, bis er sich angezogen hatte und sie seine Schritte in ihrem Rücken hörte.

»Wir müssen zu den anderen!« Er griff nach ihrer Hand, um sie mit sich zu ziehen, doch sie blieb stehen.

»Willst du sie etwa hier liegen lassen?«

Luca seufzte. »Wir kriegen sie nie im Leben weg. Und was, wenn das hier ein Tatort ist? Würden wir damit nicht Spuren verwischen?«

Hast du das nicht schon getan, indem du sie ans Ufer gezerrt hast? Lena stellte lieber eine andere Frage. »Glaubst du, dass sie hinuntergesprungen ist?«

»So eine Art Selbstmord?« Sie nickte und er fuhr fort. »Nicht Michelle. Die ist nicht der Typ für so was. Und warum sollte sie das tun? Es gab keinen Grund dafür.«

»Dann ist sie entweder ausgerutscht oder jemand hat sie hinuntergestoßen.«

»Beides wäre möglich.« Er zog jetzt stärker an ihrem Arm. »Lena, komm. Wir müssen die Polizei informieren.«

»Was, wenn der Mörder noch hier ist?«

Luca sah sich um. Sie konnte hören, wie er schneller atmete. »Das wäre aber äußerst dumm von ihm, oder? Komm schon!« Seine Hand presste ihren Unterarm zusammen. »Um das hier müssen sich Profis kümmern. Sammeln wir die anderen ein und dann nichts wie ab zur Herberge!«

Lena ließ sich mitziehen, und schon bald rannten sie mehr, als dass sie gingen, den Waldweg hinab ins Tal; Hand in Hand wie ein verliebtes Pärchen, doch nichts lag ihr in diesem Moment ferner, als an Verliebtheit zu denken. Nichts würde mehr sein wie vorher.

12

»So, Kinder.«

Kinder? Mit sechzehn war man doch kein Kind mehr! Niemand protestierte. Lena, die versuchte, sich mit ironischen Gedanken von den Tatsachen abzulenken, sah zu Anne, doch die reagierte nicht, sondern starrte auf die Tischplatte. Ihre Finger zerknüllten bereits das vierte Tempotaschentuch.

Nicht alle saßen im Speiseraum. Luca war kurz nach ihrer Rückkehr mit einem Weinkrampf zusammengebrochen und hatte sich durch nichts beruhigen lassen. Obwohl er da draußen im Wald so cool und überlegt gewirkt hatte, musste ihm das Ganze doch ziemlich zugesetzt haben. Jetzt schlief er, nachdem ihm die Sanitäter eine Ladung Beruhigungsmittel verpasst hatten. Paul passte auf ihn auf. Auch einige der Mädchen wurden behandelt. Komischerweise gerade diejenigen, die nicht bei den verbotenen Unternehmungen dabei gewesen waren. Lena ließ ihren Blick zum Nachbartisch gleiten. Julia hingegen zeigte keine Anzeichen von Bestürzung, sondern schien das Ganze eher klinisch zu betrachten. Die Sonderbare saß Lena gegenüber neben Miriam und trug einen erwartungsvollen Gesichtsausdruck zur Schau. Miriam lehnte sich an Jacob, der den Arm um sie gelegt hatte. Ihr Unterkiefer zitterte leicht.

Der Kripobeamte, der sich mit »Schneider« vorgestellt hatte, fuhr indessen fort. »Wir möchten jetzt alles noch einmal ganz genau mit euch besprechen.«

Seine Kollegin zückte einen Block, tippte auf die Liste, die Herr Büchner ihr gegeben hatte, und las die Namen derjenigen vor, die heute Nacht dabei gewesen waren.

Anne gähnte laut und hielt dann erschrocken die Hand vor den Mund. Auch Lena fühlte die Müdigkeit durch ihren Kopf schweben. Die Schlaftrunkenheit führte einen Kampf mit dem Entsetzen. Alle paar Sekunden wechselten sie sich ab. Drei Uhr nachts. Eigentlich die Zeit, in der man im Tiefschlaf lag. Gleichzeitig fühlte sie sich überwach, das Licht schien heller, die Geräusche dröhnten schrill in ihren Ohren.

»… wollte ich ein bisschen mit ihr allein sein. Anscheinend hat ihr das nicht gefallen und sie ist weggerannt.« Tim wirkte wütend. Sicher stellte er sich vor, was das alles für ihn für Folgen haben würde und wie seine Mutter auf all das reagierte.

Anne betupfte sich die Augen mit ihrem Taschentuch, stupste dann Lena an und malte mit dem Zeigefinger ein paar Buchstaben auf die Tischplatte: GLAUBST DU IHM?

Lena nickte unmerklich. Sie wusste, was ihre Freundin meinte. Tim war bei beiden Überfällen im Wald gewesen. Was, wenn seine Geschichte mit Michelle gar nicht stimmte und er sie, statt sie zu küssen, in den Steinbruch gestoßen hatte?

»… nachdem wir sie nicht gefunden haben, bin ich zurück

zum Schullandheim und habe Yannick informiert. Er sollte einige von den anderen wecken, damit sie mit suchen helfen, während Jacko vor Ort gewartet hat.« Tim wischte sich den Schweiß von der Stirn. »Ich bin inzwischen wieder zurück zu Jacob.«

»Wer ist Yannick?« Kriminalkommissar Schneider schaute zu Agathe, die auf den Gesuchten zeigte.

»Ihr seid dann also Tim gefolgt?« Die Polizeibeamtin neben ihm glich mit ihren blonden Locken und der Lücke zwischen den Schneidezähnen der alternden Popdiva Madonna.

Yannick nickte stumm und zog die Nase hoch.

»Woher wusstet ihr, wo es hinging?«

»Weil wir gestern Nacht auch schon auf der Lichtung waren und Tim uns gesagt hatte, dass Michelle von dort verschwunden ist.«

»Warum habt ihr nicht gleich die Lehrer informiert?«

Konnten sie sich das nicht denken? Weil sie zu dem Zeitpunkt noch gehofft hatten, es könnte sich alles in Wohlgefallen auflösen und niemand würde etwas erfahren, wenn sie mit Michelle im Schlepptau wieder in die Herberge zurückkehrten.

Lena erschauerte. Nichts von dem war eingetreten. Vor ihrem inneren Auge trieben helle Haare durch schwarzes Wasser. Luca und sie waren ins Tal gerannt und hatten nach den anderen geschrien. Sie hörte wieder Lucas atemlose Stimme, die den anderen von dem grausigen Fund berichtete, und Miriams zunehmendes Schluchzen.

Nach ihrer Rückkehr war sie sofort zu Anne geeilt, um sie zu wecken, und hatte ihr im Telegrammstil das Wichtigste berichtet. Noch immer sah sie den ungläubigen Gesichtsausdruck ihrer besten Freundin vor sich und wie ihr die Tränen in die Augen geschossen waren. Dann hatten sie sich ganz fest umarmt und geheult. Noch immer kämpfte Lena mit der Vorstellung, dass das Gleiche mit Anne hätte passieren können. Ein paar Minuten später war Felix erschienen und hatte ihnen gesagt, dass sie sich alle im Speiseraum versammeln sollten.

Blau-weißes Flackern im Hof hatte verkündet, dass inzwischen die Polizei eingetroffen war, und Lena hatte sich von ihrer Freundin gelöst und war zum Fenster gegangen, um hinauszuschauen. Unten wimmelte es von Fahrzeugen, Autos kamen, andere fuhren wieder ab. Männer standen beisammen und unterhielten sich, ein Rettungssanitäter trug zwei Notfallkoffer über den Hof.

Der eisige Reif hatte sich wieder um Lenas Brustkorb gespannt. Etwas Böses war hinter ihnen her. Etwas lauerte auf sie. Die Angst in ihrem Kopf ließ sich nicht verscheuchen, wuchs zu einem riesigen Geschwür heran, drohte ihren Schädel zu sprengen. Erst Anne, die hinter sie getreten war und ihr über den Rücken strich, hatte die Lähmung durchbrochen.

»Wer von euch ist Lena Waldner?«

Anne stupste sie an und Lena kehrte in die Gegenwart zurück. In diesen grell erleuchteten, nach Kohlsuppe riechenden Speiseraum. Sie hob die Hand.

»Du und dein Freund Luca habt die Entdeckung im Steinbruch gemacht?«

»Er ist nicht mein Freund.« Lena schob den Unterkiefer vor.

Und wieso sprach der Typ von einer »Entdeckung« statt von einer Leiche? Schon rollten ihr wieder die Tränen über die Wangen. Anne schob ihr ein Taschentuch zu und sie schnäuzte sich.

»Okay, dein Klassenkamerad also. Das ist auch nicht von Belang. Bitte erzähle der Reihe nach, was ihr gemacht habt. Jede Kleinigkeit.«

Lena spürte, wie Anne ihre linke Hand umklammerte, und je mehr sie berichtete, was sich bei der Suche nach Michelle abgespielt hatte, desto fester wurde der Druck. Wahrscheinlich wurde inzwischen bereits der gesamte Wald durchwühlt und Taucher suchten im Steinbruch nach Spuren.

»Dann ist Luca zu ihr hingeschwommen und hat geschaut, ob sie noch lebt.« Lena hörte das Zittern in ihrer Stimme, während sie hinzusetzte: »Wurde sie ermordet?«

»Dazu können wir derzeit nichts sagen. Die Kollegen bergen die Leiche und dann wird sie vom Rechtsmediziner untersucht.«

Na klar! Ihr wollt es nur nicht sagen!

Agathe sah zur Uhr. Vorhin war sie wie ein aufgescheuchtes Huhn durch den Gang gerannt, aber jetzt schien sie sich gefangen zu haben. Sie rechnete wahrscheinlich gerade aus, wann die ganzen Eltern hier eintreffen und ihr die Hölle heißmachen würden. Ihr und Herrn Büchner natürlich, der verheulte Augen hatte. Unvorstellbar, dass ein Lehrer auch weinen konnte! Lena spürte Mitleid mit ihm. Eigentlich war er kein schlechter Kerl.

»Und nun noch zu der Nacht davor. Bitte sagt uns alles, was ihr wisst.« Kriminalkommissar Schneider blickte väterlich in die Runde. Sein Hemd spannte über dem dicken Bauch. »Wer von euch war da alles im Wald?« Ein paar Arme gingen in die Höhe und auch Anne und Lena meldeten sich. Julia schaute kurz herüber und rümpfte genervt die Nase. Was war nur mit dieser Ziege los?

Nachdem Tim und Yannick erzählt hatten, was sie auf der Lichtung gemacht hatten, wandte sich der Kommissar Anne zu und fragte sie über den Überfall aus. Lena staunte, wie gefasst ihre Freundin alles schilderte.

»Madonna« kritzelte unentwegt auf ihren Block. Als ihr Telefon klingelte, zuckten alle zusammen. Die Polizistin griff nach ihrem Handy und ging nach draußen. Niemand sprach. Kalte Stille breitete sich im Raum aus und eine unheilvolle Ahnung lud die Luft mit Elektrizität auf. Eine Minute später erschien die Beamtin und jetzt fiel Lena auch ihr Name wieder ein: Berthold. Sie beobachtete, wie die Frau ihrem Kollegen unmerklich zunickte und dabei die Lippen zu einem schmalen Strich zusammenpresste. Genau wie eins dieser Emojis bei WhatsApp.

Herr Büchner war aufgestanden. Seine Unterlippe zitterte stärker, als die Polizistin sich zu ihm beugte und ihm etwas ins Ohr flüsterte. Frau Fuchs-Riedel hatte sich ebenfalls erhoben. Ihr mürrischer Gesichtsausdruck war verschwunden und hatte der Furcht Platz gemacht.

Anne drückte Lenas Hand so fest, dass sich ihre Finger übereinanderschoben. Das, was da vorn geschah, bedurfte keiner Erklärung. Der Anrufer hatte den Kollegen etwas mitgeteilt, das Michelle betraf. Nichts Gutes, so viel war sicher.

Lena begann zu zittern. Obwohl sie es von Anfang an geahnt hatte, war doch immer noch ein winziger Funken Hoffnung in ihr gewesen, dass Michelles Tod ein Unfall gewesen war.

Herr Büchner fuhr sich mit den Händen durch die Haare, die nun noch mehr vom Kopf abstanden, und öffnete den Mund, um etwas zu sagen, als die Tür zum Speiseraum aufgestoßen wurde, ein Mann und eine Frau hereinstürmten, stoppten und sich suchend umsahen. Lena hatte die beiden noch nie gesehen.

»Dad! Mom!« Miriam war aufgesprungen und eilte zur Tür, wo sie sich laut aufschluchzend in die ausgebreiteten Arme ihrer Mutter rettete. Ihr Vater stand hilflos daneben.

Lena schielte zur Uhr. Kurz nach vier. Frenzels mussten gerast sein wie die Weltmeister. Sicher würde es nun nicht mehr lange dauern, bis auch die anderen eintrafen. Gemeinsam mit Anne hatte sie vorhin mehrere Kurznachrichten verschickt, aber keine Antwort bekommen. Herr Büchner und Frau Fuchs-Riedel hatten die Eltern über das einzige Festnetztelefon im Schullandheim informiert.

Anne schien ihre Gedanken lesen zu können, denn sie neigte sich herüber und flüsterte: »Stell dir mal vor, dein Kind ist auf Klassenfahrt und du kriegst mitten in der Nacht einen Anruf, dass du sofort kommen musst, weil eins der Mädchen tot im See gefunden wurde.«

Lena nickte nur schwach. »Hast du noch ein Taschentuch?«

Anne begann, ihre Hosentaschen zu durchwühlen, fand aber nichts, und so erhob sich Lena.

»Wo willst du hin?« Agathe tat einen Schritt auf sie zu und streckte den Arm aus.

»Kurz aufs Zimmer, falls Sie nichts dagegen haben.«

»Es bleiben alle hier, hatten wir vorhin gesagt!«

»Aber ich muss auf Toilette!«

Die alte Schnappschildkröte konnte sie doch hier nicht einfach festhalten! Schließlich waren sie keine Gefangenen! Außerdem waren doch sowieso nicht »alle« hier. Lena richtete einen flehenden Blick zu ihrem Klassenlehrer, der mehrfach zwinkerte und sich dann räusperte, bevor er sprach. »Wenn Anne mitgeht?«

»Aber sicher, Herr Büchner.« Ihre Freundin, die schon neben ihr stand, nahm ihre Hand. Das schrille »Fünf Minuten!« der Sportlehrerin überhörten sie geflissentlich.

»Die tun grad so, als ob der Irre uns in die Herberge gefolgt ist …« Lena schniefte. »Ich musste echt da raus. Hoffentlich kommt mein Papa bald und holt uns ab. Du kannst bestimmt bei mir mitfahren.« Sie öffnete die Tür ihres Zimmers und warf sich aufs Bett. »Michelle war nicht gerade meine beste Freundin, aber …« Noch mehr Tränen.

»Ich weiß, was du sagen willst.« Anne setzte sich zu ihr. Von draußen drang das Zwitschern der Vögel herein, die den anbrechenden Tag begrüßten. Ein Geräusch, das einen scharfen Kontrast zu ihren Gedanken bildete.

»Ich kann das einfach nicht glauben. Wurde sie wirklich ermordet?«

»Gesagt haben sie das nicht, aber wir werden es bald erfahren.« Lena streichelte den Arm ihrer Freundin.

Es klopfte und dann schaute Felix Baumgärtel herein. »Lena? Dein Dad ist da.«

»Oh!« Lena sprang vom Bett und schwankte. Die Erleichterung ließ ihre Knie zu Pudding werden. Gefolgt von Anne, hastete sie hinaus und rannte auf die große Gestalt am Ende des Flures zu.

»Mäuschen!« Papa drückte sie so fest an sich, dass sie keine Luft mehr bekam. Lena hasste es, wenn er sie so nannte, aber heute war es in Ordnung. Nachdem sie ein paar Sekunden die Wärme seines Körpers genossen hatte, löste sie sich von ihrem Vater. »Weißt du schon Bescheid?«

»Alles, mein Schatz. Dein Klassenlehrer hat mich telefonisch informiert. Ich bin so froh …« Er hielt inne und zog sie wieder an sich, bis ihm Anne einfiel.

»Du fährst bei uns mit. Ich habe mit deinen Eltern gesprochen. Wir rufen sie kurz an, wenn wir losfahren. Packt eure Sachen, ich rede inzwischen mit den Lehrern und ab die Post nach Feldstatt.«

Wieder spürte Lena die Tränen über ihre Wangen laufen. Ihr Papa war da. Sie würden nach Hause fahren. Wenn sich ein irrer Serienmörder da draußen im Wald herumtrieb, würden sie daheim vor ihm in Sicherheit sein.

TEIL 2
Juni

13

»Gibst du seinen richtigen Namen an?« Anne rutschte etwas näher an sie heran. Lena war froh, mit ihrer besten Freundin in ihrem Zimmer zu sitzen und über ganz normale Dinge zu sprechen. Manchmal gelang es ihr dabei sogar, die Klassenfahrt und Michelles Tod zu vergessen, und Anne schien es ähnlich zu gehen.

»Na klar. Allerdings nur den Vornamen, den Nachnamen kürze ich ab.« Lena tippte »Thomas W.« ein. »Ein schönes Foto habe ich auch schon. Schau mal.« Sie hielt ihrer Freundin das Handy hin. »Gestern bei uns im Garten.« Ihr Vater lächelte sein verschmitztes Lächeln. Seine blauen Augen leuchteten im Licht der Nachmittagssonne. »Er sieht doch noch ganz passabel aus, findest du nicht?«

»Wie alt ist dein Dad jetzt?«

»Siebenundvierzig.«

»Ganz schön alt!«

»Ich glaube, er sieht das anders.« Lena kicherte und wandte sich dann wieder dem Bildschirm zu. »Unsere Adresse trage ich natürlich nicht ein. Nicht dass eine von denen plötzlich hier vor der Tür steht. Zuerst will ich sie überprüfen. Vorher darf er nichts davon erfahren.«

»Wird er denn nicht böse sein, wenn du einfach ein Bild von ihm hochlädst?«

»Vielleicht. Aber wenn er so wieder jemanden findet, wird er mir bestimmt verzeihen. Ich meine es doch nur gut.«

»Ich drücke dir die Daumen. In wie vielen Datingportalen willst du ihn eigentlich anmelden?«

»Dies hier und noch zwei, dachte ich. Es soll ja auch nicht zu teuer werden. Aber nach vier Jahren ist es endlich an der Zeit, dass er eine neue Frau kennenlernt. Und da er von allein keine Anstalten macht …«, Lena sah zu Anne, »… muss ich die Initiative ergreifen.«

»Denkst du oft an deine Mom?«

»Manchmal. Sie ist schon so lange weg …« Das stimmte nicht ganz. Lena dachte häufig an ihre Mama. Aber das brauchte keiner zu wissen. Nach außen hin musste sie stark und tapfer sein – schon ihrem Papa zuliebe. Sie sprachen zwar selten darüber, aber sie wollte ihren Vater in dem Glauben lassen, alles gut verkraftet zu haben. Er hatte es schon schwer genug, und bisweilen konnte sie ihm ansehen, dass er traurig war.

»Ist schwer, was?« Anne legte ihren Arm um Lenas Schulter. Lena spürte, dass sie die Frage extra vorsichtig formulierte, um ihr nicht wehzutun. Obwohl sie sonst alles miteinander besprachen, war Lenas Mutter ein Tabuthema. Ihre Freundin wusste nur, dass Nicole Waldner vor mehreren Jahren verschwunden war.

Und viel mehr weiß ich ja auch nicht. Mama ist weg. Lena

rieb sich die Augen und rückte den Laptop zurecht, auf dem das Foto ihres Vaters prangte.

»Weiter geht's. Jetzt kommen die Kontaktdaten. Ich habe extra eine neue E-Mail-Adresse für ihn angelegt. Beim Telefon gebe ich meine Handynummer an.«

»Was willst du sagen, wenn die potenziellen Kandidatinnen ihn anrufen und *dich* an der Strippe haben?«

»Zuerst wird mal ein bisschen gemailt. Ich sammele Informationen. Und wenn sie doch anrufen, ist das auch kein Problem. Ich nehme das Gespräch an und sage, dass ich die Tochter bin und an sein Handy gegangen bin, weil er gerade – wo auch immer – ist. Dann wissen sie auch gleich, dass er ein Kind hat.«

»›Wo auch immer‹, hm?« Anne grinste.

»Das muss ich mir noch ausdenken. Nichts jedenfalls, von wo ich ihn sofort holen kann. Einkaufen vielleicht. Dann kann ich auch gleich ein wenig mit den Frauen plaudern.«

»Klingt nach einem guten Plan. Was machst du, wenn eine anbeißt?«

»Zuerst einmal muss ich sie okay. finden. Also altersmäßig, vom Charakter her und vom Aussehen her auch. Ich weiß, auf welchen Typ er steht.« Lena sah die dunkelhaarige Kassiererin im Supermarkt vor sich, die ihr Vater jedes Mal anstarrte.

»Falls die Frauen deine Handynummer bei WhatsApp checken, sehen sie aber, dass du nicht dein Dad bist.«

»Könnte sein. Glaubst du denn, dass Leute über vierzig WhatsApp haben?«

»Ich kenne sogar welche. Meine Eltern zum Beispiel.«

»Echt? Na, das Risiko muss ich wohl in Kauf nehmen. Ich

kann ja für die Zeit mein Profilbild rausnehmen oder so. Jedenfalls habe ich mir überlegt, nach den Mails mit den Frauen, die infrage kommen, ein Date zu vereinbaren. Papa wird die Kandidatinnen irgendwohin bestellen, um sich mit ihnen zu treffen. In ein Café in Feldstatt zum Beispiel. Dort kann ich sie dann unbemerkt abchecken.«

»Und du lässt die Frau dort sitzen, ohne dass dein Dad auftaucht? Damit verprellst du sie doch hundertprozentig.«

»Stimmt.« Darüber hatte sie noch gar nicht nachgedacht. »Gut, dass wir das vorher alles durchsprechen.«

»Du könntest ihr aber, wenn du sie dir angeschaut hast, eine SMS schicken, dass du im Stau stehst oder Ähnliches.«

»Tolle Idee!«

Als hätten ihre Telefone den Disput gehört, klingelte Annes Handy. Die Freundin drehte das Display so, dass Lena daraufschauen konnte, und seufzte.

»Warum gehst du nicht ran?« Lena betrachtete das Kontaktbild. Annes Mutter.

»Weil ich mich nicht terrorisieren lasse, deshalb.« Das Klingeln brach ab. »Jetzt spricht sie erst mal aufs Band und in zehn Minuten versucht sie es erneut. Voll nervig.«

»Ist das immer noch wegen des Schullandheims?«

Anne hob die Schultern. »Sie ist total panisch. Wehe, ich melde mich nicht sofort.«

»Aber sie weiß doch, dass du hier bei mir bist!«

»Trotzdem. Dad sagt, er versteht ihre übertriebene Fürsorge. Aber langsam habe ich echt genug, *mir* geht es doch gut. Ich hatte Glück.« Trotz ihrer gleichmütig wirkenden Worte schauderte Anne.

Lena nickte, um ihre Freundin zu besänftigen. »Hier bist du nicht in Gefahr, Süße.«

»Du und ich wissen das, aber meine Eltern anscheinend nicht. Ich hoffe bloß, dass sie uns in den Sommerferien mit der Clique zelten lassen.«

Der Campingausflug an den See in Mecklenburg-Vorpommern war schon vor Monaten ausgemacht worden, und da Felix Baumgärtels Eltern sich bereit erklärt hatten mitzufahren, waren die meisten Eltern damit einverstanden gewesen. Nach den Erlebnissen bei der Klassenfahrt schienen jedoch einige ihre Meinung geändert zu haben, denn drei Mitschüler hatten bereits absagen müssen.

Schritte näherten sich, und Lena klappte hastig den Rechner zu, auf dem noch immer das Foto ihres Papas leuchtete. Im gleichen Moment klopfte es auch schon.

»Anne, deine Mutter.« Ihr Vater hob das Festnetztelefon in die Höhe. Über die Sprechmuschel hatte er seine linke Hand gelegt. »Sie fragt, ob du noch hier bist. Was soll ich ihr sagen?«

Lena sah zu ihrer Freundin, die mit den Augen rollte und sich das Telefon geben ließ. Papa war in Ordnung. Er fiel ihr nicht in den Rücken. Meistens jedenfalls.

Nachdem Anne ihrer Mutter erklärt hatte, dass sie spätestens in einer halben Stunde zu Hause sein würde, legte sie auf und schnaufte empört. »Bloß, weil ich nicht gleich an mein Handy gegangen bin! Wie im Kindergarten.«

»Nimm es ihr nicht übel.« Papa griff nach dem Telefon und ging wieder zur Tür. »Sie sorgt sich halt um dich. Das ist doch legitim.«

Anne wartete, bis sich die Tür hinter ihm geschlossen hatte. »Dein Dad ist viel cooler als meine Eltern!«

»Er tut nur so.«

»Aber um mich vom Schullandheim abzuholen, hatten sie keine Zeit. Das ganze Theater ging erst hinterher los.«

»Sei nicht ungerecht. Da wussten doch deine Eltern auch noch nicht, was dir im Wald passiert ist.«

»Immerhin war Michelle tot! Das müsste doch ausreichen, dass Eltern ihr Kind sofort von dort wegholen! Von dem Überfall auf mich wollte ich ihnen gar nichts erzählen, weil sonst gleich die Hölle losgewesen wäre. Aber unsere entzückende Agathe hat ja alles ausgeplaudert.«

»Sie ist und bleibt eine doofe Kuh.« Lena klappte den Laptop wieder auf und überflog die Angaben auf dem Bildschirm. »Fehlen nur noch Freizeitinteressen und besondere Hobbys.«

Zehn Minuten später sah Anne zur Uhr. »Ich muss los. Sonst dreht meine Mom total am Rad.«

»Wenigstens holt sie dich nicht ab.«

»Das fehlte noch. Aber sie hat bestimmt schon darüber nachgedacht.« Anne warf sich ihre Beuteltasche über die Schulter und öffnete die Zimmertür. »Ciao, Bella!«

»Ciao!« Lena betrachtete zum wiederholten Mal das Profil ihres Vaters. Wenn da keine anbiss, waren sie selbst schuld. Hoffentlich nahm Paps ihr das hier nicht übel.

Sie holte tief Luft, schaltete den Rechner aus und machte sich auf den Weg nach unten.

14

»Hausaufgaben bis Freitag.« Erbi, ihr Physiklehrer, schrieb Buchseite und Aufgabennummer an die Tafel und drehte sich um. »Ihr könnt einpacken, wartet aber, bis es geklingelt hat.«

Papier raschelte, Bücher wurden zugeklappt, Stühle scharrten. Hinter Lena zischelte Julia: »Wieso gibt der Blödmann uns so kurz vor den Ferien noch Hausaufgaben auf? Die Zensuren sind doch eh fertig!«

Lena sah zu Anne, die mit den Schultern zuckte. Irgendwie hatte die Sonderbare recht, aber ihr Gemecker änderte auch nichts und Lena hatte keine Lust, zu antworten.

»Tschüss, Leute!« Herr Erben hatte die Bemerkung nicht gehört. Er griff nach seiner abgewetzten Aktentasche und ging hinaus.

»Gehst du essen?« Lena folgte Anne auf den Flur und ließ Julia links liegen.

»Heute nicht. Wollen wir uns was holen?«

Die Mittagspause dauerte vierzig Minuten, und manchmal verließen sie den Schulhof, um zum benachbarten Bäcker zu gehen, obwohl das nicht erlaubt war. Am Horizont hatten sich kugelige weiße Wolken aufgetürmt, die riesigen Bienenstöcken glichen.

»Sieht nach Gewitter aus.« Lena deutete nach oben. »Ich würde mich über eine Abkühlung freuen.«

»Schon, aber übermorgen ist die Poolparty bei Luca. Da brauchen wir schönstes Wetter.«

Lena sah den Klassenschönling vor sich. Lucas Eltern hatten alles. Sogar einen Pool. Und sie ließen ihn oft mit seinem Bruder allein. Was von Vorteil für ihre Clique war. Bei Luca konnten sie die besten Feten feiern. Und dass Anne die Party erwähnt hatte, hieß also, dass sie und Luca sich wieder annähern wollten. Nach der Rückkehr aus dem Schullandheim war zwischen ihnen über Wochen Funkstille gewesen. Auf Lena hatte es den Eindruck gemacht, dass dies von Anne ausgegangen war. Andererseits konnte es auch an Luca gelegen haben, der das Auffinden von Michelles Leiche nur schwer verkraftete. Ab und an wirkte er abwesend, starrte minutenlang in die Ferne und schien nicht zu hören, dass jemand mit ihm sprach.

Lena öffnete die Tür des Bäckerladens. In der Reihe vor ihnen standen Tim und Jacob. »Ich habe gar keine richtige Lust auf die Party. Lässt deine Mutter dich denn hingehen?«

»Ich habe mit meinem Dad geredet, und er findet auch, dass Mom übertreibt. Wenn ich ihr sage, dass du mitkommst und mich zu Hause abholst … das würde helfen.« Anne zwinkerte Lena übertrieben schelmisch zu.

»Ach, so läuft das. Dann habe ich ja keine Chance, Nein zu sagen. Muss ich dich auch *heimbringen*?« Lena tat so, als meine sie ihre Bemerkung ernst, während sie beobachtete, wie die Verkäuferin zwei mit Käse belegte Brötchen für Tim einpackte.

»Vielleicht lasse ich mich auch abholen.«

Oder Luca bringt dich heim. Ein Lächeln stahl sich in Lenas Mundwinkel. »Na klar.«

Anne deutete auf einen Muffin, überlegte es sich aber anders und bestellte zwei Körnerbrötchen. »Besser keine Süßigkeiten. Ich will nicht nur hingehen, sondern auch in den Pool springen. Mit meinem neuen Bikini.«

»Du bist doch superschlank. Was willst *du* denn noch abnehmen?« Lena ließ sich Anne zum Trotz einen Schokomuffin geben. Ihre Freundin beantwortete die Frage nicht. Zu Diäten hatte sie eine andere Auffassung. Ab und zu wollte sie Lena überreden, die neuesten Ratschläge aus Zeitschriften oder von Freundinnen auszuprobieren. Aber Lena ließ es meistens schnell wieder sein, weil sie auf bestimmte Dinge doch nicht verzichten konnte.

Ohne dass es der Pausenaufsicht auffiel, kehrten sie auf den Schulhof zurück und setzten sich auf die kniehohe Mauer, die den Sportplatz umgab. Tim und Jacob hatten mit dem Rücken zu ihnen auf der Bank hinter einer mächtigen Linde Platz genommen, die von all den Schülern bevorzugt wurde, die nicht gesehen werden wollten.

Gesprächsfetzen drangen herüber und Lena stieß Anne an und legte den Finger auf die Lippen.

»… ewig in den Schlagzeilen … leider … abgeflaut.« Das war eindeutig Tim. Er schien es zu bedauern, dass der Fall Michelle nun nicht mehr die Nachrichten beherrschte.

»… Interviews … echt cool, Alter.« Jacob fand das also »cool«. Er hatte in der Woche nach ihrer Rückkehr mehreren Fernsehsendern und Zeitungen von den Ereignissen in Waldersbach erzählt und dabei nicht mit Details gespart, obwohl die Schule ihnen allen einen Maulkorb verpasst hatte. Aber das scherte ihn nicht. Irgendwie war es ihm stets gelungen, die Abschirmung zu umgehen und mit den Medienvertretern zu sprechen.

Lena kräuselte die Oberlippe. Als wäre das alles nur ein Spiel gewesen. Jacko tat mal wieder, als habe er keine Emotionen. Unglaublich.

»… noch eine Kippe …« Schon stieg Zigarettenqualm zur Krone der Linde hinauf.

»Da denkt man mal nicht an Michelle und schon kommen die beiden Unzertrennlichen wieder damit um die Ecke.«

»Mir geht es genauso.« Anne putzte sich die Krümel vom Shirt. »Zuerst wollte ich das alles ganz schnell vergessen, aber es ist irgendwie immer präsent. Ich sehe Michelle in ihrer Bank sitzen und wie sie sich Lipgloss auf den Mund schmiert. Ich höre ihr Lachen und rieche ihr Blütenparfüm. Und dann …« Die Freundin legte eine kleine Pause ein, um durchzuatmen, »… stelle ich mir vor, wie ihr sie gefunden habt. Das hätte *ich* sein können!«

»Hör bitte auf damit.« Bei der Erinnerung an die Leiche im Steinbruch begann Lenas Herz zu rasen und der Reif umspannte ihren Brustkorb fester.

»Tut mir leid. Bloß, wenn ich das Gequatsche der beiden höre, denke ich wieder über unsere Theorie nach, dass es einer von uns gewesen sein könnte.« Anne zeigte den Rücken von Tim und Jacob einen Vogel. »*Die* sollten mal zu dieser Therapeutin gehen und nicht ich!«

Lena sah die kleine Frau mit den braunen Locken und den bunten Klamotten vor sich. Frau Doktor Graicchen. Ihre Freundin redete indessen ununterbrochen weiter.

»Weißt du noch, wie die anderen Schüler uns bei dieser Versammlung angestarrt haben? Als wären wir alle Aliens!«

Am Tag nach ihrer Rückkehr hatte es für ihre Klasse keinen Unterricht gegeben. Sie waren mit ihren Eltern in ein Klassenzimmer verfrachtet worden, wo schon der Schulleiter, die Beratungslehrerin, Bücherfresser und Agathe, der Kommissar aus Waldersbach mitsamt Kollegin und eine unbekannte Frau auf sie alle gewartet hatten. Lena erinnerte sich an den betrübten Blick des Kommissars und wie sein Schnauzbart gezittert hatte. Sie hatte zu ihrem Vater geschaut, der links neben ihr saß, und sich vorgestellt, wie es Michelles Eltern jetzt gehen mochte. Michelle war ertrunken, jedoch hatte die Rechtsmedizin Würgemale an ihrem Hals gefunden. Mehr wollte Kommissar Schneider auch auf mehrfaches Nachfragen hin nicht erklären. Bis alle Spuren ausgewertet seien, dauere es noch.

Miriams Vater hatte gefragt, ob ihre Kinder hier sicher seien, und zur Antwort bekommen, dass die Kripo davon ausgehe. Eine heiße Spur gebe es noch nicht.

Miriam hatte gleichzeitig mit ihr und Anne zu weinen begonnen, und sogar Bücherfresser, der während der ganzen Rede wie ein Häufchen Unglück vorn gestanden hatte, hatte feuchte Augen bekommen.

Zum Schluss seiner Rede hatte Kommissar Schneider ihnen allen psychologische Betreuung angeboten und auf die kleine dunkelhaarige Frau neben sich gezeigt. Frau Doktor Graicchen sei erfahren in der Betreuung von Traumata.

»Wie oft warst du denn bei ihr?«, fragte Lena in die nachdenkliche Stille hinein.

»Doktor Graicchen? Viermal in den letzten Wochen.«

»Hat es dir was gebracht?« Lena hatte das Angebot zur Hilfe abgelehnt. Sie war bis jetzt mit allem allein fertiggeworden und würde es auch diesmal schaffen. Davon war sie fest überzeugt.

»Ich glaube schon.«

»Und worüber habt ihr zuletzt gesprochen?«

»Na ja, zuerst hat sie mir erzählt, was ein Trauma ist und wie Menschen damit umgehen. Seitdem sprechen wir die Ereignisse von Waldersbach durch, und ich erzähle, wie ich im Alltag damit klarkomme.«

»Findest du diese Frau Doktor nett?« Lena stellte sich vor, wie sie auf einer Couch lag und von der Therapeutin befragt wurde.

»Ziemlich. Sie hat mich ernst genommen und behandelt mich nicht wie ein Kleinkind – im Gegensatz zu Mom. Die geht übrigens immer noch zur Elternberatung zu ihr.«

»Ach was! Das gibt's auch?«

»Hast du denn überhaupt nicht zugehört, als sie uns das bei der Versammlung erzählt haben? Eltern bekommen auch Hilfe, weil sie meist nicht wissen, wie sie mit ihren traumatisierten Kindern umgehen sollen. Aber ich habe das Gefühl, bei Mom ist der Groschen noch nicht so ganz gefallen«, fügte Anne spöttisch hinzu. »Was denkst du, wann Herr Büchner wiederkommt?«

»Vor den Ferien bestimmt nicht mehr.« Ihr Klassenlehrer war drei Tage nach der Rückkehr aus dem Schullandheim erkrankt. Wahrscheinlich hatte ihn der Tod von Michelle stärker getroffen, als es zuerst den Anschein gehabt hatte, und es wurde gemunkelt, er fühle sich mitschuldig. Agathe hingegen schien keine Reuegefühle zu haben. Wie eh und je marschierte sie mit ihrem verkniffenen Gesicht durch die Flure und schikanierte hübsche Mädchen beim Sportunterricht.

»Wie wär's mit einem anderen Thema?« Lena warf einen abschiednehmenden Blick auf ihr Handy, bevor sie es ausschaltete. Die Lehrer hassten es, wenn ein Mobiltelefon sich im Unterricht mit Geräuschen oder gar Klingeln bemerkbar machte, und kassierten es sofort ein. Nach der Schule konnte man es sich dann wieder abholen. »Wir müssen rein.«

Vor ihnen erhob sich Jacob und trat seine Kippe aus.

»Noch zwei Stunden.« Sie steckte ihr Mobiltelefon in die Hosentasche. »Ich bin gespannt, ob schon jemand auf die Datinganzeigen für meinen Papa geantwortet hat.«

»Du könntest nach dem Unterricht mit zu mir fahren und wir schauen nach. Meine Mom hat verlangt, dass ich heute gleich nach der Schule heimkomme, nachdem ich mich gestern ›verspätet‹ habe.«

»Können wir machen. Ich schick meinem Papa eine WhatsApp, dass ich bei dir bin.«

»Toll.« Anne hängte sich bei ihr ein und sie folgten dem Strom der Schüler ins Gebäude.

15

Lena sah, wie ihre Freundin das Foto auf dem Bildschirm betrachtete. »Die sieht doch nett aus! Sie hat Lachfältchen und die Grübchen sind auch süß. Glaubst du, dass das ein echtes Bild von ihr ist?«

»Wenn nicht, wird sie aussortiert. Nehmen wir es erst einmal als real an.«

»Sie schreibt, sie sei Bibliothekarin. Passt das zu einem Ingenieur?«

»Denke schon. Das muss Papa dann selbst entscheiden.«

Anne tippte mit dem Fingernagel auf den Bildschirm. »Hier steht, sie heißt Anja, ist 41 Jahre alt und geschieden. Ob sie Kinder hat? Dann bekommst du Geschwister!« Sie lachte. »Hoffentlich sind sie netter als mein Bruder.«

»Das werde ich schon noch alles herausfinden. Du hängst dich da ja mehr rein als ich. Man könnte meinen, es ginge um *deinen* Vater!«

In Annes Zimmer war es drückend heiß und Lena wedelte sich mit einem Block Frischluft zu.

»Ich finde das eben spannend. Und eine andere Mom wäre

manchmal auch nicht schlecht. Also kommt sie in die engere Wahl?«

»Für mich schon. Papa muss sie letztendlich gefallen. Heute Abend schreibe ich ihr eine E-Mail.«

»Hast du nicht gesagt, dass dein Dad auf Dunkelhaarige steht?«

Lena löste den Blick von der Frau mit den Grübchen und schluckte Magensäure hinunter. »Ja.« *Mama hatte auch braune Haare. Genau wie ich.*

Anne schien gemerkt zu haben, dass etwas nicht stimmte, denn sie berührte Lenas Arm. »Mist. Deine Mom?«

»Ja.«

»Tut mir leid, das wollte ich nicht. Ich tappe von einem Fettnäpfchen ins andere.« Sie streichelte Lenas Wange. »Manchmal stehe ich auf der Leitung. Du bist ja auch nicht blond, so wie dein Dad. Dann hast du die dunklen Haare bestimmt von deiner Mom geerbt.«

Lena nickte. »Hast du was zu trinken da?«

»Nur Mineralwasser.« Anne reichte ihr die Flasche. »Ich muss die ganze Zeit an heute Mittag denken.«

Jetzt ging das schon wieder los. Offenkundig wollte ihre Freundin sie von der Erinnerung an ihre Mutter ablenken, aber sie hatte dafür definitiv das falsche Thema gewählt. Lena ließ das lauwarme Wasser ihre Kehle hinabrinnen, während Anne weiterredete.

»Die beiden Unzertrennlichen bedauern ja ziemlich, dass ihnen die mediale Aufmerksamkeit entzogen wurde.«

»Ja.« Wenn sie einsilbig antwortete, würde Anne doch hoffentlich merken, dass sie sich nicht damit befassen wollte.

»Tim und Jacko stehen auf Splatter. Es muss ihnen in Waldersbach vorgekommen sein, als spielten sie in einem Horrorfilm mit, der nun leider zu Ende ist. Mit Michelle haben sie anscheinend kein Mitleid. Oder sie zeigen es nicht, weil sie sonst nicht cool genug wirken könnten.« Anne schien selbst nicht zu wissen, wie sie das Verhalten der beiden einordnen sollte. »Wir hatten doch damals im Schullandheim darüber nachgedacht zu recherchieren, weißt du noch?«

Lena erinnerte sich. Das war an dem Abend gewesen, bevor der Irre Michelle gewürgt und ertränkt hatte. »Ja.« *Hör schon auf damit, bitte.*

»Ich glaube, ich bin dem Mörder einen Abend vorher gerade so davongekommen! Was, wenn er es von Anfang an nicht auf Michelle, sondern auf mich abgesehen hatte?« Anne sprach immer lauter, fast manisch, und in Lena breitete sich das ungute Gefühl immer mehr aus.

»Michelle war ungefähr genauso groß wie ich, blond und sehr schlank. Im Finstern könnte man uns verwechseln! Womöglich bin ich immer noch in Gefahr?!«

»Anne.« Lena griff nach der Hand ihrer Freundin, doch die zog sie weg, stand auf, ging zu ihrem Schreibtisch und kam mit einem Stapel Papier zurück. »Schau mal. Ich habe alles aufgehoben, was in der Zeitung stand.«

Anscheinend würde ihre Freundin erst Ruhe geben, wenn sie das alles ausdiskutiert hatten. Müde betrachtete Lena den obersten Artikel. »Waldwürger!« lautete die fette Überschrift. »Macht es dir keine Angst, wenn du alles aus deinem Gedächtnis wieder ans Licht holst?« Lenas Fingerspitzen begannen zu kribbeln. »Schließlich läuft der Täter noch frei herum!«

»Ja, schon, aber ich muss mich einfach damit auseinandersetzen. Außerdem hat Frau Doktor Graicchen gesagt, dass es bei der Verarbeitung eines Traumas gut ist, wenn man sich mit dem auslösenden Ereignis befasst, statt es ins Unterbewusstsein zu verdrängen. Also?«

»Du merkst dir wohl alles wortwörtlich, was die von sich gibt?«

»Es interessiert mich. Schließlich will ich selbst mal Psychologie studieren.«

Annes Studienwunsch wandelte sich von Monat zu Monat, je nachdem, wer oder was sie gerade faszinierte. Anscheinend war es dieses Mal die Therapeutin. Und so wie es aussah, würde das Thema Michelle sie noch eine ganze Weile beschäftigen. Lena sah Annes rote Wangen und wusste, dass ihre Freundin nicht klein beigeben würde. Hatten sie sich nicht schon vor Jahren geschworen, alles gemeinsam durchzustehen? *Und jetzt willst du sie im Stich lassen?*

»Na gut, von mir aus.« Mit einem Seufzer griff sie nach den Zeitungsartikeln. »Wo fangen wir an?«

»Dort, wo wir im Schullandheim aufgehört haben. Bei den Verdächtigen. Ich habe die Liste aufgehoben.« Anne reichte ihr den Zettel mit den Namen. Sofort kehrte die Erinnerung an den Abend in der Herberge zurück und Lena sah sich im Halbdunkel mit ihrer Freundin auf dem Bett sitzen und ein Sternchen hinter Tims Namen machen. Eisfinger berührten ihren Nacken und sie erschauerte.

»Weißt du noch, wir waren uns an dem Abend einig, dass keiner von uns infrage kommt, auch wenn sich manche durchaus ab und zu seltsam benehmen«, bohrte Anne nach.

»Mittlerweile habe ich daran jedoch meine Zweifel – jetzt wo der Mord passiert ist.«

»Die haben gesagt, dass Michelle ertrunken ist. Das muss demnach nicht unbedingt ein Mord gewesen sein.«

»Der Kommissar hat von einem ›Tötungsdelikt‹ gesprochen. Wie würdest du es nennen, wenn dich jemand so sehr würgt, dass du Male am Hals hast, und dann in einen Steinbruch wirft? Also, wenn das kein Mord ist, weiß ich auch nicht!«

Lenas Puls beschleunigte sich, während sie an die Abdrücke an Anne Hals dachte. »Aber jemand von uns? Wer sollte denn dich und dann Michelle *ermorden* wollen? Als wir unsere Liste gemacht haben, dachten wir, jemand hat dir einen schlechten Streich gespielt …«

Aber Anne hörte gar nicht richtig zu. »Es war genau wie bei mir eine Nacht davor. Ihr habt es doch auch gesehen! Das kann kein Zufall gewesen sein! Jemand wollte mich erwürgen!«

Jeder Satz ein Aufschrei. Lena schwieg, weil sie keine Ahnung hatte, was sie erwidern sollte.

»Ich muss runterkommen.« Anne atmete ein paar Mal kräftig durch und setzte dann fort. »Jedenfalls gibt es zwei Möglichkeiten. Entweder war es einer von uns oder ein Fremder. Um die Leute aus unserer Klasse auszuschließen, müssen wir ein paar Fragen stellen. Das können wir erst morgen machen. Deshalb bin ich dafür, dass wir uns jetzt um den unbekannten Täter kümmern.«

Anne rief Googlemaps auf und gab »Waldersbach« ein. »Zuerst schauen wir mal, was für Orte im Umkreis liegen.

Dann suchen wir danach im Zusammenhang mit ›Mord‹ oder ›Würger‹.« Schon flitzten ihre Finger über die Tasten. Lena hatte keine Lust, auf den Bildschirm zu schauen. Ihre Freundin verrannte sich da gerade in etwas, und sie konnte sich nicht vorstellen, dass die Therapeutin ihr dazu geraten hatte. Wozu gab es schließlich die Kriminalpolizei?

»Schau mal. Ich hätte gar nicht gedacht, dass das so nah an der tschechischen Grenze liegt.«

»Da lernen wir sogar noch etwas.« Vielleicht konnte sie Anne vom Thema ablenken. »Mondkrater hätte seine wahre Freude an uns.« »Mondkrater« war der Spitzname ihres Geografielehrers. Nicht nur, weil Herr Reinert sie wochenlang mit dem Mond, seiner Erdumkreisung, Sonnenfinsternissen und der Beschaffenheit seiner Oberfläche gequält hatte, sondern weil sein Gesicht von Aknenarben zerklüftet war wie das von Toni Scarface. Doch leider reagierte Anne nicht auf den Einwurf, sondern reichte Lena Stift und Zettel.

»Alles nicht weit weg. Schreib mal auf.«

Unwillig notierte Lena die Namen einiger Orte und gab ihr den Zettel zurück.

»Das gebe ich jetzt bei Google ein.« Gebannt überflog ihre Freundin die Ergebnisliste.

»… der Neuntöter oder Rotrückenwürger *Laniuscollurio* ist ein verbreiteter Würger …« Anne lachte. »Das ist zwar ein seltener Vogel, aber nicht das, was wir suchen.«

»Präsentkarton *Blauer Würger* auch nicht. Was es alles gibt!« Auch Lena begann zu kichern, wurde aber schnell wieder ernst, als Anne den nächsten Treffer vorlas: »Einen dieser Geister nannten die Kapuziner ›Würger‹. Er sprang einem an den Hals und peinigte die Bergbewohner. Angst und bange konnte es einem in diesem Wald voller tiefer Schluchten, Sümpfe, wilder Tiere und Hinterhalte werden, sodass es einem die Kehle zuschnürte, und mancher konnte sogar vor Schreck krank werden oder sterben.« Sie sah Lena an. »Das trifft es wohl eher. Genauso habe ich mich in dieser Nacht gefühlt. Ob sich wohl jemand aus der Gegend für diesen Würger aus der Sage hält?«

»Könnte sein.« Lena wollte, dass Anne damit aufhörte. Mörder, Würger und Verrückte würden sie noch im Schlaf verfolgen, wenn das so weiterging. Noch während sie überlegte, ob sie ein Treffen mit ihrem Papa vorschieben sollte, hörte sie ein Geräusch, legte den Finger auf die Lippen und deutete mit der anderen Hand auf den Laptop. Anne verstand sofort, was sie meinte, und klappte den Rechner zu. Gerade noch rechtzeitig, bevor ihre Mutter ins Zimmer platzte.

»Was macht ihr da?«

»Hausaufgaben, Frau Neugebauer. Wir haben uns über seltene Vögel im Erzgebirge informiert.« *Mein Papa klopft wenigstens vorher an, bevor er in mein Zimmer kommt!*

»Für Biologie?« Annes Mutter schien misstrauisch.

»Ja, Mom.«

»Seltene Vögel, hm? Ist euer Klassenlehrer nicht krankgeschrieben?«

»Deshalb haben wir doch aber trotzdem Unterricht. Wusstest du, dass ein Vogel in der Gegend Neuntöter heißt?« Annes Mundwinkel begannen zu zucken. Wahrscheinlich dachte sie gerade an den Schnaps namens *Blauer Würger,* und Lena beschloss, dem Verhör ein Ende zu bereiten.

»Darf Anne am Freitag mit zu Luca? Er feiert Geburtstag.« *Bloß kein Wort vom Pool.*

»Gehst du auch hin?«

»Na klar, selbstverständlich.« Das erübrigte den Zusatz, dass ihr Papa nichts dagegen hatte.

»Bitte, Mom!« Der flehende Blick ihrer Freundin war zum Steinerweichen. »Lena holt mich ab.«

Sofie Neugebauer schien noch nicht überzeugt und Anne bettelte weiter. »Dort kann uns wirklich nichts passieren. Ich bin sechzehn! Es sind viele Leute da, ich bin nicht allein. Luca hat mich eingeladen und ich kann mich doch nicht von allem fernhalten!«

»Sprich mit deinem Bruder. Wenn er dich abholt, bin ich einverstanden.« Annes Mutter lächelte. »Versteh mich nicht falsch. Ich möchte dich nicht tyrannisieren. Bin wohl etwas überbesorgt.«

»Das verstehe ich doch. Danke, Mom.«

»In einer halben Stunde gibt es Abendbrot. Bleibst du hier, Lena?«

»Nein, ich muss dann auch los.«

»Na dann, Mädels. Wenn was ist – ich bin in der Küche.« Sofie Neugebauer verschwand nach draußen.

»Juhu! Es hat geklappt!« Anne flüsterte, damit ihre Mutter auf dem Flur ihren Jubel nicht hörte. »Danke! Ohne dich hätte sie mich nie gehen lassen.« Sie verzog kurz den Mund. »Jetzt muss ich nur noch Moritz überzeugen, dass er mich abholt.«

»Das kriegst du hin. Ich ziehe dann los.« Vermutlich würde Anne weiterrecherchieren, wenn sie weg war, aber Lena wünschte sich nur eins: die schrecklichen Erinnerungen loszuwerden.

»Ich freue mich riesig auf Freitag.« Anne umarmte sie. »Das wird die beste Party meines Lebens.«

16

»Auf euch!« Luca hob das Glas und prostete allen zu.

So einen riesigen Swimmingpool hatte Lena noch nie gesehen. Außer vielleicht in einem dieser alten Hollywoodschinken mit Superreichen. Kleine Wellen kräuselten das himmelblaue Wasser. Auf dem Rasen hatte Lucas älterer Bruder ein großes Partyzelt aufstellen lassen, vor dem ein echter Smoker-Grill qualmte.

»Fühlt euch wie zu Hause.« Luca leerte das Bierglas und wischte sich den Schaum von den Lippen.

Anne stieß mit ihr an und nahm einen kleinen Schluck Sekt. Dann stellte sie das Glas ab und verkündete, dass sie auf die Toilette müsste. Dabei waren sie noch nicht einmal zehn Minuten hier, und sie war bei sich zu Hause noch einmal gegangen, als Lena sie abgeholt hatte. Wahrscheinlich wollte sie die schicke Villa ein bisschen inspizieren. Die *Protzvilla*, berichtigte sich Lena. Gut, dass Luca in der Schule nicht den Snob heraushängen ließ.

Tim und Jacob hatten die Aufforderung wörtlich genommen und lümmelten in zwei Liegestühlen, jeder eine Flasche

Bier neben sich. Sie trugen identische T-Shirts mit der Aufschrift »cruel« und einem grinsenden Totenkopf. Jacko hatte mal wieder sein Basecap verkehrt herum aufgesetzt, was ihn in Lenas Augen ein bisschen wie einen Nerd aussehen ließ, aber das schien ihn nicht zu scheren.

Luca hatte so ziemlich alle eingeladen. Sogar die Sonderbare, die sich gerade ein Steak reinstopfte. Wenn sie so weitermampfte, würden die Knöpfe von ihrem Jeanskleid abplatzen, in dem sie sowieso schon aussah wie eine Wurst in der Pelle. Vielleicht aß sie auch aus Frust so viel, weil sich keiner mit ihr abgeben wollte. Fast konnte sie einem leidtun. Lena hielt nach ihrer Freundin Ausschau.

Annes Mutter hatte ihr erlaubt, bis zweiundzwanzig Uhr zu bleiben, dann würde ihr Bruder Moritz sie abholen. Nicht besonders lang, aber Anne schien sich vorgenommen zu haben, die Zeit gut zu nutzen. Eben kam sie die Treppe zum Garten hinab, sah sich um und marschierte schnurstracks zum Grill, wo Luca gerade ein paar Würstchen wendete. Lena konnte sehen, wie sie ihn anstieß und er grinste. Dann begannen sie, sich zu unterhalten, und Lena wandte sich ab, um ein wenig durch den Garten zu streifen.

Mächtige Rhododendronbüsche säumten den Weg unter den Bäumen. Feiner Kies knirschte unter ihren Schuhen. Als ein süßlicher Geruch in ihre Nase stieg, blieb Lena stehen. Hinter einem dicken Stamm standen drei Jungs aus der Elften und rauchten Hasch. Gerade gesellten sich auch Miriam und Jacko zu ihnen. Kifften die beiden etwa auch? Schnell machte Lena kehrt. Ob Lucas Eltern wussten, was sich hier abspielte, wenn sie unterwegs waren? Wie schon des Öfteren waren die Feldbergs mal wieder verreist und hatten Luca in der Obhut seines älteren Bruders zurückgelassen. Der auch unterwegs zu sein schien. Jedenfalls hatte Lena ihn noch nicht gesehen. Hoffentlich wuchs die Sache Luca nicht über den Kopf …

Anne stand noch immer neben Luca am Grill. Inzwischen hatte sich jedoch auch Julia zu den beiden gesellt und himmelte Luca an. Lena machte sich auf, ihre Freundin zu retten.

»Kommst du mal mit? Ich will dir was zeigen.« Sie zog Julia am Arm, die unwillig die Stirn runzelte, dann aber doch folgte. »Schau mal, da drüben! Hinter der großen Eiche. Sind das nicht Miriam und Jacob?«

»Ja und?« Julia kniff die Augen zusammen. Jeder wusste, dass sie kurzsichtig war, aber sie trug ihre Brille trotzdem nicht.

»Die rauchen bestimmt Gras.«

»Glaube ich nicht. Miri würde sich das nie trauen.«

»Vielleicht doch? Zigaretten raucht sie schließlich auch. Geh doch mal nachsehen.« Würde Julia anbeißen? Es hatte geklappt. Die Sonderbare stampfte davon und Lena kehrte zum Grill zurück. »Seit der Klassenfahrt benimmt sie sich noch komischer als sonst.« Sie schlug die Hand vor den Mund und blickte Luca erschrocken an. Er hatte ihnen verboten, über Michelles Tod zu reden. Es sei sein Geburtstag und den wolle er unbeschwert verbringen.

Und doch war sie anwesend. Überall. Lena hatte gesehen, wie sie ein Steak aß, eine Zigarette rauchte und später mit ihren High Heels auf der Tanzfläche herumwackelte. Michelle saß neben Tim im Liegestuhl und trank Sekt, sie kicherte über Pauls Witze und malte sich die Lippen an. Michelle war überall und nirgends. Lena schüttelte sich. »Geht ihr noch baden?«

»Klar, du nicht?« Anne lehnte sich an Luca.

»Weiß noch nicht. Ich geh erst einmal rein, ein bisschen Musik hören.« Sie musste weg hier, die zwei wollten allein sein.

»Ciao, Bella!« Luca winkte ihr zu.

Zwei Stunden, ein Fruchteis und zwei Gläser Himbeerlimonade später und nachdem sie sich mit fast jedem hier über irgendwelche Belanglosigkeiten – bloß nicht Michelle erwähnen! – ausgetauscht hatte, begab sich Lena auf die Suche nach ihrer Freundin.

Anne saß neben Luca in einem Liegestuhl und hielt mit ihm Händchen. Ein winziger Stich fuhr Lena in die Brust. Die zwei passten super zusammen.

»In fünf Minuten kommt Moritz.« Die Freundin zog die Mundwinkel nach unten.

»Du könntest doch nur so tun, als hätte dein Bruder dich abgeholt. Schick ihm eine Nachricht und Luca bringt dich heim.« Was laberte sie da? Jetzt half sie Anne auch noch beim Lügen. Aber ihre Freundin würde bestimmt das Gleiche für sie tun, wenn es einmal notwendig wurde.

»Nette Idee.« Anne ließ Lucas Hand los und stand auf. »Aber das funktioniert nicht. Mom will sehen, wie ich mit Moritz zurückkomme, da kannst du Gift drauf nehmen. Vorher geht sie nicht ins Bett. Wie ich sie kenne, steht sie an der

Tür und hält nach uns Ausschau. Es nützt nichts. Ich muss los.«

»Ich bringe dich zum Tor.« Auch Luca stand auf und Lena entschied sich nach kurzer Überlegung mitzugehen. Noch bevor sie an der Zufahrt zur Straße angekommen waren, brauste schon ein Motorrad heran und hielt am Straßenrand.

»Da ist er schon.« Anne seufzte. »Ganz pünktlich. Leider.«

»Klasse Maschine.« Luca näherte sich dem Gefährt, während Annes Bruder abstieg und seinen glänzend schwarzen Helm absetzte. Darunter kam ein blond gelockter Schopf zum Vorschein.

»Hi, Leute.«

Luca streichelte gedankenverloren den Tank. »Das Motorrad ist geil.«

»Habe ich mir nach meinem Auslandsjahr gekauft. Dein Helm, Schwesterchen.« Moritz drehte sich zu Lena. »Hi, Lena! Wir haben uns ja ewig nicht gesehen! Oder nennen dich immer noch alle Schneewittchen?« Er lächelte. Seine Blicke erzeugten ein sanftes Kribbeln an Lenas Hals. Was war denn jetzt los? *Werd bloß nicht rot!* Sie wollte gerade den Mund aufmachen und sagen, dass der Spitzname eigentlich Schneeweißchen lautete, doch da redete Moritz schon weiter.

»Tja, ich fürchte, wir müssen.« Er klopfte Anne auf die Schulter. »Du kennst ja unsere Mom. Wenn wir in zehn Minuten nicht da sind, ruft sie die Polizei. Gib deinem Freund einen Kuss und ab geht's.«

Ziemlich pragmatisch. Lena sah die Verblüffung in Annes Gesicht. *Gib deinem Freund einen Kuss!* Luca hatte Anne zum Tor begleitet, also musste er ihr Freund sein, so einfach war das. Würden sich die zwei hier in der Öffentlichkeit küssen? Aber schließlich hatten sie vorhin schon vor aller Augen Händchen gehalten. Noch ehe sie den Gedanken zu Ende geführt hatte, griff Luca schon nach ihrer Freundin, zog sie an sich und presste seinen Mund auf ihren. Wie mochte sich das anfühlen? Moritz schien ihre Verlegenheit bemerkt zu haben, denn er zwinkerte ihr zu. Wann war er zu diesem gut aussehenden Typen geworden? Lena kramte in ihrem Gedächtnis, wann sie sich das letzte Mal begegnet waren.

»Tschüss, Lena. Bis später. Anne hat ja deine Handynummer. Dann kann ich dir mal eine Nachricht schicken.«

Anne, die rot angelaufen war, setzte hastig ihren Helm auf, und Moritz startete das Motorrad. In das Grollen des Motors hinein rief er Lena zu: »Bleibst du noch ein bisschen hier? Vielleicht komme ich nachher noch einmal wieder!«

Noch ehe sie antworten konnte, verschwand sein Wuschelkopf unter dem Helm, und er brauste mit ihrer Freundin davon. Verwirrt schielte Lena zu Luca. Hatte Moritz mit ihr geflirtet? Luca schien nichts davon mitbekommen zu haben. Und selbst wenn Moritz geflirtet hatte, hielt er sie jetzt bestimmt für eine Vollidiotin. Warum hatte sie nichts geantwortet? Sie war doch sonst auch nicht auf den Mund gefallen.

»Lass uns zurückgehen und noch ein bisschen feiern.« Luca, der dem Motorrad nachgesehen hatte, wandte sich um.

»Ich bin eigentlich müde.« Jetzt, wo sie es ausgesprochen hatte, spürte Lena tatsächlich die Schläfrigkeit. Dabei hatte sie außer dem Glas Sekt zu Beginn der Party keinen Alkohol mehr getrunken. Was aber, wenn Moritz wirklich zurückkam? Vielleicht konnte sie den ersten Eindruck ja wieder ausbügeln.

»Geh rein und ruh dich ein paar Minuten aus. Du wirst doch nicht auch schon um zehn daheim erwartet?«

»Mein Papa ist da relaxter. Ich schicke ihm eine SMS, dass ich noch ein bisschen bleibe.«

»Moritz kann dich ja dann heimfahren.« Luca grinste. Also hatte er doch was mitbekommen!

»Mal sehn.« Lena folgte ihm. Das kleine Lächeln, das sich in ihr Gesicht gestohlen hatte, konnte sie nicht verbergen.

17

Es klopfte.

»Komm rein, Paps!« Lena sprang hoch, um ihrem Vater zu helfen, der einen vollen Krug und zwei Gläser hereinbalancierte.

»Ich habe euch einen Eistee gemacht. Schön kühl bei der Wärme.«

»Du bist der Beste!« Sie stellte den Krug auf den Schreibtisch, wobei sie nachschaute, dass die beiden aufgeklappten Laptops nicht einsehbar waren, und gab ihm einen Schmatz auf die Wange.

»Was macht ihr Mädels da? Mit Jungs chatten?« Thomas Waldner drohte spielerisch mit dem Finger.

»Papa!« Lena gab ihrer Stimme einen empörten Klang und musste gleich darauf lachen. »Nicht doch. Wir recherchieren über Serienmörder in Deutschland.«

Kaum hatte sie es ausgesprochen, verging ihr das Lachen. Anne hatte heute in der Schule so lange auf sie eingeredet, bis sie ihren Vorsatz, sich nicht mehr mit Morden zu befassen, fallen gelassen hatte.

»Na klar. Und ich bin der Osterhase.« Ihr Vater tippte sich an die Stirn und ging.

»Der hat gedacht, wir machen Witze.« Anne nippte an ihrem Glas. Leise klingelten die Eiswürfel. »Lecker. Schmeckt wie selbst gemacht.«

»Er *ist* selbst gemacht. Mein Papa ist fit in der Küche!«

»Die Frau, die ihn bekommt, kann sich freuen. Hast du eigentlich Neuigkeiten von den Datingportalen?«

»Nächste Woche treffe ich mich mit zwei Frauen. Also besser gesagt, ich bestelle sie ins Café und schaue mir sie an.«

»Ist diese Bibliothekarin dabei?«

»Ja. Die hat ganz nett gemailt.«

»Kann ich mitkommen?«

Lena nagte an ihrem Daumennagel und nickte dann. »Na gut. Wir sind zwei Freundinnen, die schon in dem Café sitzen, wenn die Kandidatinnen kommen. Das fällt nicht so auf. Ich bestelle sie im Abstand von einer Stunde, was meinst du?«

»Das müsste reichen. Die werden ja wohl schnell wieder verschwinden, wenn sie die SMS kriegen, dass dein Dad im Stau steht.«

»Das ist der Plan.« Lena holte tief Luft. »Kommt dein Bruder dich nachher wieder abholen?« Kleine Feuerameisen krabbelten in ihrem Bauch herum. Entgegen seiner Ankündigung hatte Moritz nach der Poolparty keine Nachrichten geschickt. Wahrscheinlich hatte er ihre Begegnung schon vergessen, als er mit Anne losgefahren war.

»Er hat gesagt, ja.«

Die Ameisenarmee vermehrte sich rasant.

»Dabei wäre das gar nicht nötig gewesen. Erstens bin ich

bei dir und zweitens ist es Nachmittag. Damit kommt Mom zurecht. Aber Moritz hat heute nichts vor und gemeint, da könne er genauso gut herkommen.«

»Wann?« Sie musste sich mental darauf vorbereiten.

»Ich soll kurz durchrufen. Wenn wir fertig sind. Wollen wir weitermachen?« Anne drehte ihren Laptop um. »Ich war gerade bei diesen Morden rund um Nürnberg. Mehrere tote Frauen, die man immer in der Nähe der Autobahn gefunden hat. Der Täter wurde nicht gefasst. Sie wissen aber, dass es immer derselbe gewesen ist, wegen seiner DNA.«

»Das kann nicht der Waldwürger sein.« In Lenas Kopf klingelte jedes Mal ein feines Glöckchen, wenn sie den Namen aussprach. Anne hatte ihrem Projekt diesen Titel gegeben, weil sie fand, dass der Begriff aus der Boulevardzeitung alles zusammenfasste, worum es ging. »Erstens ist Nürnberg zu weit weg und zweitens passt sein Vorgehen nicht.«

»Da hast du recht. Aber wenn man einmal angefangen hat nachzuforschen, kommt man vom Hundertsten ins Tausende. Unglaublich, was in Deutschland alles passiert!«

Ihre Freundin klang schon wieder wie eine Besessene. Lena nahm sich vor, dass dies das letzte Mal sein würde, bei dem sie Anne half.

Letzte Nacht war ihr regelrecht schlecht gewesen von all den schauderhaften Dingen. Sie hatten jetzt schon wieder drei mögliche Taten im Umkreis von hundert Kilometern rund um Waldersbach gefunden, die ins Raster passten, und waren noch längst nicht fertig. Wenn sie ehrlich zu sich selbst war, wollte sie sich eigentlich nie wieder damit befassen. Die Recherchen verstärkten die Erinnerung an die Vorfälle im

Schullandheim und riefen das mulmige Gefühl wieder hervor, das sie so erfolgreich verdrängt hatte.

Anne hingegen schien nichts dergleichen zu fühlen. Oder sie betrachtete das Ganze tatsächlich als Therapie, wie es die Psychologin ihr empfohlen hatte.

Vielleicht solltest du doch mal zu ihr gehen. Lena schickte ihrer inneren Stimme ein konsequentes *Nein* und rief die Suchseiten auf.

»Ich kann mich gar nicht richtig konzentrieren.« Anne klappte den Deckel des Laptops zu. »Muss andauernd an gestern denken.«

Das geht mir genauso.

Lena sah das Funkeln in den Augen ihrer Freundin, während sie wartete, dass Anne weiterredete.

»Luca hat mich einfach so geküsst. Vor allen Leuten.«

»Ich war dabei.« Ein Grinsen stahl sich in Lenas Mundwinkel. »Du bist echt verknallt!«

»Was soll's, ich gebe es zu.« Anne zuckte die Schultern. »Ist dir aufgefallen, dass Paul andauernd um Emma Buchholz aus der Elften herumgeschlichen ist?«

»Goncalves steht auf Blondinen, das weiß doch jeder.«

»Die aber anscheinend nicht auf ihn. Weißt du nicht mehr, wie er neulich Mia Pausch aus der 10 c angebaggert hat und abgeblitzt ist?«

»Stimmt.« Lena sah Paul Muthmann auf dem Schulhof vor sich, der sich mit enttäuschtem Gesichtsausdruck von der zierlichen Mitschülerin abwandte.

Anne war scheinbar schon wieder mit den Gedanken bei

Luca, denn ein seliges Lächeln hatte sich auf ihr Gesicht geschlichen. Als sie bemerkte, dass Lena sie musterte, schüttelte sie sich und lachte verlegen. »Ich glaube, zum Recherchieren bin ich heute nicht mehr zu gebrauchen. Wollen wir Schluss machen? Dann ruf ich jetzt mal Moritz an.« Anne streckte die Arme in die Luft und reckte sich.

Lena erstarrte und stierte auf ihren Laptop, während Anne telefonierte. Ihr Herz setzte für einen Moment aus, dann bekam sie wieder Luft. Ihre Freundin schien nichts bemerkt zu haben. Mit entschuldigender Miene steckte sie ihr Handy wieder ein.

»Ich wäre ja gerne noch ein bisschen bei dir geblieben, aber da ich gestern schon aus war, muss ich wohl oder übel heute den Abend zu Hause verbringen. Wir wollen es doch nicht übertreiben, oder? Ich zeige meinen guten Willen, dann lässt mich Mom in den Ferien auch mit zum Camping. Gestern zu Lucas Party hat es ja auch geklappt.«

»Genau, Süße, alles schön der Reihe nach. Wir kriegen das hin. Du kannst ja schon mal vorsichtig vorfühlen.« Lena stellte sich vor, dass Moritz mit auf den Campingplatz fuhr, und sofort erwachten die Feuerameisen in ihrem Bauch.

»Ich rede zuerst mit Dad. Wenn ich ihn auf meiner Seite habe, wird es einfacher.«

Von der Straße drang das Knattern eines Motorrades herauf, und Lena ging zum Fenster, um hinauszuschauen. Und um Anne nicht sehen zu lassen, dass sie rot wurde. *Das muss sofort aufhören! Du benimmst dich wie eine Zwölfjährige!* Sie beobachtete, wie der Fahrer sich anschickte, seinen Helm abzunehmen, und trat schnell einen Schritt zurück. Ihre Freundin stand schon in der Tür, die Laptoptasche lässig über die Schulter gehängt. Während Lena ihr in den Flur folgte, klingelte es, und sie hörte, wie ihr Vater öffnete und Annes Bruder begrüßte. Schon von der obersten Stufe konnte sie Moritz' Haar leuchten sehen. Es hatte fast den gleichen Farbton wie das ihres Vaters, nur etwas heller. *Da haben wir es. Du stehst also auf Typen, die deinem Papa gleichen.*

Halt dein Schandmaul! Lena setzte ein Lächeln auf, wischte sich die Hände an der Jeans ab und ging zu Moritz.

»Hallo, Schneewittchen!« Seine Hand fühlte sich warm und weich an. Bei Tageslicht wirkten seine Augen heller. Aus den Augenwinkeln sah sie, wie ihr Vater bei der Bezeichnung die Augenbrauen zusammenzog.

»Wo warst du denn gestern Abend auf einmal hin?« Das hieß also, Moritz war doch zu Lucas Party zurückgekommen, nachdem er seine Schwester daheim abgesetzt hatte. Lena schaute zu ihrem Papa, der den Dialog aufmerksam verfolgte. Zu aufmerksam, wie sie fand.

»Ich war plötzlich ziemlich müde und bin heimgegangen.«

»Schade.« Er gab Anne einen Wink und hob die Hand. »Tschüss, Herr Waldner.« Ihr Vater nickte kritisch, und Lena beeilte sich, ihrer Freundin zu folgen. Anscheinend mochte Paps Moritz nicht. Oder er hatte generell etwas dagegen, wenn Jungs mit ihr flirteten.

»Bist du etwa allein heimgegangen?« Moritz, der Anne den Helm hinhielt, schaute streng.

»Klar. Das macht mir keine Angst. Außerdem habe ich Pfefferspray.«

»Das mag schon sein. Aber angesichts dessen, was Sara

Blattner gestern Abend passiert ist, wäre ich in Zukunft vorsichtiger.«

»Sara Blattner aus der 10 a?«

»Genau die.« Nicht der Anschein eines Lächelns zeigte sich in Moritz' Gesicht. Wieso war er so ernst?

Anne winkte ab. »Die war gestern auch auf Lucas Party. Was ist mit ihr?«

»Sie hatte wohl etwas zu viel getrunken und ist allein los. Durch den Stadtpark.« Noch ehe Moritz weitersprach, wusste Lena schon, was er als Nächstes erzählen würde, und die Furcht umspannte sie wie ein schwerer Mantel.

»Dort wurde sie überfallen. Jemand muss sie verfolgt haben und ist ihr von hinten an die Gurgel gesprungen. Zum Glück ist dieser Typ, den alle Goncalves nennen, aufgetaucht, und da hat der Täter von ihr abgelassen.«

»Paul Muthmann?« Lena schaute von Anne zu Moritz und wieder zurück. Sie verstand nur Bahnhof.

»Der geht in unsere Klasse.« Anne wirkte verwirrt. »Warum hat er uns heute in der Schule nichts davon erzählt?« Schon hatte sich ihre Freundin wieder gefasst. Lena sah, wie der Argwohn in ihr erwachte. »Vielleicht war es ihm peinlich, dass er nun auch noch Sara nachgelaufen ist?«

»Goncalves? Seit wann ist denn dem etwas peinlich?«

Moritz, der anscheinend vermitteln wollte, schaltete sich ein: »Kann es sein, dass sich diese Sara den Überfall nur ausgedacht hat? Als du und ich los sind, war sie schon ziemlich dicht. Vielleicht will sie sich damit nur interessant machen.« Moritz sah ihr in die Augen und eine plötzliche Schwäche überfiel Lena.

Sie schüttelte den Kopf. »Wer denkt sich denn so was aus – gerade wo Michelle …« Sie brach ab. Erst jetzt wurde ihr klar, was sie gestern auf ihrem Heimweg allein riskiert hatte. »Ich gehe zwar nachts nie durch den Park, weil mir das unheimlich ist, aber trotzdem …«

»Jetzt weißt du auch, warum ich das nicht erzählt habe, als dein Dad noch dabeistand.« Moritz legte kurz seine Hand auf ihre Schulter und für ein paar selige Sekunden vergaß Lena ihre Angst.

»Bloß gut, dass du mich abgeholt hast!« Anne, die dem Gespräch zwischen Lena und Moritz zugehört hatte, schien die gleiche Angst wie Lena zu verspüren. »Das dürfen wir Mom auf keinen Fall sagen! Sonst lässt sie mich gar nicht mehr raus. Und wir wollen doch in den Sommerferien campen.«

»Ich passe schon auf euch auf.« Moritz lächelte, und Lena spürte, wie ihre Knie weich wurden. »Und weil du gerade unsere Mom erwähnt hast, Schwesterherz – wir müssen.«

»Jawoll, Chef!« Anne schlug die Hacken zusammen und wandte sich an Lena. »Bei den Neuigkeiten werde ich heute Abend auf jeden Fall noch weiterrecherchieren. Und du?«

»Ich muss mit den Kandidatinnen mailen.« Auf keinen Fall würde sie sich weiter mit Serienmördern abgeben.

»Kandidatinnen?« Moritz schwang sich aufs Motorrad. »Macht ihr ein Quiz?«

»Das erzähl ich dir später.« Anne umarmte Lena.

»Wir können ja nächste Woche mal ein Eis essen gehen.« Schon zog er den Helm über den Kopf. Jetzt war es endgültig um sie geschehen. Lena nickte wie in Trance und versuchte, das Schafsgrinsen aus ihrem Gesicht zu verbannen, doch es wollte nicht weichen. Ihr Papa würde sofort sehen, dass etwas nicht mit ihr stimmte.

Sie blieb noch eine Weile am Straßenrand stehen und wartete, bis sich die Hitze aus ihrem Gesicht verzogen hatte.

18

Mörder, Mörder, Mörder. Es wimmelte von ihnen. In jedem Bundesland gab es welche. Die Aufklärungsquote war hoch und doch existierten auch einige ungelöste Fälle. Anne fuhr sich mit dem Ärmel über die Stirn. Wenn ihre Mom mitbekam, was sie hier machte, würde sie einen Tobsuchtsanfall bekommen.

Immer wieder drängelte sich die Sache mit dieser Sara Blattner zwischen ihre Gedanken. Anne sah sie durch den finsteren Park schwanken, hinter ihrem Rücken streckte eine dunkle Gestalt die Arme nach ihr aus. Nicht überall gab es Lampen.

Sie zwinkerte und versuchte, die düsteren Gedanken zu verscheuchen. Ihr Puls galoppierte. War ihnen das Grauen nach Hause gefolgt? Anscheinend hatte sie die Ereignisse von Waldersbach doch noch nicht ausreichend verarbeitet und musste noch ein paar Sitzungen mit Frau Doktor Graicchen absolvieren. Sofort beruhigte sich ihr Herzschlag. Gleich am Montag würde sie bei der Therapeutin anrufen, um die Neuigkeiten mit ihr zu besprechen. Und bis es so weit war, konnte sie noch ein bisschen weiterforschen. Die Sache mit Goncalves ging ihr ebenfalls nicht aus dem Kopf. Wieso war Paul Sara gefolgt? Hatte er etwas gesehen? War er womöglich selbst an dem Überfall beteiligt gewesen, oder hatte Sara Blattner sich die Sache nur eingebildet, wie Moritz meinte?

Anne schloss die Augen und versuchte, sich zu erinnern, ob sie das Mädchen aus der Parallelklasse schon einmal bewusst wahrgenommen hatte, fand aber nichts außer den Gerüchten, die am Gymnasium kursierten. Dass Sara hinter den Jungs her und leicht zu haben war.

Moritz hingegen schien sie zu kennen. Anne beschloss, ihn nach dem Abendbrot danach zu fragen.

*

Hi, hier ist Anne, die Schwester von Moritz Neugebauer.

Sie fügte zwei Smileys hinzu und wartete. Sara Blattner war bei WhatsApp und Moritz besaß ihre Handynummer. Woher, hatte sie ihn nicht gefragt. Wie es aussah, war das Mädchen erreichbar. Hoffentlich antwortete sie ihr.

Was willst du?

Nicht besonders freundlich, die Gute. Anne zog die Oberlippe hoch. Sie wollte etwas von Sara, deshalb musste sie freundlich bleiben.

Ich muss mit dir reden. Bitte! Es ist wichtig.☹

Worüber?

Den Überfall.

Woher weißt du davon?

Moritz.

Anscheinend zog der Name ihres Bruders, denn Sara tippte weiter.

Und was willst du wissen?

Ich habe auf der Klassenfahrt Ähnliches erlebt. Kann ich dich anrufen?

Na gut.

Sie hatte angebissen. Anne rieb sich die Schläfen und überlegte, was sie die andere überhaupt fragen wollte. Dann wählte sie Saras Nummer.

»Das war ziemlich dumm von mir. Aber gestern Abend habe ich mir nichts dabei gedacht. Ich gehe oft durch den Park.«

»Hast du gemerkt, dass dir jemand gefolgt ist?«

»Nein. Jemand hat sich plötzlich auf mich gestürzt, mich zu Fall gebracht, und dann weiß ich noch, wie sich zwei Hände um meinen Hals gelegt haben. Gleich darauf ist Paul aufgetaucht und der Angreifer war verschwunden.«

»Gesehen hast du nichts?«

»Nein. Tut mir leid, aber mehr weiß ich nicht. Ciao.« Ohne Annes Antwort abzuwarten, legte Sara auf.

»Das war ja nicht sehr aufschlussreich.« Anne betrachtete ihre hastig hingekritzelten Notizen.

Sara Blattner konnte sich eigentlich an gar nichts erinnern. Nur dass »Etwas« sie angegriffen und zu Fall gebracht hatte. Vielleicht war dieses »Etwas« aber auch nur der Alkohol gewesen. So wie Moritz die Sache geschildert hatte, war Sara ziemlich dicht gewesen.

Sie musste morgen mit Goncalves reden. Wenn er Sara gefolgt war, musste er etwas bemerkt haben. Was die nächste Fragen aufwarf: Wieso war Paul ihr eigentlich nachgegangen? Weil er was von ihr wollte?

Anne sah sich durch den Wald tappen, die Arme ausgestreckt, die Augen weit geöffnet, hörte wieder die Schritte in ihrem Rücken, fühlte die Finger an ihrem Hals. Was, wenn Sara das Gleiche wie sie erlebt hatte? Wenn es tatsächlich ein Überfall gewesen war, konnte auch Paul der Täter gewesen sein, der jedoch gestört worden war und es dann so gedreht hatte, dass er Sara helfen wollte. Falls Goncalves etwas mit dem Überfall auf Sara zu tun hatte – kam er womöglich auch für die Ereignisse in Waldersbach infrage? Hatte er sie und Michelle angegriffen? Anne fröstelte. Sie musste herausfinden, wo sich Goncalves zu dem Zeitpunkt aufgehalten hatte, als sie angegriffen und als Michelle umgekommen war. Und wenn Paul es nicht gewesen war, wer hatte Sara Blattner dann überfallen?

Fragen über Fragen. Anne schwirrte der Kopf. Sie musste sich mit Lena austauschen. Schnell griff sie nach ihrem Smartphone und tippte:

> Süße, was hältst du davon, wenn ich morgen bei dir übernachte?

19

»Ich habe gestern mit Sara geredet.«

Paul ließ das Croissant sinken, in das er gerade hatte beißen wollen, und sah sie an.

»Du weißt schon … wegen des Überfalls im Park. Ihr ist ja etwas Ähnliches passiert wie mir.« Anne beobachtete Lena, die ein paar Meter entfernt mit Miriam und Felix über die letzte Klausur diskutierte. In der Mittagssonne glänzten die dunklen Haare ihrer Freundin.

»Findest du?« Goncalves schüttelte seinen Kopf und strich gleich darauf seine Frisur glatt. »Ich sehe da kaum Parallelen.«

Anne starrte Paul irritiert an. Glaubte er tatsächlich an Zufälle oder wollte er ablenken? Sie beschloss, noch ein bisschen nachzubohren.

»Du hast sie doch gerettet, nicht?«

»Könnte man so sagen.« Er lächelte kurz. Schmeicheleien schienen der richtige Weg zu sein.

»Wie bist du darauf gekommen, dass sie in Schwierigkeiten ist?« Bloß kein Wort davon, dass er Sara womöglich nachgestellt hatte!

»Ich war auf dem Heimweg und habe jemanden schreien hören. Ein Mädchen. Da bin ich in die Richtung gerannt, aus der die Stimme kam.« Obwohl alle Härchen korrekt lagen, strich sich Paul erneut über die Haare. Seine Finger glitten wie ein Kamm durch die geschniegelte Tolle. »Sara lag auf dem Boden neben dem Weg und ich habe ihr aufgeholfen.«

»Ich habe gehört, du hättest jemanden wegrennen sehen?«

»Ja, richtig.«

»Hast du was erkannt?« Wieso ließ er sich alles aus der Nase ziehen?

»Nichts Konkretes. Der Angreifer war schon zu weit weg. Und ich konnte ihm ja nicht nachrennen, weil ich mich um Sara kümmern musste.«

»Wie gut, dass du in der Nähe warst!«

»Das kann man sagen.« Sein Mund zog sich in die Breite.

»Na, ihr zwei?« Lena, die ihren Disput beendet hatte, kam herüber und zeigte auf das Croissant in Pauls Hand. »Du hast wohl keinen Hunger? Die Pause ist gleich zu Ende.«

»Doch.« Goncalves biss ab. Wind kam auf und zerzauste Annes Haare. Paul, der aufgehört hatte zu kauen, starrte einen Augenblick lang fasziniert auf ihre flatternde Mähne und wandte sich dann ab.

»Huh! Lass uns reingehen.« Lena schlang die Arme um ihren Oberkörper und Anne folgte ihr.

*

»Moritz glaubt nicht, dass Paul Sara überfallen wollte.«

Lena schaute schnell zu Boden. Jedes Mal, wenn Anne den

Namen ihres großen Bruders erwähnte, füllte sich ihr Kopf mit Nebel.

»Er hat gesagt, Goncalves war vielleicht scharf auf sie, deshalb ist er hinter ihr her.«

Das klang nicht besonders nett. Redeten alle Jungs so über Mädchen? Oder kam das nur daher, weil Saras Ruf nicht besonders gut war?

»Hast du darum heute auf dem Schulhof mit Paul geredet?«

»Genau. Meine Hypothese ist, dass es wirklich ein Überfall war. Ich will aber trotzdem versuchen, etwas über Goncalves herauszufinden, um ihn endgültig auszuschließen.«

»Was willst du denn noch alles erforschen? Das nimmt Ausmaße an … Du wirst echt paranoid, wenn du so weitermachst. Schau bloß mal auf deine Liste.« Lena nahm das Blatt und wedelte damit vor Annes Gesicht herum. »Tim und Jacob, Yannick und Luca, die sonderbare Julia, Miriam und Paul. Bücherfresser und Agathe.«

»Nicht zu vergessen, ein unbekannter Serienmörder.« Anne schlug mit dem Zeigefinger einem imaginären Gegner auf den Kopf. »Du weißt doch, dass ich das tun muss. Es ist meine Art, mich mit den Dingen auseinanderzusetzen. Um ein Haar wäre ich selbst dran gewesen, und jetzt *muss* ich wissen, wer dahintersteckt. Stell dir bloß mal vor, dass der Täter uns hierher gefolgt ist und nun schon das nächste Opfer im Visier hat! Oder er versucht es ein zweites Mal bei mir!« Anne hatte immer lauter geredet. Ihre Freundin verbiss sich wie ein kleiner Terrier in die Sache. Anscheinend hatte sie Lenas Skepsis bemerkt, denn sie fügte hinzu: »Wenn du keine Lust hast, brauchst du nicht mitzumachen.«

»Ich würde mich lieber nicht mehr damit befassen.« So, jetzt war es heraus. Hoffentlich nahm Anne ihr das nicht übel. Die jedoch schien ihre Antwort gar nicht gehört zu haben, sondern referierte fleißig weiter.

»Dann konzentrieren wir uns jetzt mal auf die Hauptverdächtigen für die Tat in Waldersbach.«

Michelles lebloser Körper tauchte vor Lenas innerem Auge auf. Haare wanden sich im schwarzen Wasser um den Kopf wie bleiche Schlangen. Sie massierte sich mit den Fingerspitzen die Schläfen.

»Variante eins: Es war ein Täter aus der Gegend, jemand, der sich dort auskennt. Ein Fremder würde wohl kaum in dieser abgelegenen Ecke nach Opfern Ausschau halten, meinst du nicht auch? Außerdem war das dann bestimmt nicht seine erste Tat. Daraus folgt, es muss schon vorher ähnliche Fälle gegeben haben … Nicht schon wieder!« Anne rollte die Augen. Auf dem vibrierenden Handy war das Bild ihrer Mutter erschienen. »Das dritte Mal heute Abend!« Mit einem Seufzen nahm sie den Anruf an und erklärte, dass sie mit Lena zusammensitze, es ihr gut gehe und sie vor dem Schlafengehen noch eine SMS schicken werde, bevor sie das Telefon mit dem Display nach unten auf den Tisch legte. »Ich habe gestern ausgiebig über ungeklärte Morde recherchiert und allerhand gefunden. Ist alles auf dem Stick hier. Als ich gemerkt habe, dass das eine Riesenmenge ist, habe ich nur noch die URLs kopiert. Wenn du das Worddokument aufmachst, kannst du sie anklicken. Es wimmelt nur so von Verbrechern in Deutschland, könnte man meinen. Hast du das von diesem Typen aus Schwalbach gehört? In seiner Garage wurden

Fässer mit Leichenteilen entdeckt.« Kurze Verschnaufpause, dann ging der Redeschwall weiter. »Man sieht es denen eben nicht an, jeder könnte ein Täter sein. Auch der nette Nachbar von nebenan.«

Lena dachte an *ihre* Hausnachbarn. Das ältere Ehepaar grüßte immer freundlich, und seit ihre Mama weg war, hatte Marie Seltmann ab und zu Kuchen herübergebracht.

»Oder erst vor ein paar Wochen. Da haben sie in Leipzig im Elsterbecken eine verstümmelte Frauenleiche gefunden. Ohne Arme und Beine!«

»Anne!« Lena nahm ihrer Freundin den Stick weg. »Hörst du mir denn gar nicht zu? Ich ertrage die Gedanken an all diese toten Menschen nicht und finde es schrecklich. Wie kannst du dich nur damit befassen! Für mich ist hier endgültig Schluss.«

»Aber …«

Schon tat es Lena wieder leid, aber sie konnte und wollte nicht zurück. »Vielleicht kannst du mit jemand anderem zusammenarbeiten.« *Luca wäre keine schlechte Wahl.*

»Okay, wie du willst.« Betrübt betrachtete Anne ihren Laptop und klappte ihn dann zu. »Dann werde ich mal meiner Mom eine SMS schicken, dass wir jetzt ins Bett gehen, damit sie beruhigt ist.« Sie schob den Laptop auf Lenas Knie und angelte auf dem Nachttisch nach ihrem Telefon.

»So, jetzt ist hoffentlich Ruhe! Reden wir über harmlosere Dinge, damit du wieder runterkommst. Stehst du auf Moritz?«

»Was?« Anne hatte sie mit dem abrupten Themenwechsel

voll überrumpelt. Lena fühlte, wie Wärme von ihrem Hals aufwärtsstieg.

»Ich glaube nämlich, mein Brüderchen hat Interesse an dir.«

»Findest du?« Die Hitze war in ihrem Gesicht angekommen.

»Sieht ganz so aus. Also?«

»Ich finde ihn nett.«

»Nur nett, hm?« Anne stieß sie an und dann kicherten sie beide los. Die Nebelgespenster von Mördern und toten Frauen zerplatzten wie Seifenblasen. Ihre Freundin lachte jetzt laut und stieß dabei immer wieder das Wort »nett« hervor.

Lena, die vor sich sah, wie Anne Luca anhimmelte, beschloss, sich die Retourkutsche für später aufzuheben, und legte den Finger auf die Lippen. »Psst. Mein Paps schläft bestimmt schon.« Papa hatte vorhin noch einmal hereingeschaut und ihnen eine gute Nacht gewünscht und sie ermahnt, nicht zu lange zu machen. Schließlich sei morgen wieder Schule und da müssten sie fit sein. »Es ist schon halb zwölf. Lass uns schlafen gehen.«

»Hast recht.« Anne flüsterte noch einmal »Nett!« und grinste dann. »Ich wünsche dir jedenfalls süße Träume.«

20

Feines Rascheln. Äste knacken. Unter den Sohlen fühlt sich der Boden weich an. Es riecht nach modrigem Laub. Ein kalter Hauch streift ihre Haut. Plötzlich ist es still. Totenstill. Ihre Zähne schlagen aufeinander. Zweimal, dreimal.

Sie schluchzt. Hält dann sofort die Luft an. Ihre Ohren saugen jedes Geräusch auf. Das Rascheln ist wieder da. Überlaut. Kommt näher. Grauschwarze Skelettarme winken ihr zu. Die Arme sind Zweige von Fichten. Eine Stimme flüstert. Hinter ihr. *Ich finde dich.*

Sie schreit auf. Läuft los. Äste peitschen ihr Gesicht, den Hals. Fliehen, nur fliehen! Eine Wurzel bringt sie zu Fall. Keuchend liegt sie am Boden, heiß rinnen die Tränen über ihre Wangen, tropfen herab, versickern lautlos im Moos. Versteck dich! Er ist hinter dir her!

Hastig rappelt sie sich auf, streckt die Arme nach vorn. Nur nicht noch einmal fallen. Ihr Bein schmerzt. Sie hat es sich beim Sturz verdreht. Lauf!

Ich komme!

Die Schwärze um sie herum nimmt zu, bis ihre Blicke

nichts mehr finden. Im Mund schmeckt sie Blut. Sie ist nicht die Erste, die er jagt, das ahnt sie mit einer scharfsichtigen Klarheit, die bei Lebensgefahr erwacht. Wieder bleibt ihr Fuß an etwas hängen, und noch bevor er zupacken kann, weiß sie, dass er jetzt da ist.

Hab ich dich!

Zwei kalte Hände legen sich um ihren Hals.

Jetzt schreit sie doch. »HILFE!«

»Lena!« Jemand rüttelte an ihrer Schulter. »Wach auf!«

Das Schluchzen hockte noch in ihrer Kehle wie eine dicke warzige Kröte. Mühsam öffnete Lena ihre Augen. Über ihr schwebte das besorgte Gesicht ihrer Freundin.

»Du hast geschrien wie am Spieß. Hattest du einen Albtraum?«

»Jemand hat mich durch den Wald gejagt.« Noch immer trockneten die Tränen auf ihren Wangen. »Er wollte mich erwürgen.«

»Du meine Güte.« Anne streichelte ihren Arm. »Geht's wieder?«

»Was ist denn hier los?« Ihr Vater stand in der Tür, die Haare zerzaust, Abdrücke von Kissenfalten im Gesicht. »Alles okay bei euch?«

»Ich habe schlecht geträumt.« Erst jetzt bekam Lena wieder richtig Luft. Es hatte sich so *echt* angefühlt!

»Wovon?«

»Weiß nicht mehr.« Natürlich wusste sie es. Jede Einzelheit. Aber das brauchte Papa nicht zu erfahren. Weil er sich sonst wieder Gedanken machen würde. Obwohl er es zu verbergen suchte, sorgte sich ihr Vater ständig um sie. Seit Mama weg war, wirkte er manchmal traurig und versuchte, das mit großspurigen Sprüchen zu übertünchen. Aber Lena kannte ihn gut genug, um den Kummer hinter der fröhlichen Fassade zu ahnen. Bis auf ihre Großeltern war sie die Einzige, die ihm geblieben war.

»Irgendein Albtraum halt. Es ist schon wieder gut.«

»Möchtest du einen Tee oder soll ich mich ein bisschen zu euch setzen?«

»Danke, Paps. Aber Anne ist ja hier.« Jetzt sah er enttäuscht aus. Doch Lena wollte das Ganze nicht noch aufwerten.

»Dann schlaft schnell wieder ein.« Er winkte und ging.

Anne hatte die Unterhaltung wörtlich genommen, denn sie rückte dicht an Lena heran und schlang die Arme um sie. »Unsere Recherchen haben dich sogar noch im Schlaf beschäftigt, was?«

»Ich möchte ab jetzt nichts mehr über Mörder hören. Scheinbar führt das zu Turbulenzen in meinem Gehirn.«

»Versprochen.« Anne löste sich von ihr und zog mit den Füßen ihre Decke heran. »Ich denke bloß immer, ich kriege heraus, wer mich im Wald angefallen hat. Frau Doktor Graicchen hat gesagt, wenn ich das Gefühl habe, dass mir die Recherchen guttun, soll ich ruhig damit fortfahren. Vielleicht gehst du auch mal zu ihr. Sie ist wirklich nett!«

»Ich glaube nicht, dass das nötig ist.« Lena knipste das Licht aus und kuschelte sich unter ihre Decke. Ein Nachtmahr war gekommen und wieder gegangen. Und damit war das Thema beendet.

21

Sara Blattner war wirklich hübsch. Zierlich und mit einem Puppengesicht. So wie sie aussah, hatte sie es gar nicht nötig, sich bei den Jungs dermaßen anzubiedern. Anne biss in ihren Apfel und wippte mit den Beinen. Heiß brannte die Sonne auf ihre nackten Unterarme.

Lena hatte sich für den Kantinenfraß entschieden und saß jetzt mit ein paar anderen in der Mensa. Sie hingegen hatte in der Hoffnung, dass Luca sich zu ihr unter die alte Linde setzen würde, behauptet, keinen richtigen Appetit zu haben. Aber Luca hatte sich gleich zum Kiosk verzogen und auch nicht gefragt, ob sie mitkommen wollte. Das nahm Anne ihm jetzt ein bisschen übel. Womöglich wollte er aber bloß mal mit seinen Kumpels allein sein.

Inzwischen hatten sich drei Typen um Sara geschart und sie lachte übertrieben und warf dabei ihre langen blonden Haare nach hinten. Sie erweckte nicht den Eindruck, dass der Überfall von Freitagnacht Spuren bei ihr hinterlassen hatte.

Sara sah herüber, und Anne unterdrückte das Verlangen, sich zu ducken. Erinnerte sich das Mädchen daran, dass sie diejenige war, die vorgestern Abend mit ihr telefoniert hatte? *Und wenn schon*, beruhigte sie sich, *was war schon dabei.*

Sie warf das Kerngehäuse des Apfels in den Papierkorb neben der Bank. Heute Nachmittag hatte sie einen Termin bei Frau Doktor Graicchen. Würde die Therapeutin den Vorfall mit Sara Blattner genauso bewerten wie sie selbst und ihr raten weiterzuforschen?

Ihre Gedanken kamen ins Holpern, als Luca mit Yannick und Paul heranschlenderte. Zehn Meter hinter ihnen trotteten die beiden Unzertrennlichen. Luca gab den anderen ein Handzeichen und steuerte in ihre Richtung. Es kam ihr vor, als wirbelte eine Windbö durch ihren Kopf, und Anne fühlte sich wie die Spielkarten bei Alice im Wunderland. Noch ehe Luca sich neben sie setzen konnte, näherte sich Frau Fuchs-Riedel im Stechschritt, wie immer einen verbitterten Zug um den Mund, und herrschte sie an, dass die Hofpause vorbei sei. Seit der Klassenfahrt schien sie Anne noch mehr zu hassen und allen, die damals bei den nächtlichen Ausflügen dabei gewesen waren, den Überfall und Michelles Tod persönlich übelzunehmen.

»Was sollte das denn?«, murmelte Luca genervt, als sie Richtung Gebäude schlenderten, und Anne hängte sich wie eine Komplizin bei ihm ein. Wenigstens war er noch zu ihr gekommen, auch wenn sie nun keine Zeit mehr hatten zu quatschen. Bei Agathes Anblick war ihr auch wieder eingefallen, was sie schon seit Tagen hatte herausfinden wollen: ob noch jemand außer den bekannten Leuten sich in Waldersbach von der Lichtung entfernt hatte. Sie machte sich eine gedankliche Notiz. Bis jetzt hatten sie nicht herausbekommen, ob einer von ihnen ernsthaft verdächtigt worden war. Aber die Kripo würde ihnen das wohl kaum auf die Nase binden.

Die große Tür fiel hinter ihnen zu und das altehrwürdige Schulhaus erwartete sie mit Kühle.

»Was hältst du von dem Überfall auf Sara Blattner?« Anne ließ ihre Handfläche über das glatte Holz des Handlaufs gleiten.

»Tja …« Luca überlegte kurz. »Wie soll ich das sagen? Ich habe Zweifel an alldem.«

»Ob es wirklich so gewesen ist, wie sie erzählt?«

»Das glaube ich ihr. Aber wieso ist Goncalves genau im richtigen Moment aufgetaucht, um sie zu retten? Kommt dir das nicht auch merkwürdig vor?«

»Darüber habe ich auch schon nachgedacht. Irgendetwas stimmt an der Geschichte nicht, ich weiß nur nicht, was.«

»Wir reden später noch mal darüber.«

In dem Augenblick, als die Klingel schrillte, waren sie am Klassenzimmer angekommen. Luca hielt ihr die Tür auf und verbeugte sich förmlich: »Bitte sehr, meine Dame!«

Anne sah, dass Lena, die schon an ihrem Tisch saß, ein Grinsen verbarg, und als sie neben ihr Platz nahm, flüsterte sie etwas von »Romeo und Julia«.

Sie legte ihre Sachen auf dem Tisch zurecht. Vielleicht konnte sie Luca fragen, ob er Lust hatte, mit ihr zu recherchieren, jetzt, wo Lena ausgestiegen war.

22

»Die Fragen waren ganz schön schwer. Mondkrater übertreibt mit seinen Klassenarbeiten. Außerdem wieder so kurz vor den Ferien. Immer auf den letzten Drücker schreiben die noch Klausuren. Weißt du, was ein ›siderischer Monat‹ ist?« Lena studierte zum wiederholten Mal die Eiskarte, ohne etwas wahrzunehmen. Immer wenn ihr Blick Moritz traf, rollte eine Feuerkugel durch ihren Bauch, und sie musste ganz schnell wegschauen, damit er ihre Verlegenheit nicht bemerkte.

»Gehört habe ich das schon mal. Ihr nennt Herrn Reinert ›Mondkrater‹?«

»Nicht sehr nett, was?«

»Bei uns hieß er ›Scarface‹. Das ist fast noch schlimmer. Hast du was gefunden? Das Malaga-Eis ist lecker.«

»Dann nehme ich das.« Sie würde sowieso nichts schmecken.

»Ich habe meine Arbeiten von damals noch. Wenn du möchtest, gebe ich sie Anne mit. Viele Lehrer verwenden die gleichen Fragen jahrelang, weil sie keine Lust haben, sich neue auszudenken. Es gibt im Netz richtige Tauschbörsen dafür.«

Lena beobachtete, wie der Kellner ihre Bestellung notierte. Tim und Jacob hatten neulich Ähnliches erzählt. Und nach ihren Zensuren in diesem Schuljahr zu urteilen, auch schon Arbeiten gekauft.

»Was ist eigentlich mit Herrn Büchner geworden?«

»Der ist immer noch krank. Wir wissen nicht, was er hat, nur dass es länger dauern wird. Ich glaube, die Sache mit Michelle hat ihn aus der Bahn geworfen. Einige aus der Klasse wollen ihn in den Ferien mal besuchen, wenn er wieder zu Hause ist. Büchner ist in Ordnung. Es gibt echt schlimmere Klassenlehrer. Zum Glück kommt Agathe nicht als seine Vertretung infrage.« Warum auch immer – die Sportlehrer hatten nie eine Klasse.

Das Eis kam. Große blumenförmige Glaskelche. Lena pickte sich eine Rosine heraus. Sie schmeckte nach Rum. »Deine Schwester hat sich gestern ausgiebig mit Paul unterhalten.«

»Wegen Sara Blattner?«

»Genau. Leider hat er nichts Genaues gesehen. Als er zu Sara kam, lag sie am Boden und hat gejammert.«

»So habe ich es auch gehört. Ist dir schon mal in den Sinn gekommen, dass euer Goncalves selbst Sara überfallen hat und dann Schiss bekommen hat?«

Lena sah Paul mit seinem harmlosen Justin-Bieber-Gesicht vor sich. Warum sollte er so etwas tun?

»Unabhängig davon darf man nicht nachts allein durch den Park laufen. Versprich mir, dass du das nicht tun wirst.« Moritz legte kurz seine Hand auf ihre und Lenas Gehirn fuhr Achterbahn. Ihr gesamter Bauch füllte sich mit Hitze. Sie musste sich ablenken Schnell!

»Hab ich doch schon. Übrigens: Anne ist voll fasziniert von der Mörderjagd!«

»Echt? Ein bisschen schräg … aber ganz meine kleine Schwester.« Er ließ ihre Hand los und lächelte.

»Sie verbeißt sich regelrecht in diese ungeklärten Fälle. Anfangs habe ich mitgemacht, aber ich kann das nicht mehr. Es jagt mir Angst ein. Mich wundert, dass sie das aushält, wo sie doch in Waldersbach etwas Ähnliches erlebt hat.«

»Vermutlich ist gerade das der Grund. Anne hat schon immer gerne auf direkten Angriff gesetzt. Du bist da anscheinend sensibler.«

Diese Augen! Wie zwei Bergseen. Wenn sie nicht aufpasste, würde sie für immer darin versinken. *Vergiss die Klischees! Du sitzt einfach mit einem netten Jungen im Eiscafé, mehr nicht. Da muss man doch nicht gleich eine Seifenoper daraus machen!*

Ihre innere Stimme hatte recht. »Seit meine Mama weg ist, bin ich manchmal etwas dünnhäutig.« Lena stocherte in ihrem Eis herum, das allmählich zerlief. Wollte sie mit Moritz wirklich über ihre Mutter reden?

»Magst du mir davon erzählen?«

»Ich kann mich an nichts mehr erinnern. Ist alles weg. Die Ärzte haben damals gesagt, dass das normal sei. Bei schlimmen Erlebnisse vergisst man manchmal, was passiert ist – Gedächtnisverlust.« Oh Gott, hoffentlich hielt Moritz sie jetzt nicht für plemplem. Aber er hörte ihr weiter mit offenem Gesichtsausdruck zu.

»Was ist passiert?«

»Mama und ich haben Oma und Opa besucht. Meine Erinnerung endet in dem Augenblick, als wir uns von Oma verabschieden und losfahren. Man hat mich am nächsten Tag gefunden. Am Straßenrand. Dann wurde ich ins Krankenhaus eingeliefert. Ich bin im Bett zu mir gekommen, als Papa und eine Krankenschwester sich über mich unterhielten.«

»Warst du verletzt?« Moritz sprach leise.

»Nur ein paar Kratzer, nichts Ernsthaftes. Nachdem sie mich in die Röhre geschoben und verschiedene Psychotests mit mir gemacht hatten, durfte ich nach Hause.«

»Und deine Mom?«

»Unser Auto wurde entdeckt. Nicht weit weg von der Stelle, wo man mich aufgefunden hat. Mamas Sachen fehlten. Sie gehen davon aus, dass sie angehalten hat und ausgestiegen ist, warum auch immer. Seitdem ist sie weg.« Lena hob die Schultern und schluckte.

»Und dich hat sie zurückgelassen? Wie alt warst du da?«

»Elf.« Lena schloss die Augen. *Mama lacht und drückt sie fest an sich, sie backen Kuchen, pflanzen Sonnenblumenkerne am Zaun ein, kuscheln sich gemütlich auf dem Sofa unter die große Decke.* Hätte Mama sie allein gelassen? *Hatte* sie sie allein gelassen? Ihr einziges Kind? Nein. Etwas musste an jenem Abend passiert sein. Aber so sehr sie sich auch anstrengte, es wollte ihr nicht einfallen.

»Kann es sein, dass die Erinnerung eines Tages zurückkehrt?« Moritz legte seine Hand wieder auf ihre. Tröstend.

»Möglich ist alles, haben die im Krankenhaus gesagt, und dass es sich um eine Form von ›kongrader Amnesie‹ handele.« Lena malte mit Zeige- und Mittelfinger Gänsefüßchen in die Luft. Ein Wunder, dass sie den schwierigen Begriff all die Jahre behalten hatte. Bis jetzt hatte sie noch mit niemandem so ausführlich über die Ereignisse vor fast fünf Jahren gesprochen, nicht mal mit Anne.

Moritz wiederholte die Bezeichnung. »Amnesie bedeutet Gedächtnisverlust, aber ›kongrad‹? Was ist das?«

»Wenn ich es richtig verstanden habe, handelt es sich um eine Form der Gedächtnisstörung, bei der keine Erinnerung an das schädigende Ereignis besteht. Alles, was davor und danach passiert ist, ist jedoch noch vorhanden.«

»Und von deiner Mutter fehlt seitdem jede Spur?«

»So ist es. Manchmal denke ich, sie ist weggegangen. Ins Ausland, wo sie unter fremdem Namen lebt. Dann frage ich mich jedes Mal, warum sie das hätte tun sollen. Streit gab es zu Hause selten. Von anderen Problemen weiß ich auch nichts. Auch wenn ich damals noch ein Kind war, kann ich das einschätzen.«

»Wurde sie denn nicht gesucht?«

»Na klar. Mein Papa hat natürlich sofort eine Vermisstenanzeige aufgegeben. Die haben aber nie etwas gefunden. Da Mamas Handtasche mitsamt allen Papieren auch weg war, sind sie schließlich davon ausgegangen, dass sie sich davongemacht hat.« Lena legte ihre Hände, die wie von selbst begonnen hatten, sich ineinander zu verschlingen, flach auf den Tisch.

»Für mich klingt das nicht wahrscheinlich. Aber man darf die Hoffnung nie aufgeben.«

Moritz sprach nicht aus, was er dachte, aber Lena konnte es ihm ansehen. Wenn sich ihre Mama all die Jahre nicht gemeldet hatte und es keine Lebenszeichen gab, bedeutete das nichts Gutes.

»Erzähl mir etwas über diesen Campingurlaub.« Themawechsel. Um sie nicht noch mehr zu beunruhigen, vermutlich. »Habt ihr das schon lange geplant?«

»Seit ein paar Monaten. Zwei Jungs aus unserer Klasse sind auf die Idee gekommen: Felix und Yannick. Zelten wäre richtig cool, hat Felix uns eingeredet. Man ist da die ganze Zeit in der Natur, kann schwimmen gehen, grillen oder Lagerfeuer machen.«

»Und es wimmelt von Mücken.« Moritz grinste sie an und sofort wurden ihre Beine wieder zu Pudding.

»Die gehören auch zum Naturfeeling.« Lena kratzte sich am Hals. Allein das Wort rief bei ihr Juckreiz hervor, aber es gab ja Mückenschutzmittel. Und sie wollte *unbedingt* mit. »Jedenfalls fährt die Familie von Felix jedes Jahr an einen See in Mecklenburg, und er hat sie überredet, dass er dieses Mal auch Freunde mitbringen darf. Zuerst sollte nur Yannick mitmachen, dann fand Miriam die Idee auch toll und Paul hat sich angeschlossen.«

»Ist aber blöd, wenn die Eltern mit dabei sind.«

»Ich glaube, das stört Felix nicht. Und für uns ist es auch okay. Die haben ihr eigenes Zelt und sind mit seinen jüngeren Geschwistern beschäftigt.«

»Und du bist dabei? Dein Dad hat nichts dagegen?«

»Ich habe ihm fest versprechen müssen, dass ich mich ›anständig benehmen‹ werde. Was auch immer er damit meint.« Lena lächelte verlegen bei der Erinnerung an das Gespräch. »Erstens, weil auch Erwachsene dort sind, und zweitens nur, wenn es getrennte Mädchen- und Jungszelte gibt, hat er gesagt, und dass er zur Kontrolle vorbeikommen will. Das wird er aber nicht tun, sondern stattdessen jeden Tag fünfmal anrufen. Glaubst du, eure Eltern lassen Anne mit?«

»Schwierig.« Eine blonde Haarsträhne stand von Moritz' Kopf ab, und Lena befahl ihren Fingern, die sich zu seinem Kopf bewegen wollten, stillzuhalten.

»Ich möchte so gern, dass sie mitfährt!«

»Vielleicht wenn ich … Wann ist denn das genau?«

Wollte er etwa mitkommen? Jetzt war es um sie geschehen. In ihrem Kopf rauschte ein Wasserfall, der leere Eisbecher verschwamm vor den Augen und in ihrem Bauch drehte sich ein Feuerwirbel. Lena zwinkerte heftig und rieb sich das Gesicht, um zu vertuschen, dass sie rot wurde. Moritz tat, als bemerke er nichts, und hörte mit ernstem Gesicht zu, wie sie herumstotterte.

»Dann bespreche ich das nachher mit meiner Schwester. Mal sehen, was sie davon hält. Irgendwer muss euch schließlich hinbringen, ihr passt ja nicht alle in das Auto von Felix' Familie.«

Lena nickte wie in Trance, während vor ihrem inneren Auge die Sonne ins Wasser tauchte und sie und Moritz am Ufer des Sees mit rosa Licht übergoss.

*

Lena betrachtete ihr Gesicht im Badspiegel. Ihre Wangen glühten. Paps hatte sie so merkwürdig angesehen, als sie vorhin nach Hause gekommen war. Ob er etwas von ihrem Rendezvous ahnte? Auch mit viel kaltem Wasser hatte sie die Röte nicht wegbekommen. Falls er fragte, würde sie es auf die Sonne schieben. Das mit Moritz war noch lange nicht spruchreif. Nicht, bevor er sie das erste Mal geküsst hatte.

Noch bevor sie es recht bemerkte, kullerten ihr Tränen über die Wangen. Der erste Kuss. Der erste richtige Freund. Etwas, was sie bestimmt sofort mit Mama besprochen hätte. Die Sehnsucht nach ihrer Mutter übermannte Lena und sie schluchzte laut auf. Mama hätte sich mit ihr gefreut und ihr von *ihrem* ersten Kuss erzählt. Dinge, die sie jetzt nie mehr erfahren würde. Ein Vater war für solche Themen nicht geeignet. So wie Paps Moritz schon an der Tür gemustert hatte, stand er ihm bestimmt skeptisch gegenüber. Lena suchte nach einem Taschentuch und schnaubte sich aus.

Die Einzige, mit der sie solche Sachen besprechen konnte, war Anne. Aber würde sie es seltsam finden, wenn Lena ihr von ihrem Bruder vorschwärmte? Wussten eigentlich Annes Eltern von Luca?

Sicher nicht, denn Frau Neugebauer wachte über ihre Tochter wie ein Kettenhund. Wenn sie mitbekam, dass Anne einen Freund hatte, würde sie sie nie mit zum Camping fahren lassen, egal ob Felix' Eltern dabei waren oder nicht.

Lena suchte ihr Handy, um Anne eine Nachricht zu schreiben.

23

Anne las die Nachricht ein zweites Mal:

> Haben eine Idee, wie wir dich mit zum Camping kriegen. ☺☺☺

Drei Smileys! Lena war ja gut drauf. Sie wartete auf eine Erläuterung, die auch prompt erschien.

> Was hältst du davon, wenn dein Bruder mitkommt?
> Als Aufsicht.
> Würde deine Mom dich dann lassen?

Daher wehte der Wind! Anscheinend hatte Moritz das heute bei seinem Date mit Lena im Eiscafé ausgeheckt. Die zwei glaubten doch nicht allen Ernstes, sie würde ihnen die Ausrede mit dem Aufpasser abnehmen! Ihr Bruder war an Lena interessiert, da gab es nichts abzustreiten.

Wenn das jedoch dazu führte, dass Mom sie mitfahren ließ, war es perfekt. Er würde sich dort nicht um sie, sondern um ihre Freundin kümmern. Was ihr mehr Zeit mit Luca einbrachte …

Anne tippte schnell.

> Super! Bearbeiten gleich heute Abend zusammen
> Mom und Dad.
> Muss jetzt wieder recherchieren!

☠☹
Dann bis später

Anne rief ihre Tabelle der Verdächtigen auf. Luca hatte den Vorschlag, ihr beim Forschen zu helfen, mit Begeisterung aufgegriffen. Heute war er beim Fußballtraining und morgen mit den Eltern unterwegs, aber am Freitagnachmittag wollte er mit ihr zusammen loslegen. Sie wollten dann noch einmal die Mitschüler durchgehen, die für die Taten in Waldersbach infrage kamen. Gemeinsam würden sie damit weiter kommen, weil Luca die Jungs besser kannte und sie die Mädels. Unterdessen konnte sie ein wenig in Richtung »unbekannter Täter« vorarbeiten.

Anne betrachtete die Namen in ihrer Tabelle.

Auch in der Nähe von Feldstatt hatte es schon Morde gegeben. Wenn man einen Umkreis von 100 Kilometern als »Nähe« bezeichnen konnte. Mehrere tote Frauen in den letzten zehn Jahren, aber nur drei der Leichen waren in Waldstücken gefunden worden. Dazu gab es noch etliche Vermisste. Anne hatte keine Ahnung, ob das viel oder wenig war.

Im Internet hatte nichts darüber gestanden, ob die Fälle

zusammenhingen, aber vielleicht hatte sie nicht die richtigen Seiten oder Suchwörter erwischt. Man müsste die Kriminalpolizei dazu befragen können. Anne kratzte mit dem Fingernagel über die Kopfhaut. Wie würden die Beamten reagieren, wenn zwei Schüler des Gymnasiums in Feldstatt mit einem Forschungsauftrag zu ihnen kamen? Einen Versuch war es wert. Sie tippte »Kripo befragen« unter die Tabelle und hielt kurz inne, ließ ihren Blick verschwimmen. Gab es nicht auch die Möglichkeit, an die Polizisten heranzutreten, die den Mord an Michelle untersuchten? Sie als potenzielles Opfer durfte doch ein Interesse daran haben, über den Stand der Dinge informiert zu werden. Wie hatte gleich noch der Kommissar, der im Mai hier gewesen war, geheißen? Anne schloss die Augen und ließ den Film von der Versammlung nach ihrer Rückkehr ablaufen. Die Polizistin hatte ausgesehen wie Madonna, und der Beamte, der zu ihnen gesprochen hatte …

»Schneider! Er heißt Schneider!« Anne legte die Hand auf den Mund. Sie durfte keine Selbstgespräche führen, denn das würde garantiert Mom anlocken. Sicher hatten die in der Schule die Kontaktdaten von den Kripobeamten. Und wenn sie sich dafür an Agathe ranwanzen musste. Michelles Eltern konnte sie ja wohl kaum nach dem Stand der Ermittlungen fragen.

Das schlechte Gewissen erwachte, noch ehe sie den Gedanken zu Ende gebracht hatte. Niemand wusste, wie die Erdmanns mit dem Verlust klarkamen, mit dem grausigen Wissen, dass ihre sechzehnjährige Tochter ermordet worden war. Sie waren abgetaucht, mit Michelles Geschwistern vor der Presse und den Medien geflüchtet und wurden – so hatte es zumindest Felix erzählt – psychologisch betreut. Unfassbar, was solch eine Tat anrichtete, bei den Familienmitgliedern, bei den Beteiligten und ihren Angehörigen. Nicht alle schienen damit so gut fertigzuwerden wie sie. Auch wenn ihre Mom ihr das nicht abnahm.

Den Gedanken, dass ihre Eltern und Moritz das Gleiche durchgemacht hätten, wenn der Waldwürger sie statt Michelle erwischt hätte, verscheuchte Anne ganz schnell wieder. Sie war ihm entkommen, nur das zählte. Doch er würde dafür büßen, das hatte sie sich fest vorgenommen. Irgendwann fand man ihn und dann war er fällig.

24

»Ich kitzele dich, bis du nicht mehr kannst!« Die Frau ließ ihre Finger zappeln und kam näher.

»Nein!« In ihrem Bauch kribbelte es schon, bevor auch nur eine Hand sie berührt hatte. Durchgekitzelt zu werden, war herrlich. Das erwartungsvolle Lachen kroch in ihr nach oben, füllte die Brust, stieg in den Hals.

»Doch! Warte nur!«

Sie konnte das Kichern nicht mehr zurückhalten, wie ein Wasserfall brach es sich Bahn, gluckerte aus ihr heraus und kullerte durch den Raum, bis sie keine Luft mehr bekam, vor Freude japste.

»Ich komme!« Mamas Augen funkelten. Sie lächelte ihr sanftes Lächeln und streckte die Zappelfinger nach ihr aus. Glück erfüllte alle Winkel des Raumes.

Dann verdunkelte sich Mamas Blick. Ihre Mundwinkel verloren den Schwung und wölbten sich nach unten, die Unterlippe begann zu zittern. Wie auf unsichtbaren Schienen glitt sie rückwärts.

»Mama! Bleib hier! Nicht weggehen, bitte!«

Die Gestalt der Mutter verblasste, ihre ausgestreckten Arme wurden von grauen Nebelschwaden aufgesogen, der Mund war zu einem unhörbaren Schrei geöffnet.

Du musst lauter rufen!

»MAMA! KOMM ZURÜCK!« Es sah so aus, als ob die verschwommene Gestalt der Mutter ihr zunickte. Voller Liebe und gleichzeitig voller Schmerz. Und doch entfernte sie sich immer weiter, bis nur noch vage Umrisse sie erahnen ließen, und auch diese Silhouette wurde schnell kleiner.

»HELFT MIR! … MAMA!!« Weißes Wallen. Der Nebel hatte alles verschluckt.

»Lena?« Ein Klappen. Schritte kamen rasch näher. »Lena? Was ist los?«

Sie konnte ihre Augen nicht öffnen. Wollte sie nicht öffnen, das Bild der Mutter behalten. Für immer. Eine Hand berührte ihre Schulter.

»Lena! Wach auf! Du bist zu Hause. In deinem Bett.« Die Stimme gehörte ihrem Papa. Noch immer zwängten sich heiße Tränen zwischen den geöffneten Lidern hervor, nässten ihre Wangen. Sie musste im Schlaf geweint haben.

»Schau mich an, Schatz.« Er streichelte ihre Wangen.

Lena fuhr sich mit dem Handrücken über die Augen und öffnete sie dann.

»Was hast du denn Schlimmes geträumt?« Besorgt sah Papa sie an. Seine Haare waren verstrubbelt, die Falten unter den Augen tiefer als am Tag.

»Es … es …« Schluckauf unterbrach ihre Worte. »Es war gar nichts *Schlimmes*.« Hicks. »Ich habe von Mama geträumt.«

»Ach meine Kleine.« Papa breitete die Arme aus, und Lena, die sich inzwischen aufgesetzt hatte, warf sich in die schützende Umarmung. »Ich vermisse sie auch. Jeden Tag.« Er rieb sich mit dem Ärmel seines Pyjamas über die Augen.

»Sie hat mich gekitzelt. Wie früher.« Sie schluchzte noch einmal tief auf. »Dann war sie weg.«

Allmählich kehrte sie aus der Traumwelt in die Realität zurück. Ihre Mama hatte sie geliebt. Nie wäre sie einfach so verschwunden. Lena schniefte.

»Schatz … Es tut mir so leid. Ich hole dir etwas zu trinken. Warme Milch mit Honig. Das beruhigt.« Papa löste sich von ihr und ging hinaus. Warme Milch mit Honig. Mamas Geheimrezept. Immer wenn sie nicht hatte schlafen können, hatte es warme Milch mit Honig gegeben. Schon der Gedanke daran beruhigte Lena. Egal, wo Mama sich jetzt aufhielt, in ihrer Vorstellung war sie immer präsent. Sie hörte Papa in der Küche rumoren. Er hatte die Tür aufgelassen, wohl um ihr zu zeigen, dass jemand da war.

Lena sah Moritz und sich im Eiscafé sitzen, hörte sich von ihrer Mama sprechen. Das kam davon, wenn man anderen etwas über die Ereignisse von damals erzählte. Alles wurde wieder aufgewühlt und im Traum spann sich das Gehirn Dinge zusammen.

»So, meine Kleine. Ich nehme auch einen Schluck.« Papa stellte die Tassen auf ihren Nachttisch und strich ihr noch einmal über die Haare. »Denkst du, dass du danach schlafen kannst?«

»Klar, Paps. Es war nur ein Traum.« Lena tat es ihrem Vater nach und nippte an der heißen Milch. Schön süß.

»Ich träume auch manchmal von ihr.« Seine Augen begannen bei den Worten wieder zu glänzen. Sie musste ihn beruhigen. Papa sollte nicht auch noch traurig sein.

»Alles ist gut, du kannst dich wieder hinlegen.« Ihr Papa brauchte seinen Schlaf. Er zögerte und nahm noch einen Schluck und Lena nickte ihm zu. *Geh schon, Paps. Ich komme klar.* Natürlich nagte die Erinnerung an den Traum noch immer an ihr, aber das brauchte er nicht zu wissen. Unentschlossen griff er nach seiner Tasse und sie nickte noch einmal. Nachdrücklicher dieses Mal.

»Dann schlaf schön.« Er ging. Jetzt musste sie nur noch die Erinnerung daran loswerden, wie Mama sie gekitzelt hatte.

Denk an etwas anderes!

Moritz' blaue Augen. Sein Motorrad, der geplante Campingurlaub. Schwimmen im See. Lagerfeuer. Lena nahm noch einen Schluck und schloss die Augen, um sich die Szenen vorzustellen.

*

»… dann bin ich schreiend aufgewacht.« Lena sah Annes betroffenen Blick und verdrehte die Augen. »Ich hätte gestern Nachmittag nicht mit deinem Bruder über die Sache reden sollen.« Sie blickte zur Uhr. Zehn nach halb fünf. Allmählich wurden sie zu Stammkunden im Feldstatter Eiscafé.

»Anscheinend hat das in deinem Unterbewusstsein einiges wieder aufgewühlt. Du bist wahrscheinlich der Vermeidungs-Typ.«

»Wie kommst du denn darauf?«

»Frau Doktor Graicchen hat mir das erklärt. Bei einer Vermeidung verdrängt man alles, was einen an das traumatische Ereignis erinnert. Vermeidungsverhalten ist zwar schützend, verhindert jedoch neue Erfahrungen und kann das Leben erheblich einschränken, da es die Erfahrung verhindert, ähnliche Situation bewältigen zu können.«

»Das scheint dich ja ziemlich beeindruckt zu haben, wenn du ihre Worte schon wieder so exakt zitieren kannst.«

Anne schien ihre Ironie nicht wahrzunehmen, sondern dozierte fleißig weiter.

»Eine aktive Aufarbeitung, so wie ich es tue, ist immer besser.«

Fehlte nur noch, dass sie sich in die Brust warf.

Lena beschloss, das Thema zu wechseln. »In zwanzig Minuten kommt diese Anja. Ich bin ziemlich gespannt, ob sie in Wirklichkeit so aussieht wie auf dem Foto.«

»Und die andere?« Anne schien nicht sonderlich interessiert an den Frauen zu sein, die Lena für ihren Papa ausgesucht hatte.

»Eine Stunde später.«

»Hast du die schon abgecheckt?«

»Na klar. Sie heißt Sabrina und ist Lehrerin.«

»Puh. Welche Fächer?«

»Sport und Biologie.«

»Bücherfresser und Agathe in einer Person.« Anne rührte die Restflüssigkeit in ihrem Eisbecher um und kicherte.

»Ich hoffe nicht. Aber das werden wir ja dann sehen. Sie hat zwei Fotos geschickt. Auf einem sind ihre beiden Kinder drauf, ein Mädchen und ein Junge.«

»Na siehst du, jetzt kriegst du vielleicht doch noch Geschwister!«

Lena hatte schon darüber nachgedacht, ob es ihr schwerfallen würde, Papas Aufmerksamkeit nicht nur mit einer neuen Frau, sondern gleich noch mit zweien ihrer Kinder teilen zu müssen. Natürlich war *sie* sein Ein und Alles, aber er würde sich zumindest Mühe mit den neuen Familienmitgliedern geben.

Sonnenstrahlen tanzten durch den Raum und sie blinzelte. Anne und sie saßen im hinteren Bereich des Eiscafés, wo die einzelnen Tische mit Trennwänden abgeteilt waren, sodass sie den gesamten vorderen Teil und auch den Außenbereich gut einsehen konnten. Draußen wäre es bei dem Wetter schöner gewesen, aber sie wussten ja nicht, welchen Tisch die jeweilige Kandidatin sich aussuchen würde.

»Und sie hat garantiert auch dunkle Haare.«

Lena brauchte ein paar Sekunden, ehe ihr einfiel, was die Freundin meinte.

»Mittelbraun.«

»Hast du auch welche aussortiert?« Anne, die Lenas Verstimmung bemerkt zu haben schien, versuchte nun, ihr Desinteresse wieder wettzumachen.

»Drei.« Lena hob die Augenbrauen. *Du hättest dich ja an der Auswahl beteiligen können, aber du wolltest dich ja unbedingt mit Serienmördern befassen.*

»Schau mal, da!« Anne, die jetzt flüsterte, nickte in Richtung der Eingangstür. »Was wollen die beiden Unzertrennlichen denn hier?«

Tim und Jacob trugen wie fast immer ihre gruseligen

Shirts. Jackos schlackerte um den mageren Körper. Den Blick zu Boden gerichtet, steuerte er auf den rückwärtigen Bereich zu, gefolgt von Tim, der in seinem Rucksack wühlte.

Lena hörte, wie die Stuhlbeine am Tisch neben ihnen über die Steinfliesen scharrten und sich die beiden Jungs auf die Polster plumpsen ließen. Sie nahm eine Serviette, schrieb »Was nun?« und schob sie zu Anne. Sollten sie bleiben und sich still verhalten oder nach draußen gehen und sich in die Sonne setzen, dabei aber riskieren, dass sie die Frauen nicht beobachten und sich über die Kandidatinnen austauschen konnten? Wieso mussten Tim und Jacob ausgerechnet heute Eis essen gehen! Auch Anne schien unentschlossen, denn sie hob die Schultern und schob dabei die Unterlippe vor.

Noch während Lena »Rausgehen oder hierbleiben?« auf eine weitere Serviette schrieb, eilte die Serviererin heran. Tim und Jacob bestellten sich jeder einen doppelten Espresso. Kein Eis.

Anne deutete für »hierbleiben« auf den Tisch und schwenkte danach den Kopf in Richtung der Kellnerin. Was wohl »Aufpassen« heißen sollte. Nicht dass die auf dem Rückweg an ihren Tisch kommen und fragen würde, ob sie noch etwas wollten. Aber die Frau verschwendete keinen Blick an sie. Wenn sie mit dem Espresso zurückkam, mussten sie gleich vorsorglich abwinken. Lena spitzte die Ohren, denn Tim hatte zu reden begonnen.

»Dieser Blödmann geht mir so was von auf die Ketten.«

»Aber echt.« Jacob zog die Nase hoch.

»Der hat es auf uns abgesehen! Man müsste ihm mal richtig einheizen.«

Von wem sprachen die beiden? Lena sah Anne an, aber die schaute genauso ratlos.

Tim äffte jetzt eine ärgerliche Stimme nach. »*Eure Faulheit hat Methode! Wenn ihr so weitermacht, könnt ihr das Abitur vergessen!* Dass ich nicht lache!«

Jetzt wusste Lena, wen Tim und Jacob meinten: Herrn Erben. Der Physiklehrer hatte sich heute mal wieder über die beiden Jungs aufgeregt, weil sie keine Hausaufgaben vorweisen konnten und Jacob in der Stunde eingeschlafen war. Wahrscheinlich hatte der wieder bis in die Morgenstunden gezockt. Jacko nickte auch bei anderen Lehrern ein, aber entweder weckte ihn Tim dann rechtzeitig oder sie sahen einfach darüber hinweg.

»Ich würde dem zu gerne einen Denkzettel verpassen. Dann merkt er, dass er sich mit den Falschen angelegt hat!« Erneut schniefte Jacob. Eine ekelhafte Angewohnheit! Am liebsten hätte Lena sich erhoben und ihm ein Taschentuch über die Trennwand gereicht.

Die Serviererin brachte die bestellten Getränke und warf dabei einen flüchtigen Blick zu ihnen. Hastig winkte Lena ab und sie ging vorbei. Am Nachbartisch war Ruhe. Die beiden Unzertrennlichen warteten, bis die Kellnerin sich verzogen hatte, ehe sie ihren Dialog fortsetzten.

»Das bringt doch nur Ärger, Jacko.«

»Trotzdem, Alter. In *I Saw the Devil* hat sich der Typ auch gerächt.«

Das war wahrscheinlich mal wieder einer der widerlichen Lieblingsfilme der Jungs …

»Ja, klar … Was hältst du davon, Erbi mal mit Leistung zu

beeindrucken? *Das* würde den echt aus der Fassung bringen!« Man konnte hören, dass Tim beim Sprechen grinste. »Und jetzt hör auf mit dem Scheiß, Mann. Wenn dein Gelaber jemand hört, kommen die noch auf die Idee, dass du es ernst damit meinst.«

Genau das – jemand *hatte* es gehört. Lena sah Anne an, die den Kopf schüttelte und den Finger auf die Lippen legte. Jetzt mussten sie nur noch zusehen, dass die zwei nicht mitbekamen, wer da am Nachbartisch saß und Jackos Rachefantasien mitgehört hatte. Gerade schickte sie sich an, leise unter den Tisch zu rutschen, als eine Frau mit langen braunen Locken das Eiscafé betrat und sich suchend umsah. Anne riss die Augen weit auf und griff nach der Eiskarte.

Diese Anja hatten sie komplett vergessen! Sicher würde die Frau es merkwürdig finden, wenn Lena jetzt unter dem Tisch verschwand. Also blieb sie sitzen, griff ebenfalls nach einer Karte und hielt sie sich vors Gesicht, wobei sie nach ihrem Handy angelte, das sie vorhin vorsorglich auf stumm geschaltet hatte.

Tim und Jacob unterhielten sich nun über weitere Splatterfilme, die sie sich reingezogen hatten, und überboten einander im Darstellen widerlicher Einzelheiten.

Lena lugte über den Rand der Karte. Zum Glück war diese Anja, als sie im Lokal nur vier Jugendliche gesehen hatte, wieder nach draußen gegangen und hatte sich direkt vor die große Scheibe gesetzt, wo sie auf ihr Date wartete. Ihr ganzer schöner Plan war durch die beiden Unzertrennlichen durcheinandergeraten. Solange die noch am Nachbartisch saßen, konnten sie sich nicht über die Kandidatin für ihren Papa austauschen. Genauso wenig konnten sie aber einfach aufstehen und verschwinden.

Sie atmete vorsichtig aus, als sie Jacob sagen hörte: »Lass uns gehen. Ich muss eine durchziehen.«

Man hörte ein paar Münzen klimpern und schnell hoben Lena und Anne die Karte wieder vor die Augen. Stühle scharrten, dann schlurften Schritte an ihnen vorbei. Lena fühlte sich wie in einer dieser Detektivserien, die nachmittags im Fernsehen liefen.

»Sie sind weg.« Anne deutete nach draußen, wo Jacob sich gerade eine Kippe anzündete.

»Das war knapp. Glaubst du ernsthaft, Jacko will Erbi eins auswischen?«

»Nein. Das ist nur Angeberei. Wie findest du sie in echt?« Lena zeigte auf die dunkelhaarige Frau vor dem Café.

»Sieht nett aus. Bisschen dicker als auf dem Foto. Wie heißt sie eigentlich mit Nachnamen?«

»Voigtmann.«

»Willst du mal rausgehen, sie aus der Nähe inspizieren?«

»Lieber nicht. Stell dir vor, sie kommt wirklich mit meinem Papa zusammen und erinnert sich dann daran, mich hier gesehen zu haben. Da riecht sie doch gleich Lunte.«

»Das mag ja sein, aber irgendwann wird die Sprache auf diese Verabredung kommen und dass dein Dad angeblich im Stau gestanden hat.«

»Stimmt auch wieder. Mist.« Lena rieb ihre kribbelnde Nasenspitze. »Dann wird mir wohl nichts anderes übrig bleiben, als Paps vorher alles zu beichten. Jetzt jedenfalls will ich nicht auffallen.«

»Feigling!«

Sie zuckten beide gleichzeitig zusammen, als neben ihnen die Stimme der Kellnerin ertönte.

»Möchtet ihr noch etwas bestellen?«

»Eigentlich nicht. Wieso?« Anne blickte verwirrt.

»Weil ihr in die Karte geschaut habt.«

»Ach so … äh … Ich nehme noch einen Cappuccino und ein Stückchen Kirschkuchen. Du auch?«

Lena blies die Wangen auf, nickte aber trotzdem. »Das haben wir nun davon. Wir werden aufgehen wie Hefepfannkuchen.«

»Wir müssen schließlich noch eine Stunde hierbleiben, bis diese Sabrina kommt. Dafür fällt heute das Abendbrot aus.« Es hatte den Anschein, als sei Anne nun wieder voll bci der Sache.

Lena betrachtete ihr Handy. »Ich schicke jetzt die SMS ab.« Schnell tippte sie und sendete die Nachricht.

Eine Sekunde später nahm Anja Voigtmann ihre Handtasche von der Stuhllehne und begann, darin herumzuwühlen.

»Sie sucht ihr Handy!« Anne, die alles genauestens beobachtet hatte, flüsterte. Draußen betrachtete die dunkelhaarige Frau das Display. Ihr Gesicht bekam einen mürrischen Ausdruck. »Sie ist genervt.«

»Du musst nicht alles kommentieren.« Lena spürte Ärger in sich aufsteigen. Vielleicht war diese Anja doch nicht so nett, wie sie gedacht hatte. »Das ist der Test, ob sie es ernst meint. Wenn sie sich nicht wieder meldet, ist die Sache Geschichte.« Im selben Moment nahm Anja Voigtmann ihr Handy und wählte.

»Oh, Mist. Sie ruft ihn an.« Ihr Telefon brummte, und Lena dankte Gott, dass sie den Ton abgestellt hatte. »Er kann natürlich nicht rangehen, weil er keine Freisprecheinrichtung hat.« Noch immer surrte ihr Telefon.

»Ich denke, er steht im Stau?«

»Noch mal Mist. Ich bin nicht so gut im Geschichtenerfinden. Mach, dass sie geht.«

Anja Voigtmann schien das Stoßgebet gehört zu haben, denn sie winkte die Kellnerin heran, zahlte und stöckelte davon.

»Das war echt knapp!« Auch Anne schien die Spannung körperlich wahrzunehmen. Ihre Finger trommelten einen Marsch auf die Tischplatte.

»Echt aufregend.« Lena pikte ein Stück Kuchen auf. Die Säure der Kirschen ließ ihr den Speichel im Mund zusammenlaufen. »Was hast du eigentlich gestern Abend noch gemacht?«

»Fakten zusammengetragen. Ich habe schon einige Verdächtige im Visier.«

»Verschiedene Serienmörder, oder was?« Lena runzelte die Stirn.

»Oder Leute aus unserer Klasse. Wenn die Überfälle zusammenhängen, dürfen wir die nicht vergessen. Überleg mal, wie sich zum Beispiel unsere Horror-Fans gerade unterhalten haben.«

»Das ist doch nicht dein Ernst! Auch wenn sich manch einer komisch benimmt, ist derjenige doch nicht automatisch ein Mörder!«

»Abwarten … Da fällt mir etwas anderes ein …« Anne

schien verlegen. »Ich brauche deine Hilfe. Morgen will ich mich mit Luca bei ihm treffen, um gemeinsam mit ihm zu recherchieren. Und du kennst doch meine Mom.«

»Recherchieren, soso.«

Anne schien die Ironie nicht zu bemerken. Oder sie wollte es nicht. »Ich dachte, wenn ich ihr sage, dass ich bei dir bin, lässt sie mich gehen.«

»Sollte kein Problem sein.« Natürlich würde sie für ihre beste Freundin einspringen. »Falls deine Mutter anruft, sage ich, du bist gerade auf Toilette, und schicke dir eine Nachricht. Dann kannst du sie mit dem Handy zurückrufen.«

»Du bist ein Schatz!«

»Das Gleiche würdest du doch auch für mich tun.« Lena dachte an Moritz. Die Espressomaschine zischte. »Aber versprich mir, dass ich mich dann endlich nicht mehr mit Mördern befassen muss.«

»Nein, lass mal. Sonst werden deine Albträume noch schlimmer.«

Und du hättest keinen Grund, dich mit Luca zu treffen. Lena lächelte.

25

»Lena! LENA!« Etwas rüttelte sie. »Bist du wach?«

Die Stimme ihres Papas. Was war denn jetzt schon wieder? Konnte man nicht mal in Ruhe durchschlafen?

»Komm zu dir, bitte!«

Lena kniff kurz die Augen zusammen, öffnete sie dann wieder und blickte in das Gesicht ihres Vaters. Er hielt sie an der Schulter und schüttelte sie unentwegt. War das Gleiche nicht schon gestern passiert? Es musste sich um ein Déjà-vu handeln.

»Was soll das, Paps?« Sie schob seine Hand weg. »Hör auf damit!«

»Bist du jetzt munter?«

»Ich bin schon die ganze Zeit *munter.*« Vom Flur drang Licht herein, doch es erhellte ihr Zimmer nur ungenügend.

»Du hast um Hilfe gerufen.«

»Nein!«

»Laut und deutlich. Mehrmals. Und einmal nach Mama.«

Lenas Verblüffung nahm zu, während sie sich aufsetzte und die Beine aus dem Bett schwang. Sie trug ihr Schlafshirt, durch die nackten Fußsohlen drang die Kühle des Fußbodens. »Ich geh auf Toilette. Bin gleich wieder da.« Sie brauchte ein paar Minuten für sich allein.

Im Bad angekommen, stellte sie fest, dass sie tatsächlich dringend musste. In ihren Eingeweiden rumorte es, als hätte sie Erbsen oder Bohnen gegessen. Jetzt also auch noch Durchfall. Ihr Spiegelgesicht hatte dunkle Augenringe.

Paps saß noch immer am Fußende ihres Bettes, den Kopf in die Hände gestützt. Als sie hereinkam, blickte er auf, das Gesicht zerfurcht.

»Huch.« Grauer Nebel wallte vor Lenas Augen auf und ihr wurde schwindlig. Schnell hielt sie sich an der Türklinke fest und wartete, bis sich die Sicht wieder geklärt hatte. Papa schien nichts mitbekommen zu haben. Er brauchte nicht zu wissen, dass sie jetzt auch noch Verdauungsprobleme und Gleichgewichtsstörungen hatte.

»Das war wohl wieder einer dieser Albträume. Und du hast wirklich keine Erinnerung, was dich so aufgeregt hat?«

»Wenn ich es doch sage.«

»Das gefällt mir nicht.« Er strich ihr über die Haare und murmelte dabei weiter vor sich hin. »Gefällt mir ganz und gar nicht.«

Papa hatte recht. Das Gefühl einer drohenden Gefahr verstärkte sich. Lena überlegte noch, ob sie ihrem Vater davon erzählen sollte, als er schon weitersprach. »Etwas scheint in deinem Unterbewusstsein zu rumoren. Vielleicht sollten wir doch mal zu dieser Therapeutin gehen. Sie könnte herausfinden, was es ist und was man dagegen tun kann. Du träumst in letzter Zeit so oft von Mama. Manchmal mache ich mir

Vorwürfe, dass wir damals nicht schon etwas in der Richtung unternommen haben.« Er sah ihr prüfend in die Augen. »Was hältst du von der Idee?«

»Kann ich bis morgen darüber nachdenken?«

Anne schienen die Gespräche gutzutun. Und doch sträubte sich etwas in Lena gegen die Vorstellung, dass jemand in ihrem Gehirn herumstocherte. Wer weiß, was dabei alles zutage trat.

»Okay, Kleines. Möchtest du wieder eine heiße Milch?«

»Lieb von dir, aber heute nicht.« Der Gedanke an das warme, süße Getränk verursachte ihr Brechreiz.

»Dann versuche, wieder einzuschlafen. Hab dich lieb.« Papa versetzte ihr einen spielerischen Klaps und Lena fühlte sich wieder wie ein kleines Kind.

»Morgen möchte ich ausschlafen.«

»Na klar. Wie jeden Sonnabend. Obwohl ich gern mit dir frühstücke.«

»Das können wir doch nachholen, wenn ich wach bin. Eine Art Brunch.«

»Abgemacht.« Er erhob sich. »Gute Nacht.«

»Nacht, Paps.« Lena fröstelte. Die Kälte war inzwischen von ihren Füßen bis in die Beine gewandert. Schnell kroch sie unter die Decke und zog sie bis über den Kopf. In der Dunkelheit dachte sie darüber nach, was zu diesem erneuten Traum geführt haben mochte. Schlimm genug, dass sie sich nicht erinnerte. Schlimmer aber, dass sich die Albträume zu häufen schienen. Was mochte die Ursache sein? Warum tauchten nach Jahren plötzlich diese Bilder von ihrer Mutter in ihrem Kopf auf? Lena gähnte. Ihre Füße wurden allmählich warm.

Ob es wirklich ein guter Plan war, nächste Woche diese Therapeutin aufzusuchen? Wer weiß, was die herausfand …

Wahrscheinlich nichts. Sie war einfach nur gestresst, das Schuljahr neigte sich dem Ende zu, bald gab es Zeugnisse und sie würde mit den anderen zum Camping fahren. Mit Annes Bruder. Genug Aufregung für mehrere Monate. Und jetzt würde sie schlafen. Tief und fest und ohne Albträume. Lena stellte sich Moritz' Gesicht vor, sah seine blauen Augen und fühlte die Wärme seiner Hand.

26

Anne trat in die Pedale und genoss die kühle Luft in ihrem Gesicht. Luca hatte sie nach Hause begleiten wollen, doch sie hatte abgelehnt. Noch war es hell. Ein unbehagliches Gefühl war trotzdem geblieben, besonders wenn sie daran dachte, was sie und Luca alles herausgefunden hatten und wie nahe manchmal das Verbrechen war, ohne dass man es ahnte. Sie und Michelle oder auch Sara Blattner waren das beste Beispiel dafür.

Natürlich würde sie nicht durch den Park radeln – das hatte sie ihm versprechen müssen und auch, dass sie gleich nach ihrer Ankunft eine Kurznachricht schicken würde. Anne lächelte. Luca war süß in seiner Besorgnis.

Es glich sowieso einem Wunder, dass Mom sie allein zurückfahren ließ. *Vergiss nicht, du warst bei Lena!* Aber da Moritz nicht da war, hätte Mom selbst fahren müssen, und anscheinend fehlte ihr die Lust dazu. Gut für sie und Luca.

Anne sah sich um und beschleunigte. Obwohl die Straßen menschenleer waren, wurde sie das Gefühl nicht los, verfolgt zu werden. Kein Wunder bei den Themen, mit denen sie sich seit Stunden beschäftigt hatten. Morde, Tote, Leichenfunde. Opfer, die gerade noch entkommen waren. Knochen in Waldstücken. Verschwundene Menschen.

Luca hatte gestaunt, was sie in den letzten Tagen bereits alles herausgefunden hatte.

Obwohl sie lieber gleich über die Verdächtigen aus ihrer Klasse hatte reden wollen und wer von ihnen aus seiner Sicht für den Mord an Michelle infrage kam, hatte Luca vorgeschlagen, zuerst die anderen Morde zu bearbeiten, die sie zusammengetragen hatte.

Anne bremste an einer roten Ampel und sah sich und Luca vor der Landkarte sitzen, die sie im Internet gekauft hatte. Noch immer nagte das Gefühl an ihr, dass es Luca unangenehm war, über ihre Klassenkameraden zu spekulieren.

Nachdem die Karte neben der Tür befestigt worden war, hatten sie damit begonnen, farbige Punkte auf jede Stelle zu kleben, die Anne bei ihren Recherchen aufgelistet hatte – rote für ungeklärte Morde, gelbe für seit mindestens einem Jahr spurlos verschwundene Frauen, grüne für Überfälle auf Frauen in Waldgebieten, blaue für unklare Fälle.

Die Morde und Angriffe, bei denen die Täter gefasst worden waren, ließen sie weg. Jemand, der in Haft saß, konnte ja schlecht weiter aktiv sein.

Ein Fall hatte Luca besonders gefesselt. Nur fünfzig Kilometer von Feldstatt entfernt hatte es in den letzten Jahren drei Überfälle auf Frauen gegeben, die nie aufgeklärt worden waren. Die Kriminalpolizei ging von Verbrechen aus, obwohl man eins der Opfer nie gefunden hatte. Und doch schienen sie sich sicher zu sein, dass die Taten zusammenhingen, weil das Vorgehen immer ähnlich abgelaufen war. Die Frauen waren abends oder nachts allein unterwegs gewesen und nie zu Hause angekommen. Weder Kleidung noch Utensilien waren je gefunden worden und es hatte auch keinerlei Lebenszeichen mehr gegeben. Laut den Angehörigen war keine der Frauen selbstmordgefährdet gewesen oder hätte die Familien einfach so verlassen.

Nur durch Zufall hatte man die Überreste der zweiten Frau im Keller einer stillgelegten Fabrik gefunden – fast vierzig Kilometer von ihrem Wohnort entfernt. Im Internet hatte gestanden, dass die Autopsie sich schwierig gestaltet hatte, weil die Leiche bereits stark verwest gewesen war. Die Rechtsmediziner hatten trotzdem feststellen können, dass das Opfer stranguliert worden war.

Anne umklammerte die Lenkergriffe fester. Der Fahrtwind rauschte in ihren Ohren. Heute hatte sie Dinge gelernt, die sie trotz ihres Forschungsdranges eigentlich nicht wissen wollte. Dass ein Knochen unter dem Kinn namens »Zungenbein« beim Würgen zerbrach, zum Beispiel. Die Zeitungen hatten den unbekannten Täter »Fabrikwürger« getauft. Echt gruselig! Trotz intensiver Suche hatte man die dritte Frau nie gefunden.

Dann waren sie auf ein Opfer gestoßen, das dem Täter entkommen war. Zumindest glaubte man, dass es wieder dieser Fabrikwürger gewesen war, der ihr beim Joggen aufgelauert und sich auf sie gestürzt hatte. Auf dem Foto hatte Vanessa Glöckel gelächelt. Laut ihren Aussagen war der Mann aus dem Gebüsch gekommen und hatte sich mit irgendeinem Gerät auf sie gestürzt. Was es war, hatte sie nicht genau erkennen können, und da der Täter maskiert gewesen war, gab es auch kein Phantombild. Nur ihre durch ständiges Training gestählten Muskeln hatten die junge Frau gerettet – sie war dem Mörder davongelaufen.

Anne presste die Lippen zusammen. Der Fall des Fabrikwürgers ähnelte den Ereignissen in Waldersbach und nach Luca hatte auch sie sich daran regelrecht festgebissen. All das hatte in ihrer Nähe stattgefunden. Hinzu kam, dass die Überfälle genau wie im Schullandheim nachts passiert waren, die Opfer immer Frauen waren, in Waldgebieten überfallen und zudem auch gewürgt wurden. Reisten manche Serienmörder nicht umher und suchten sich ihre »Beute« in verschiedenen Bundesländern, damit die Polizei nicht so schnell Parallelen herstellen konnte?

Wieder drehte sich Anne um. Drei Straßen weiter und sie war zu Hause. Wo mochte dieser Fabrikwürger jetzt sein Unwesen treiben? Seit drei Jahren war nichts dergleichen mehr passiert. Entweder hatte er eine Pause eingelegt oder sein Tätigkeitsfeld verlagert.

Sie hatte Luca vorgeschlagen, neben der Polizei auch diese Vanessa Glöckel zu befragen, aber davon wollte er nichts wissen. Zwei Jugendliche, die eine Erwachsene zu einem traumatischen Überfall befragten? Warum sollte sie ihnen überhaupt die Tür aufmachen?

Ihre Idee mit dem Forschungsprojekt bei der Polizei hingegen fand er gut. Vielleicht gefiel ihm auch einfach der Gedanke, mit ihr zusammen loszuziehen.

Leider hatte die Zeit dann nicht mehr gereicht, ihre Liste der Mitschüler abzuarbeiten. Sie hatte Luca das Versprechen abgenommen, sich gleich bei der nächsten Sitzung darum zu kümmern. In der Zwischenzeit würde sie allein weiterforschen.

Goncalves hatte in der Nacht, in der Michelle getötet worden war, nicht mit Yannick gemeinsam vor dem Schullandheim gewartet. Die Jungs hatten sich aufgeteilt – einer am Vordereingang – einer hinten. Yannick hatte nicht sagen können, ob Paul die ganze Zeit da gewesen war. Und auch für Julias Anwesenheit in ihrem Zimmer gab es keine Zeugen. Sie war eine der wenigen gewesen, die allein schliefen, weil niemand sich mit ihr ein Zimmer teilen wollte. Sowohl die Sonderbare als auch Goncalves waren bei Lucas Party gewesen und kamen so auch für den Überfall auf Sara Blattner infrage. Genauso wie Tim und Jacko. Betrunkenheit konnte man vortäuschen.

Das Tuckern eines Automotors erklang in ihrem Rücken und Anne schielte über die Schulter. Hinter dem Steuer saß ein kleiner Mann mit Vollbart. Wieso fuhr der Typ so langsam? Sie trat schneller. Nur noch um die Kurve, dann war sie daheim. Bloß nicht anhalten! Reifen quietschten, dann preschte das Auto an ihr vorbei. Anne atmete tief durch und lockerte den Griff ihrer Finger. Gespräche über Mörder hinterließen eben Spuren. Man sah überall Verfolger.

Vielleicht sollte sie nachher noch mit Lena skypen und über profane Dinge plaudern, nur um auf andere Gedanken zu kommen.

Anne bog in ihre Straße ein und rekapitulierte noch einmal, was sie heute bei Lena alles gemacht hatten. Ihre Mom hatte nur ein einziges Mal bei ihrer Freundin angerufen, um sich zu vergewissern, dass Anne auch dort war, und die Geschichte mit dem Toilettenbesuch geglaubt, weil Anne sofort nach Lenas Kurznachricht zurückgerufen hatte. Da die Verschwörung so gut funktionierte, konnten sie das jetzt öfters durchziehen. Anne verbannte das entzückte Grinsen aus ihrem Gesicht und stieg vom Rad.

27

Lena sah sich im Wartezimmer um. Zahlreiche Bilder an den Wänden, alles Naturaufnahmen: Berge, Wälder, das Meer. Sollte wahrscheinlich beruhigend auf die Patienten wirken. Ihre Nackenmuskeln brannten und seit gestern hatte sie Schmerzen beim Drehen des Kopfes. Obwohl sie nachts das Fenster schloss, musste sie Zug bekommen haben. Heute Vormittag in der Schule hatte sie kaum zu Anne schauen können, die direkt neben ihr saß.

Papa war bei Frau Doktor Graicchen im Sprechzimmer. Die Ärztin hatte gefragt, ob es in Ordnung sei, wenn sie zuerst mit ihm allein redete. Anscheinend war das so üblich. Auch Anne hatte ihr erzählt, dass sie und ihre Mom nicht gemeinsam bei der Therapeutin waren. Jedenfalls bei diesem Fall nicht. Manchmal käme es vor, dass Eltern ihre Kinder bei den Gesprächen beeinflussten oder sie unbewusst unter Druck setzten, damit sie das sagten, was sie hören wollten. Als ob Paps sie jemals unter Druck setzen würde!

Lena verschränkte die Arme und betrachtete die Zeitschriften auf dem Glastisch. Apothekenumschau, Deko- und Gartenmagazine. Nichts, was die Leute negativ beeinflussen konnte. Von draußen drang das Summen des Türöffners herein, dann stürmten zwei Kinder in den Warteraum. Kurz darauf folgte ihre Mutter mit zusammengepressten Lippen und steiler Falte zwischen den Augenbrauen. Die beiden Mädchen – etwa sieben und neun Jahre alt – hüpften auf die Stühle und baumelten synchron mit den Beinen. Bis auf den Größenunterschied sahen sie nahezu identisch aus. Hellblonde Zöpfe, große blaue Augen, Pausbacken. Zwei Rauschgoldengel. Lena beobachtete, wie die Ältere zuerst zur Mutter schaute und dann ihrer Schwester den Ellenbogen in die Seite rammte.

Paps war jetzt schon über eine halbe Stunde da drin. Was mochten die zwei besprechen? Im selben Moment öffnete sich die Tür zum Sprechzimmer und er kam heraus, lächelte ihr aufmunternd zu, nahm Platz und griff nach einer Zeitschrift.

Lena erhob sich und wartete ein paar Sekunden, bis der Schwindel sich gelegt hatte, dann folgte sie der Therapeutin ins Sprechzimmer.

»Hallo, Lena.« Ein weicher Händedruck. »Nimm doch bitte Platz.«

Frau Doktor Graicchen hatte die braunen Haare hochgesteckt. Lachfältchen zogen sich wie kleine Sonnenstrahlen um ihre Augen, kleine Silberperlen glänzten an ihren Ohrläppchen. Lena betrachtete die beige Bluse und die rosafarbene Strickjacke und entschied, dass sie die Frau nett fand.

»Meine Freundin geht auch zu Ihnen. Anne Neugebauer.« Sie hatte Anne heute in jeder Pause darüber ausgequetscht, wie das hier ablief, um sich vorzubereiten. Und um den Verdacht, verrückt zu werden, auszublenden, der sie seit dem Wochenende plagte.

»Ich weiß. Dein Vater hat es mir schon gesagt.« Was hatte Papa der Frau noch alles berichtet?

»Ihr tut das gut, hat sie mir erzählt.«

»Das freut mich.« Die Therapeutin legte eine kurze Pause ein und musterte sie. Lena hatte das Gefühl, die braunen Augen blickten direkt in ihr Gehirn. »Du hast bestimmt Verständnis, dass ich nichts mit dir besprechen kann, was andere Patienten angeht. Die ärztliche Schweigepflicht …«

»Na klar.« Schweigepflicht war gut. Dann würde auch nichts nach außen dringen, was ihre Probleme betraf. Wenn sie denn überhaupt welche hatte.

»Du brauchst keine Angst zu haben. Wir reden einfach miteinander. Wenn dir etwas unangenehm ist, sag es.« Frau Doktor Graicchen wartete, bis sie genickt hatte, ehe sie das Gespräch fortsetzte.

»Was glaubst du, warum du heute hier bist?«

»Also … ich habe Albträume.«

Frau Doktor Graicchen wippte sacht mit dem Kopf. »Das kommt häufiger vor, als man denkt. Viele Menschen wissen nur am Morgen nichts mehr davon. Ist es für dich in Ordnung, wenn ich mir ein paar Notizen mache?«

»Ich dachte, Sie nehmen eh alles auf.« Lena verknotete ihre Finger und presste die Handflächen zusammen.

»Das könnte man machen, aber nicht ohne Einwilligung des Befragten.« Sie lächelte. »Ich bevorzuge die gute alte Methode des Aufschreibens.«

Die Therapeutin vermied das Wort »Patient«. Sicher, weil

sich sonst manch einer noch kranker fühlte. »Ist dir das schon öfter passiert?«

»Nicht dass ich wüsste.«

Jetzt hatte die Frau wieder ihren durchdringenden Blick aufgesetzt. Lena versteckte ihre Hände unter der Tischplatte. Wieso gab es hier eigentlich kein Sofa?

»Anscheinend fehlt dir die Erinnerung daran. Dein Vater hat gesagt, er hätte dich in letzter Zeit oft nachts im Bett gefunden, wie du geschrien und um Hilfe gerufen hast.«

»*Oft*? Ich erinnere mich nur an zweimal.«

»Er wollte dich nicht beunruhigen. Seit ihr von dieser Klassenfahrt zurück seid, haben sich jedoch die Ereignisse gehäuft, und das hat ihm ernsthafte Sorgen bereitet.«

Zorn überflutete Lena. Wieso hatte Paps ihr nichts von weiteren Albträumen gesagt? Ließ sie hier voll auflaufen! Schnell verwandelte sich der Ärger in Kummer. Vertraute er ihr nicht mehr?

»Du darfst es ihm nicht übel nehmen, Lena. Versuche, ihn zu verstehen.«

Leicht gesagt. Anscheinend konnte diese Frau in ihrem Gesicht lesen, was sie gerade dachte. Aber irgendwo hatte sie auch recht. Lena holte tief Luft. Offenbar musste sie akzeptieren, dass sie nachts ab und zu schlimme Dinge träumte. »Muss ich mir Sorgen machen?«

»Es könnte etwas Ernsthaftes dahinterstecken.«

»Wie kommt es denn dazu und warum erinnert man sich an nichts?«

Frau Doktor Graicchen lächelte jetzt wieder. »Es gibt verschiedene Erklärungen. Aufregende Erlebnisse vor dem

Schlafengehen, Horrorfilme zum Beispiel, die Verarbeitung von Erlebnissen des Tages oder Dinge aus der Vergangenheit, die im Schlaf wieder auftauchen.«

»Ich mag keine Horrorfilme.«

»Das war nur ein Beispiel. Unser Gehirn ist beim Schlaf frei von Moralvorstellungen und Normen und fantasiert, vereinfacht ausgedrückt, vor sich hin.«

»Dann kann es also sein, dass ich das schon immer hatte? Und wieso fehlt mir die Erinnerung daran, was ich geträumt habe?«

»Weil es meist nicht wichtig ist. Manches würde uns am Tag verstören, vieles überfrachtet auch einfach das Gedächtnis. Deswegen wird es beim Aufwachen gelöscht.«

Das klang logisch. Frau Doktor Graicchen griff zum Stift, und Lena versuchte zu erkennen, was die Ärztin aufschrieb, doch die hielt den Block so, dass sie nichts sehen konnte. Nach ein paar kurzen Notizen blickte sie Lena forschend an. »Ist unser Gespräch bisher in Ordnung für dich?«

»Ich finde es interessant.« Das war nicht mal gelogen. Lena merkte, wie sie sich langsam entspannte. Weder schien sie irre zu sein noch verhaltensgestört.

»Deinem Vater nach sind die Episoden in letzter Zeit jede Woche mehrfach aufgetreten.« Eine Strähne hatte sich aus dem Dutt der Ärztin gelöst und wippte vorwitzig hin und her. »Etwas muss diese zunehmenden Albträume ausgelöst haben.«

Lena senkte ihren Blick zu Boden, damit Frau Doktor Graicchen nicht sah, dass das unbehagliche Gefühl zurückgekehrt war.

»Es wäre gut, wenn wir die Ursache erkunden, den Auslöser finden. Dann können wir das Problem an der Wurzel packen.«

»Aber haben Sie nicht gesagt, es sei harmlos?« Sie *wollte* das Problem nicht »erkunden«. Etwas würde zutage treten. Etwas Großes und Böses. Lena sah zum Fenster. Draußen schien die Sonne. *Was ich nicht weiß, macht mich nicht heiß.*

»Hast du Angst davor?«

»Weiß nicht. Nein.« Ihre Stimme verriet, dass das nicht die Wahrheit war. Und Frau Doktor Graicchen hatte es auch gehört.

»Ich verspreche dir, dass wir ganz vorsichtig vorgehen. Es wird nichts geschehen, was du nicht möchtest. In Ordnung?« Lena legte die Handflächen über die Augen und nickte dann.

»Fein. Inzwischen könntest du eine Art Traumtagebuch führen. Schreib alles auf, was du geträumt hast, ob du nachts wach geworden bist und was du in dem Moment gedacht hast. Auch Bilder, Geräusche und andere Sinneseindrücke. Gerüche, Gefühle, körperliche Empfindungen. Mit deinem Vater habe ich vereinbart, dass er alle deine bisherigen Albträume notiert, an die er sich erinnert.«

»Und wenn ich *nichts* träume?

»Dann kannst du auch nichts aufschreiben.« Frau Doktor Graicchen lächelte ihr zu. »Versuch es einfach. Am besten erinnern wir uns, wenn wir gerade aufwachen. Deshalb sollte das Buch auch auf deinem Nachttisch liegen. Aber du kannst auch tagsüber etwas notieren. Viele Menschen haben Tagträume. Es muss auch nichts Schlimmes sein. Was dich bewegt, was dich aufregt, was dich freut oder wovor du dich fürchtest.

Zensiere nichts. Ich werde das, was du notiert hast, nicht bewerten. Und damit es dir leichter fällt …« Die Ärztin zog eine Schublade auf und holte ein himmelblaues Notizbuch hervor, »… habe ich das Traumtagebuch schon hier.« Sie reichte es über den Tisch und Lena befühlte die samtige Oberfläche. In der rechten unteren Ecke war ein kleiner Hund mit einem schwarzen und einem weißen Auge abgebildet.

»Ich werde es versuchen.«

»Na wunderbar. Dann sollten wir noch den nächsten Termin ausmachen. Wie sieht es Donnerstagnachmittag aus? Sechzehn Uhr?«

»Das geht.«

»Schön. Die Schwester schreibt dir den Termin noch einmal auf. Beim nächsten Mal erkläre ich dir, wie wir weiter vorgehen. Bis dahin –«, die Ärztin erhob sich, »mach dir keine Sorgen. Wir kriegen das hin.« Sie öffnete die Tür zum Wartezimmer, und Lena, die ihr folgte, sah, wie sie ihrem Papa zunickte.

Das jüngere der Mädchen zog gerade seine Schwester am Zopf, und die kreischte auf, während die Mutter gereizt dreinschaute. Genau wie die ältere Frau, die inzwischen neben den beiden Nervensägen Platz genommen hatte. *Die* beiden hatten *wirklich* Probleme.

Lena ging zum Tresen und nahm den Zettel entgegen. Inzwischen hatte sich die Tür hinter der Mutter und den beiden Mädchen geschlossen und Stille erfüllte den Raum. Erst jetzt ging es ihr auf, dass die Ärztin sie gar nicht nach ihrer Mama gefragt hatte. Papa musste ihr davon erzählt haben. Gewiss würde sie beim nächsten Mal das Gespräch darauf bringen.

28

> »… ein Albtraum ist ein extremer Angsttraum, der zum Aufwachen führt. Was im Traum so sehr Angst macht, sind in der Regel tief unbewusste eigene Persönlichkeitsanteile, die dringend bewusst werden müssen.
> Namensgeber für den Albtraum waren die sogenannten Alben. In verschiedenen Mythologien gibt es Kobolde oder Elfen, die schlechte Träume verursachen und ›Alben‹ heißen. Man stellte sich vor, wie sie unbemerkt auf der Brust des Schlafenden sitzen und dabei Angst in deren Träumen erzeugen …«

Lena strich mit den Fingerspitzen über den hellblauen Samt. Was meinten die bei *Traumdeutung-Lebensberatung* mit »unbewusste eigene Persönlichkeitsanteile, die dringend bewusst werden müssen«? Neugierig schaute der kleine Hund vom Cover sie an, schien darauf zu warten, dass sie etwas einschrieb. Gestern Abend hatte sie das Buch mitsamt einem Stift auf ihren Nachttisch gelegt, aber nichts war passiert. Keine Albträume, keine Hilferufe. Paps hatte ihr nach der Rückkehr von der Therapeutin erklärt, dass er ab jetzt in den Steckdosen ihres Zimmers kleine Lampen anbringen würde, die die ganze Nacht hindurch leuchteten. Sie las weiter.

»... diese Übertragung auf andere Schuldige ist insofern sehr interessant, als der Albtraum in der Regel gerade nicht von realen, äußeren Gefahren erzählt. Die verantwortliche Ursache ist vielmehr der Träumer selbst. Insbesondere der sich wiederholende Albtraum ist ein ernstes Warnzeichen. Die Betroffenen sollten die Hilfe durch einen Therapeuten in Betracht ziehen ...«

Das tat sie ja mittlerweile. Hieß das, es gab gar keine reale Gefahr, die auf sie lauerte, weil sie sich das Ganze nur einbildete? Die Therapeutin hatte etwas anderes gesagt. Lena überflog die Linkliste, die sie zum Thema gefunden hatte. Mindestens die Hälfte davon schien esoterischer Quatsch zu sein. In einem der Artikel stand, dass etwa fünf Prozent aller Erwachsenen unter Albträumen litten und besonders Kinder häufig im Schlaf nach ihren Eltern riefen. Das schien also nichts Außergewöhnliches zu sein.

Neben ihr piepte das Handy.

Was machst du gerade? A

Informiere mich über Traumdeutung L

Nach längerem Überlegen hatte Lena beschlossen, Anne mehr von den Albträumen zu erzählen. Irgendeine Begründung musste sie ja dafür abgeben, dass ihr Papa sie zu dieser Therapeutin geschickt hatte. Und sie hatte keine Lust, dass Anne wieder alles mit dem Mord an Michelle in Verbindung brachte. Hier ging es um etwas anderes, da war Lena sich sicher.

Erzählst du mir morgen? A

Klaro und was treibst du? Chatten mit Luc? ☺☺ L

Nee, guck eine Serie, treffen mit Luc morgen A

Aha!!! Muss ich wieder als Alibi herhalten? L

Würdest du? lieb lieb A

Klaro, besprechen morgen, mach weiter L

Anne sendete noch drei Kuss-Smileys und Lena wandte sich wieder ihren Artikeln zu.

»... es gibt viele Umstände, die einen Albtraum entstehen lassen können. Die Grundlagen können in nicht abschließend verarbeiteten Kindheitserinnerungen oder nicht überwundenen traumatischen Erlebnissen liegen, wie zum Beispiel ein schlimmer Unfall oder eine erlittene Vergewaltigung. Auch der plötzliche Tod eines geliebten Menschen oder der Verlust seines gesamten Hab und Guts durch eine Katastrophe ist häufig ein Nährboden für Albträume.«

Als Nächstes folgte ein Abschnitt darüber, wie man Albträumen vorbeugen konnte. Leider passte davon nichts auf sie. Weder stritt sie vor dem Schlafengehen mit Paps, noch zog sie sich wie Tim und Jacob exzessiv Horrorfilme rein.

Lena spürte ihr Herz klopfen. Sie hatte zwar eine düstere Ahnung, was ihre Angstträume verursacht haben könnte, jedoch nicht davon, was sie eigentlich träumte. Deshalb also hatte Frau Doktor Graicchen ihr das Tagebuch mitgegeben. Falls Lena sich ihrer Albträume bewusst wurde und sich den nächtlichen Hilferufen stellte, würde sie sich vielleicht beim Aufwachen noch an Bruchteile des Geträumten erinnern.

Sie betrachtete das Traumtagebuch auf dem Nachttisch und atmete mehrmals tief ein und aus, in der Hoffnung, dass heute kein Nachtmahr auf sie warten würde.

29

»Und das zeigst du morgen Frau Doktor Graicchen?«

»Genau. Damit sie mir dann sagen kann, was das zu bedeuten hat.« Lena steckte das Traumtagebuch weg, das sie Anne gezeigt hatte. So einfach würde es sicher nicht werden, aber es reichte, um die Neugierde ihrer Freundin zu befriedigen. »Lass uns von etwas anderem reden. Du triffst dich heute wieder mit Luca?«

»Es könnte mal regnen. Alles total ausgedörrt hier.« Anne zeigte auf den Rasen, der aus vertrockneten Gräsern bestand.

»Lenk nicht ab!« Spielerisch stupste Lena ihre Freundin in die Seite und kniff dabei ein Auge zu.

»Wir wollen zusammen recherchieren.«

»Schon wieder?« Lena tippte sich mit dem Zeigefinger an die Stirn und vermied es, laut aufzuseufzen. Was war aus ihrer Freundschaft geworden? Anne beschäftigte sich nur noch mit zwei Dingen. Entweder ging es um Luca oder um den Mord an Michelle, meist um beides gleichzeitig. Neben den Lehrerparkplätzen spielten einige Fünftklässler Fangen. Staub wirbelte auf und senkte sich nur langsam wieder.

»Ich kann einfach nicht damit aufhören. Heute Nachmittag gehen wir unsere Klasse durch. Du weißt schon … die Liste, die wir beide in Waldersbach nach dem Überfall auf mich angefangen haben. Das Gefühl, dass ich da etwas übersehe, wird immer stärker. Am verdächtigsten finde ich Goncalves.«

»Quatsch! Der doch nicht!« Lena ließ ihren Blick über den Hof schweifen und suchte nach Paul, aber der war nirgends zu sehen.

»Er war in der ersten Nacht im Wald, als ich überfallen wurde. Ich habe inzwischen alle ausgefragt, aber keiner kann sich erinnern, wo er zu dem Zeitpunkt gesteckt hat, in dem ich angefallen wurde.«

»Das muss nichts …«

»Warte!« Anne unterbrach sie mit einem Handzeichen. »Hör dir erst alles an. Als Michelle ermordet wurde, hielt er sich angeblich an der Jugendherberge auf, um auf ihre Rückkehr zu warten. Allein. Yann stand auf der anderen Seite und hat sich dort auch nicht weggerührt. Es gibt also keine Zeugen dafür, dass Goncalves dort geblieben ist. Und dann findet er auch noch Sara Blattner im Park … Zufällig ist er auch da wieder vor Ort! Ein bisschen zu viele Zufälle, oder?« Anne dämpfte ihren Tonfall, weil in jenem Moment Felix, Yannick und Paul zum Tor hereinschlenderten und an ihnen vorbeiliefen. Lena betrachtete das Milchgesicht von Paul Muthmann. Was wusste sie eigentlich von Pauls Interessen außer, dass er ein Einzelkind war, gern Gitarre spielte und die Mädchen ihn anhimmelten?

Verbarg sich hinter der glatten Fassade etwas Furchteinflößendes? Sicher hatte es schon Sechzehnjährige gegeben, die Verbrechen verübten, und oft wirkten Mörder nach außen hin harmlos, aber ihr Goncalves?

»Was macht die da?« Anne, die Lena in die Seite gestupst hatte, deutete auf Julia, die in einer Ecke neben den Mülltonnen stand und suchend über den Hof blickte, bevor sie etwas auf einen Block kritzelte, das Blatt abriss, zerknüllte und wegwarf. Gleich darauf wiederholte sich das Ganze: kritzeln, abreißen, zerknüllen, wegwerfen.

»Notizen für die nächste Stunde?«, schlug Lena vor.

»Und schmeißt sie dann weg? Wohl kaum. Für mich sieht es so aus, als ob sie Beobachtungen aufschreibt.«

»Und warum wirft sie *die* dann weg? Wen sollte die denn überhaupt beobachten?« Ganz kurz traf Lenas Blick den der Sonderbaren und sie schaute schnell zu Boden.

»Uns?«

»Du leidest unter Verfolgungswahn, Süße. Die ist einfach komisch.«

Vom Tor her schlurften jetzt die beiden Unzertrennlichen herbei. Der aufsichtführende Lehrer tat, als bemerke er nicht, dass Schüler außerhalb des Geländes gewesen waren. Auf Jacobs grauem Shirt prangte ein Skelett mit einer Blume in den Knochenfingern und der Aufschrift »no fear«, Tim trug das gleiche in Blau. Lena erinnerte sich an das Gespräch der beiden im Eiscafé.

»Ob die noch immer Rachefantasien gegen Erbi hegen?« Ihre Freundin konnte mal wieder Gedanken lesen.

»Ach was. Das war doch nur Angeberei.« Lena sah Luca um die Ecke biegen und auf sie zuschlendern. »Wenn ich dich gestern richtig verstanden habe, willst du also nachher wieder mit zu Luca gehen und ich soll deine Mama belügen.«

»Genau so.« Anne hatte ihren Angebeteten noch nicht erblickt, weil sie gerade eine Kurznachricht tippte. »Ich revanchiere mich, versprochen. Stell dir vor, nächste Woche wollen wir zur Kripo und uns über den Ablauf von Ermittlungsarbeiten bei Kapitalverbrechen wie Mord informieren. Darüber verfassen wir dann angeblich eine Hausarbeit. Heute werden wir den Fragenkatalog zusammenstellen.«

»Das ist nicht dein Ernst! Was, wenn die in der Schule anrufen und nachfragen?«

»Warum sollten sie das tun?«

»Weil es ungewöhnlich ist, dass zwei Gymnasiasten sich im Auftrag der Schule mit solchen Themen befassen?«

»Mach dir keine Sorgen. Luca hat gestern schon bei der Pressestelle angerufen und die waren sehr aufgeschlossen.«

Anne sah hoch und ihre Mundwinkel wanderten bei Lucas Anblick wie von selbst nach oben. »Wenn man vom Teufel spricht …«

»Hallo, ihr zwei Hübschen.« Luca setzte sich neben Anne auf die Bank, und die begann, mit den Beinen zu baumeln. »Hast du diesen Schneider schon angerufen?« Seine Hand wanderte beim Sprechen dichter zu ihr.

»Nein. Das mache ich nach der Schule.«

»Den Kommissar aus Waldersbach?« Lena versuchte, Blickkontakt zu ihrer Freundin aufzunehmen, aber die hatte nur Augen für Luca. »Was willst du von dem?«

»Mich nach dem Stand der Ermittlungen erkundigen.«

»Wieso glaubst du, dass er gerade dir Auskunft gibt?«

»Weil sie auch überfallen wurde und damit ein potenzielles Opfer war.« Lucas Finger hatten Annes Knie erreicht. »Da darf man doch wohl mal nachfragen, ob es schon eine heiße Spur gibt, oder?«

»Du willst ihn aushorchen!« Lena überlegte, ob sie das gut fand. Aber Anne war alt genug. Wenn ihr die Detektivspielchen mit Luca Spaß machen – bitte sehr. Sie hingegen konnte sich schönere Freizeitbeschäftigungen vorstellen.

»Nicht doch. Ihre Therapeutin hat ihr das empfohlen, um die Dinge besser zu verarbeiten.« Wieso wusste Luca davon, dass Anne zu Frau Doktor Graicchen ging? Hatte Anne ihm etwa auch erzählt, dass sie dorthin ging? Sollte das nicht ihr Geheimnis bleiben? Die Freundin schien ihre Verstimmung bemerkt zu haben, denn sie setzte schnell hinzu: »Ich habe sie *wirklich* gefragt, Lena. Nachdem Luca den Vorschlag gemacht hatte, habe ich sie angerufen.«

Soso, das Ganze war also gar nicht auf ihrem Mist gewachsen. »Na, dann ermittelt mal schön.« Lena stand auf und schluckte. Annes Rechtfertigungen kamen ihr wie ein Verrat vor. Und seit wann ließ die sich von einem Jungen einreden, was sie zu tun hatte?

30

»An dem Abend, als ich überfallen wurde, waren folgende Personen auf der Lichtung«, Anne hob nacheinander die Finger und zählte auf: »Tim und Jacob, Yannick, Goncalves, Miriam, Julia, Lena, du und ich.«

»Du hast Michelle vergessen.« Luca tippte mit dem Stift auf die Skizze.

»Die kommt doch wohl kaum infrage! Einen Abend später war sie tot!«

»Ich mein ja nur … du hast gesagt, niemand darf ausgeschlossen werden.« Er sah, wie sie die Augenbrauen zusammenzog, und winkte ab. »Komm wieder runter. Ich gebe zu, dass das ein ganz schlechter Scherz war.«

»Obermies, um genau zu sein.« Hin und wieder war Luca ziemlich kaltschnäuzig. Anne nahm den Rotstift, malte kleine Männchen rund um den Kreis, der die Lichtung darstellen sollte, und dachte dabei daran, wie sie mit Luca losgezogen war. Ihr Herz hatte so laut geklopft, dass sie gefürchtet hatte, er könne es hören. Ihr erster Kuss, dann die Angst … Was wäre passiert, wenn sie nicht davongerannt wäre? Hätte der

Würger sie getötet? Wäre Michelle dann womöglich noch am Leben?

»Was grübelst du?« Luca nahm ihr das Blatt aus der Hand.

»Ich habe über Michelle nachgedacht. Ihren Tod. Gleichzeitig bin ich froh, dass ich nicht dabei war, als ihr sie gefunden habt. Die Bilder hätte ich nie aus meinem Kopf bekommen. Was bringt einen Menschen dazu, einen anderen so lange zu würgen, bis er stirbt?«

»Keine Ahnung. Wollen wir nicht mit den Verdächtigen weitermachen?«

Luca hatte recht. Anne betrachtete die Zeichnung, die er auf den Tisch gelegt hatte. »Als du zum Lagerfeuer zurückgekommen bist – wer saß da alles dort?«

»Tim und Jacko. Tim hat gerade einen Horrorfilm erzählt und Jacko hat sich zugelötet. Michelle, Miriam und Yann waren auch da.«

»Julia war laut Yannick kotzen und Paul hat angeblich nach ihr gesehen.« Anne fiel etwas ein, und sie stand auf, um ihre Tasche zu holen. »Schau mal, was ich auf dem Schulhof gefunden habe.« Sie reichte Luca die zerknitterten Zettel und wartete, bis er sie studiert hatte.

»Galgen, an denen Strichmännchen mit unseren Initialen hängen? Von wem stammt das?«

»Julia hat es gezeichnet.« Sie erzählte von ihrer Beobachtung und dass sie nach Schulschluss die zerknüllten Zettel aus der Mülltonne geholt hatte. »Sie hasst mich.«

»Wieso das denn?«

»Wegen dir.« Wärme stieg in ihrem Gesicht nach oben. Mehr wollte sie keinesfalls sagen.

»Ts, ts, was denkt die sich bloß dabei?« Luca legte den Kopf schräg und glättete dann das Papier. »Obwohl … Das hier ist schon recht drastisch. Und ich hänge gleich daneben.«

Anne sah in seine Augen, und weil sich die Hitze weiter ausbreitete, fuhr sie schnell fort: »Könnte sie auf der Lichtung die Übelkeit nur vorgetäuscht haben?« Sie malte einen roten Kreis um die Figur, die die Sonderbare darstellen sollte. »Und hast du sie zurückkehren sehen?«

»Ja und nein. Du glaubst doch nicht, dass sie …?«

»Hast du nicht gesagt, wir sollen keinen ausschließen?«

»Gut, also Julia kommt in die engere Wahl. Obwohl ihre Abneigung gegen dich nicht erklärt, warum sie es am nächsten Abend bei Michelle versucht hat. Wir müssen herausfinden, ob die anderen bestätigen können, wann sie wieder aufgetaucht ist.«

»Und Goncalves?« Sie hatte Luca absichtlich noch nicht in ihre Theorie, dass Paul der Hauptverdächtige war, eingeweiht. Er sollte von selbst darauf kommen.

»Ich erinnere mich nicht. Weder, dass ich ihn gesehen habe, noch, dass ich ihn nicht gesehen habe.«

»Hm. Sicher ist also, dass Jacko, Miriam, Michelle und Lena noch da waren, als du mit Tim und Yannick losgezogen bist, um mich zu suchen. Lena hat geschlafen, kann uns also nicht sagen, ob und wann Julia und Paul wieder aufgetaucht sind. Miri und Jacob habe ich schon ausgequetscht, aber leider ohne Ergebnis. Was ist mit Goncalves? Ich habe ihn bei meiner Rückkehr nicht auf der Lichtung gesehen. Er hat auch kaum etwas getrunken. Am nächsten Tag sollte er mit Felix an der Herberge warten, falls Michelle dort auftaucht.«

»Dafür gibt es keine Zeugen.« Luca war auf der richtigen Spur. Anne bemerkte, dass sie den Stift benagt hatte, und legte ihn weg. »Paul war auch auf deiner Party, wo er anschließend Sara ›gefunden‹ hat«.

»Da kommt einiges zusammen. Aber ist das mit Sara nicht zu offensichtlich?«

»Vielleicht war er gerade dabei, sie zu würgen, als er gestört wurde. Dann hat er sich die Geschichte mit dem weglaufenden Typen ausgedacht.« Anne fühlte auf einmal Entsetzen. Sie sprachen über einen Mitschüler. Einen sechzehnjährigen Möchtegern-Justin-Bieber.

»Findest du nicht auch Tim verdächtig?« Luca sah ihr in die Augen, und sie war für ein paar Sekunden so verwirrt, dass sie nicht antworten konnte.

»Ja … Er könnte Michelle zu dicht auf den Pelz gerückt sein und sie, um die Sache zu vertuschen, umgebracht haben – aber mal im Ernst, was wäre das denn für ein krankes Motiv? Und das würde nicht den Überfall auf mich erklären. Ist ganz schön verzwickt, was?«

»Ich fasse zusammen.« Luca hob dozierend den Stift. »Paul, Tim und Julia waren in der Nähe der beiden Tatorte und sind somit besonders verdächtig. Leider hilft uns meine Geburtstagsparty auch nicht weiter, weil sie dort ebenfalls vor Ort waren. Wir müssen das Motiv herausfinden, dann haben wir auch den Täter. Bis dahin bleibt uns nichts anderes übrig, als unsere Hauptverdächtigen weiter zu beobachten.«

31

»Hi, Paps! Ich bin wieder da!« Lena streifte die Schuhe ab und schob sie unter die Garderobe.

Ihr Vater kam aus der Küche und brachte einen Duft nach Geschmortem mit. »Ich koche uns Gulasch. Wie war es bei Frau Doktor Graicchen? Kommt ihr voran?«

»Alles bestens.« Das stimmte nicht ganz. »Sie hat gesagt, dass sie auch noch mal mit dir sprechen will. Ob du einen Termin ausmachen könntest.«

»Ich rufe sie gleich an.« Schon ging er zum Telefon.

»Dann gehe ich nach oben.« Irrte sie sich oder hatte Papa erfreut geklungen? In ihrem Zimmer angekommen, warf Lena den Rucksack aufs Bett und holte ihr Handy hervor, um Anne eine Nachricht zu schicken. Sie brauchte jemanden, mit dem sie den Besuch bei der Therapeutin auswerten konnte. Paps war dafür nicht der Richtige.

Lena starrte auf ihr Handy. Warum antwortete Anne nicht? Gleich würde Paps nach oben kommen und sie über den Besuch bei Frau Doktor ausquetschen. Falls sie telefonierte, wenn er hereinschaute, würde er sich zurückziehen, und sie konnte ihre Gedanken sortieren. In ihrem Kopf summte es schon die ganze Zeit wie in einem Bienenstock. Als es klopfte, zuckte sie zusammen und konnte gerade noch einen Aufschrei unterdrücken.

»Habe ich dich erschreckt, Kleines?« Papa kam herein und setzte sich neben sie auf das Bett. »Das wollte ich nicht.«

»Ich war in Gedanken. Halb so wild.«

»Morgen nach der Arbeit schaue ich bei deiner Therapeutin vorbei.«

»Hat sie gesagt, warum sie mit dir reden will?« Die Angst war wieder da. Sie krabbelte mit kleinen Eisfüßchen Lenas Rückgrat hinauf.

»Einfach ausgedrückt, glaubt sie, dass bei dir ein unverarbeitetes Trauma vorliegt. Der Auslöser für deine Albträume müssen die Ereignisse im Schullandheim gewesen sein.«

»Das hat sie mir auch schon so ähnlich gesagt.«

»Siehst du. Er streichelte ihre Schulter. »Und solange die eigentliche Ursache nicht bekannt ist, wird auch die Reaktion deines Unterbewusstseins nicht nachlassen. Eher werden sich die Begebenheiten häufen.« Er pochte vorsichtig gegen ihre Stirn. »Erst wenn man herausgefunden hat, was sich da drin abspielt, kann man eine sinnvolle Behandlung beginnen.«

Er wusste doch, dass die Therapeutin Mamas Verschwinden für die Ursache hielt. Warum sprach er es nicht aus? »Ich möchte das nicht, Paps.« Lena schlang die Arme um sich.

»Sie hat vorgeschlagen, es mit Hypnose zu versuchen. Ich könnte dabei sein, wenn du nichts dagegen hast. Es passiert dir nichts.«

Das hatte die Ärztin auch schon gesagt. Was aber, wenn doch? Wenn irgendein schleimiges Monster aus ihrem Inneren ans Licht kroch und sie von innen auffraß? »Wann soll es denn losgehen?« Lena hasste die Kleinmädchenstimme, die sie jedes Mal bekam, wenn ihr etwas Angst einjagte.

»Was hältst du von Montag?«

Gleich nach dem Wochenende? Wieso eilte es plötzlich so? Gab es etwas, das ihr die Therapeutin nicht verraten hatte? Ihr Handy summte und Lena war froh über die Ablenkung. Auf dem Display stand »Anja Voigtmann«, und es dauerte einen Moment, bis sie realisiert hatte, dass nicht Anne ihr eine Nachricht geschickt hatte. Eilig legte sie die Hand über das Mobiltelefon. Das fehlte gerade noch. Papas Dates hatte sie komplett vergessen.

»Na gut. Versuchen wir es.«

»Gut, Kleines. Und jetzt lasse ich dich in Ruhe, damit du mit deinen Freunden chatten kannst.« Er schien erleichtert zu sein. »Abendessen gibt's in einer Stunde.«

»Ich komme dann runter.« Lena wartete, bis ihr Vater das Zimmer verlassen hatte. Als Erstes musste sie diese Anja mit irgendeiner Ausrede abwimmeln.

32

Lena schloss die Augen und schnüffelte und war sofort wieder ein kleines Mädchen. Unter den Dachsparren im Obergeschoss hingen wie jedes Jahr große Dillsträuße zum Trocknen. Oma Renate stellte Gewürzgurken noch selbst her. Und auch das Summen von Fliegen, die sich hierher verirrt hatten, gehörte zu den Geräuschen des Sommers, die die Ferien begleiteten. Eine der Kammern hier oben hatten die Großeltern für sie eingerichtet, und auch wenn es dort im Juli und August besonders warm und im Winter eisig kalt war, liebte Lena ihr Domizil. An diesem Ort fühlte sie sich besonders beschützt.

Sie ging zum Fenster, öffnete es weit und blickte hinunter in den Garten. Abendrot färbte das Dach des Gewächshauses rosa, die Blumen in Omas Staudenbeet wiegten sich sanft hin und her und ein Lüftchen brachte den Duft von Walderdbeeren und Lindenblüten mit.

Lena begann, ihren Rucksack auszupacken, den sie vor dem Abendessen achtlos aufs Bett geworfen hatte. Für eine Übernachtung brauchte man nicht viel, aber lieber ein paar Dinge mehr mitnehmen als zu wenig.

Heute Nachmittag hatte sie ein paar Kurznachrichten mit Anne ausgetauscht und erfahren, dass ihre Freundin im Freibad war. Sicher war Luca auch dabei, aber davon hatte Anne nichts geschrieben. Nur, dass ihr Bruder sie abholen würde. Lena stellte sich vor, wie sie mit Moritz im Gras unter einem Baum lag und seine Hand hielt. Leider hatte Paps darauf bestanden, dass sie mit zu seinen Eltern fuhr …

Eigentlich besuchte sie Oma Renate und Opa Peter gern. Nur nicht gerade, wenn das herrlichste Sommerwetter herrschte und die Clique im Bad Spaß hatte. Unten im Garten stand ein großer runder Pool, aber ohne ihre Freunde machte das Planschen nur halb so viel Freude.

Lena ließ sich in die Kissen sinken und stellte sich den Campingurlaub vor. In ihren Tagträumen spielte sie mit Moritz Wasserball und saß hinter ihm auf dem Motorrad. Abends würden sie am Lagerfeuer grillen und Lieder zur Gitarre singen. Wie im schönsten Kitschfilm aller Zeiten. Ob Anne und Moritz schon zu Hause waren?

Schreib ihm doch einfach eine WhatsApp!

Gute Idee, innere Stimme. Sie richtete sich auf und hielt nach ihrem Handy Ausschau, doch es lag nirgends. Auch in den Außentaschen ihres Rucksacks befand es sich nicht. Noch während Lena unter der Decke nachschaute, fiel ihr wieder ein, wo sie es zuletzt gehabt hatte – in der Küche. Mittlerweile mussten schon zahlreiche Nachrichten eingetroffen sein. Und vielleicht auch ein paar Fotos aus dem Freibad. Schnell hüpfte sie vom Bett und öffnete die Tür.

»… schreit und schlägt um sich.« Lena setzte den erhobenen Fuß behutsam wieder zu Boden und schlich zur Treppe.

»… kann sie manchmal gar nicht aufwecken.« Die Stimme ihres Papas klang dumpf und dennoch verstand man fast jedes Wort. Sie mussten die Küchentür aufgelassen haben. Vorsichtig setzte Lena sich auf die Stufe und hielt die Luft an.

»… fast jede Nacht. Ich mache mir große Sorgen.« Jetzt erzählte er Oma und Opa noch einmal ausführlich von den Ereignissen im Schullandheim und dass ihre Albträume sich seitdem von Woche zu Woche verschlimmerten. »… die Erlebnisse dort und der Tod ihrer Mitschülerin müssen der Auslöser gewesen sein.« Lena atmete unhörbar aus. Warum jagte Paps den Großeltern mit der Story Angst ein? Hätte er das nicht für sich behalten können? Oder wollte er vorbeugen, falls sie heute Nacht wieder Radau machte?

»… Lenas Therapeutin hat mir gesagt, etwas daran müsse dem Verschwinden ihrer Mutter geglichen haben.«

»Oh nein!« Oma Renates Stimme hatte einen schrillen Beiklang. »Glaubst du, Lena erinnert sich *doch* an diese Nacht? Wir hätten Nicole und sie damals hierbehalten sollen. Aber deine Frau wollte unbedingt zurückfahren.«

»Das haben wir doch schon zigmal besprochen, Mama. Euch trifft keine Schuld an dem, was passiert ist. Und um auf deine Frage zu antworten: Nein, Lena weiß nicht, was damals vorgefallen ist. Also anders ausgedrückt – sie weiß es schon, allerdings nicht bewusst.«

»Das verstehe ich nicht.«

Nun erklärte Paps, was Frau Doktor Graicchen zum Thema Unterbewusstsein gesagt hatte und dass sie Lena hypnotisieren wolle, um an die vergrabenen Erinnerungen heranzukommen.

»Glaubst du denn, sie hat damals tatsächlich etwas gesehen?« Oma schien sich etwas beruhigt zu haben. Im Gegensatz zu Lena. Ihr Herz trommelte gegen die Rippen, als wolle es herausspringen. Sie holte tief Luft. Opa hatte noch nichts gesagt. Lena konnte ihn vor sich sehen, wie er mit aufgestützten Armen am Küchentisch saß und ab und zu einen Schluck Bier nahm, während er das Gespräch verfolgte.

»Ich sehe immer noch dieses Foto von eurem Auto am Straßenrand vor mir. Es stand da, als habe Nicole nur schnell geparkt, um austreten zu gehen. Und dann kommt sie einfach nicht zurück! Und die kleine Lena, voller Angst auf der Suche nach ihrer Mama. Stundenlang muss sie herumgeirrt sein. Oh Gott, was sie mitgemacht haben muss …«

»Renate.« Nun ergriff Opa doch das Wort. »Hör auf damit. Es bringt nichts, wenn wir das wieder und wieder durchkauen.«

Lena hörte ihren Magen gurgeln und unterdrückte das dringende Bedürfnis, auf Toilette zu gehen. Zuerst musste sie hören, was die da unten noch zu erzählen hatten.

»Ich hoffe jedenfalls, es kommt bei dieser Hypnose nichts Schlimmes zum Vorschein.« Opas Bierglas wurde mit einem Scheppern abgesetzt. »Also, außer Nicoles Verschwinden, meine ich. Stell dir bloß mal vor, jemand hat Lena in der Nacht etwas angetan!«

Jetzt ließ ihr Darm sich nicht mehr beschwichtigen. Sie musste dem Gespräch ein Ende bereiten. Jetzt gleich!

Lena erhob sich, wartete, bis der Schwindel nachgelassen hatte, und eilte zurück, um ihre Zimmertür mit einem lauten Knall zuzuschlagen, bevor sie die Treppe hinunterstapfte.

33

»Sie haben sich über die Nacht unterhalten, in der deine Mom verschwunden ist? Das ist ja gruselig!«

Diesmal passte Annes Lieblingswort. Der Mund ihrer Freundin bewegte sich schon, bevor die Worte aus den Lautsprechern kamen. Skype hakte mal wieder.

»Und du warst die ganze Nacht weg und hast keine Ahnung, wo du gewesen bist?«

»Irgendwo, wo es schmutzig war, jedenfalls.« Lena sah, dass aus dem Grinsen, das sie versuchte, eine klägliche Grimasse wurde. Obwohl es in ihrem Zimmer warm war, fröstelte sie.

»Warum hast du mir nie davon erzählt?«

»Weil ich keine Ahnung davon hatte. Habe ich doch schon gesagt. Da ich mich nicht daran zu erinnern schien, haben sie es vor mir geheim gehalten, um mich nicht zu belasten. Auf der Heimfahrt habe ich Paps die Pistole auf die Brust gesetzt. Entweder er sagt mir sofort, was die Andeutungen bei Oma und Opa zu bedeuten haben, oder ich breche die Therapie ab.«

»Und?«

»Da ist er mit der Sprache rausgerückt. Man hat die ganze

Nacht nach mir gesucht. Als die Suchtrupps mich am nächsten Tag entdeckt haben, war ich wohl total verstört, voller Schmutz, hatte überall Kratzer und zerzauste Haare und habe angeblich mehrere Tage kein einziges Wort gesprochen.«

Anne, die beide Hände vor den Mund gepresst hatte, schüttelte mehrfach den Kopf.

»Ich habe keine Ahnung, wo ich gewesen bin und was in diesen Stunden geschehen ist, bis ich mich plötzlich in einem Krankenhaus wiederfand und meine Mama weg war.«

»Warum hat dein Dad dich nicht gleich zu einer Therapie geschickt?«

»Weiß nicht. Weil er dachte, es komme auch so wieder alles ins Lot, und mich nicht noch weiter belasten wollte?«

»Und nun taucht das alles in deinen Albträumen wieder auf … Mensch, Lena. Soll ich vorbeikommen? Brauchst du Hilfe?«

Man konnte das Mitleid in Annes Augen sehen.

»Nein, es ist alles bestens.« Das war eine glatte Lüge. *Nichts* war »bestens«. Lena spürte, wie das Abendessen in ihr hochkommen wollte, und gab ihrer Freundin ein Zeichen. »Bleib mal dran, ich verschwinde nur kurz auf Toilette.«

Im Badspiegel glotzte sie ein hohläugiges Monster an. Violette Schatten unter den Augen, die Wangenknochen standen deutlicher hervor als sonst. Im gleichen Moment kamen der Salat und das Rührei nach oben geschossen, und Lena hatte Mühe, rechtzeitig den Toilettendeckel hochzuklappen und sich hinzuknien. Etwas, das über ihr schwebte, beobachtete den Strahl brauner Flüssigkeit aus ihrem Mund, hörte das Plätschern der Bröckchen und verfolgte, wie die Geräusche und der saure Geruch zu stärkerem Würgen führten und wie sie sich trotzdem bemühte, leise zu sein, damit Paps unten nichts davon hörte. Erst als nur noch grünlicher Schleim kam, ließ der Brechreiz nach. Lena richtete sich auf und griff nach Zahnbürste und Zahnpasta.

Nun glich sie mit ihrem bleichen Gesicht erst recht einem Zombie. Hoffentlich kam Paps die nächste halbe Stunde nicht auf die Idee, nach ihr zu schauen. Sie spülte den Mund aus und biss sich mehrfach auf die Lippen, um ihnen etwas Farbe zu verleihen, ehe sie leise in ihr Zimmer zurückschlich.

»Wo warst du denn so lange?« Anne näherte ihr Gesicht dem Bildschirm und zog die Stirn kraus. »Du siehst voll übel aus.«

»Genau das, was man von seiner besten Freundin hören möchte.« Lena atmete tief ein und aus. »Ich lag gestern die halbe Nacht wach. Obwohl ich sonst bei Oma und Opa immer sehr gut schlafe.« Auch das war nur die halbe Wahrheit. In Wirklichkeit hatte sie überhaupt nicht geschlafen. Aus Angst, wieder Albträume zu bekommen, und weil ihr die Vorgänge um Mamas Verschwinden die ganze Zeit im Kopf herumgegangen waren. Als sie nach unten gekommen war, hatten Paps und die Großeltern so getan, als sei nichts. Fröhliche Gesichter, Gerede über den Garten und Opas Kaninchen. Lena hatte die ganze Nacht überlegt, ob sie Papa beichten sollte, dass sie gelauscht hatte, und dann beschlossen, ihn auf der Heimfahrt darauf anzusprechen.

»Ich werde morgen in der Therapie darüber reden.«

»Das musst du auch!« Anne kratzte sich hinter dem Ohr. »Zusätzlich zu der Sache mit deiner Mom kommen die Dinge, die in Waldersbach passiert sind …« Die Wörter »Michelle« und »Tod« vermied sie. »Schon das steckt keiner einfach so weg.«

Lena nickte nur und sah sich nach etwas Trinkbarem um. Ihr Mund war staubtrocken. Und im Bauch grummelte es schon wieder. Sie musste sich ablenken. Wie so oft in letzter Zeit abrupt das Thema wechseln. »Ich verspreche es. Wie war es denn gestern im Freibad?«

»Herrlich.« Anne schloss die Augen, der schmerzliche Zug um ihren Mund verschwand und machte einem Lächeln Platz. Die Frage, ob Luca dabei gewesen war, erübrigte sich damit. »Bis auf die Tatsache, dass Miriam von einer Wespe in den Zeigefinger gestochen wurde. Jetzt hat sie eine Elefantenhand.«

»War bestimmt schmerzhaft.«

»Gequiekt hat sie, wie ein abgestochenes Ferkel. Aber einen Vorteil hat das Ganze: Sie kann mit den geschwollenen Fingern nicht mehr schreiben und vom Sport wird sie auch befreit. Damit bleibt ihr in der letzten Schulwoche allerlei erspart. Willst du schon wieder zur Toilette?« Anne, die gesehen hatte, wie Lena aufstand, zog die Stirn kraus.

Lena schwenkte die Decke, die sie sich vom Bett geholt hatte, bevor sie sich darin einwickelte. »Mir ist kalt.«

»Du wirst doch nicht etwa krank? So kurz vor den Ferien?«

»Ach was. Ich muss mich nur mal richtig ausschlafen, dann ist alles wieder im grünen Bereich.«

»Bleib doch morgen zu Hause. Dein Dad kann in der Schule Bescheid sagen und dann kannst du den versäumten Schlaf nachholen.«

Das war eine Option. Allerdings keine gute. Wenn sie einen auf krank mimte, würde Paps glauben, dass ihr alles viel mehr zusetzte, als sie zugab. Und dann würde er sich noch mehr Sorgen machen und sie nicht mit zum Zelten fahren lassen. *Apropos zelten* … Lena beugte sich nach vorn. »Hast du eigentlich mal bei deinen Eltern vorgefühlt, ob sie dich mit zum Camping fahren lassen?«

»Mit meinem Dad habe ich schon geredet. Er kann mir normalerweise nichts abschlagen.«

»Normalerweise heißt?«

»Von seiner Seite aus gibt es keine Probleme. Aber das soll Mom entscheiden, hat er gesagt.« Anne hob die Schultern. »Nun werde ich wohl nicht darum herumkommen, sie demnächst zu fragen. Ewig haben wir ja nicht mehr Zeit.«

»Und dein Bruder?« Allmählich kehrte die Wärme in Lenas Glieder zurück und sie zog die Decke fester um die Schultern.

»Du meinst, ob Moritz mitfährt?«

»Als dein Aufpasser. Du hast doch gesagt, dass deine Mutter dann eher zustimmen würde.«

»Eigentlich will er mit seinen Kumpels eine Motorradtour machen.«

Die Enttäuschung senkte sich auf Lenas Schultern und die Seifenblase zerplatzte direkt in ihrem Kopf.

»Ich habe ›eigentlich‹ gesagt.« Anne kniff ein Auge zu. »Das heißt, er ist nicht abgeneigt. Man könnte es auch so drehen, dass er mich hinbringt und wieder abholt und in der Zwischenzeit verschwindet. Das müssen wir Mom ja nicht auf die Nase binden.«

Das hieß, Moritz würde nicht mit ihr gemeinsam am Ufer

des Sees liegen und ihre Hand halten. Anscheinend hatte Anne ihre Enttäuschung gesehen, denn sie fügte schnell hinzu: »Aber er will es sich noch überlegen. Übrigens –«, sie legte eine Kunstpause ein, um die Spannung zu erhöhen, »hat er sich gestern nach dir erkundigt.«

»Echt?« Die Wärme war in ihrem Kopf angekommen.

»Als er mich vom Freibad abgeholt hat. Hat gefragt, warum du nicht dabei bist. Eins sage ich dir …«, Anne hob die Augenbrauen, »mein Brüderchen steht auf dich. Da gibt es keinen Zweifel.« Noch eine Kunstpause. »Und wie ist es mit dir?«

»Ob ich auch auf ihn stehe?«

»Bist du ein Papagei? Was sonst?«

»Na ja …« Lena gab sich einen Ruck. »Ja. Er ist zwar ziemlich alt, aber ich gebe zu, er gefällt mir.«

»Moritz ist neunzehn!«

»Sag ich doch. Ziemlich alt.« Ein tiefes Gähnen brach sich Bahn und Lena hielt die Hand vor den Mund. »Machen wir Schluss, Süße. Ich bin hundemüde. Wir können morgen weiterquatschen.« Sie warf Anne eine Kusshand zu und die erwiderte die Geste. Lena sah zu, wie der Bildschirm dunkel wurde. Hatte ihre beste Freundin das Interesse ihres Bruders an ihr nur erfunden, um sie abzulenken? *Du wirst allmählich paranoid, Lena Waldner! Hattest du nicht auch das Gefühl, dass du Moritz gefällst?*

Konnte schon sein. Konnte alles sein. Sie würde den Gedanken mit ins Bett nehmen.

34

»Du hast also nichts dagegen, dass dein Vater mit dabei ist?« Frau Doktor Graicchen hatte wieder ihren durchdringenden Blick aufgesetzt.

»Nein, alles okay.«

»Hattest du seit unserem letzten Treffen wieder Albträume?«

»Nein …« Lena stockte kurz und sah zu Paps, der irgendwie unglücklich wirkte. »… jedenfalls keine, an die ich mich erinnere.«

Die Therapeutin blickte auch zu ihrem Vater und der holte tief Luft. »Letzte Nacht hast du wieder geschrien und um Hilfe gerufen.«

Dachte er sich das aus, um sich bei der Ärztin interessant zu machen? »Das glaube ich nicht! Wieso weiß ich nichts davon?«

»Als ich in dein Zimmer kam, warst du schon wieder ruhig. Ich wollte dich nicht beunruhigen und habe dich weiterschlafen lassen.«

»Du hast mir nichts davon gesagt!«

»Sei mir nicht böse, Kleines. Frau Doktor hat gesagt, es würde dir noch mehr Angst einjagen, wenn du mitbekommst, dass du fast jede Nacht Albträume hast.«

Er hatte sich also mit »Frau Doktor« besprochen. Hinter ihrem Rücken. Nicht besonders nett. Erst nach diesen Gedanken fiel es Lena auf, dass er »fast jede Nacht« gesagt hatte, und ihre Empörung verschwand.

»Aber genau weil ich mich nicht erinnere und du mich nicht geweckt hast, habe ich keine Antworten darauf, was sich in meinen Träumen abspielt!« Sollte er doch die Schuld auf sich nehmen, dass nichts Neues im Tagebuch stand.

»Das macht gar nichts. Du behältst das einfach im Auge. Bestimmt finden wir bei der Hypnose etwas heraus.«

Frau Doktor Graicchen wirkte gelassen. Sicher kamen jede Menge Patienten zu ihr, die Erinnerungslücken hatten. Wenn sie der Ärztin nicht vertraute, würde sie ihre Probleme nie lösen. »Legen Sie los.«

»Ganz so schnell geht es nicht. Zuerst erkläre ich dir, wie das Ganze abläuft. Dann fangen wir an und schauen mal, was dabei herauskommt. Auf jeden Fall werden wir nicht alles auf einmal angehen können.«

Das hatte sie sich schon gedacht. »Wieso eilt es eigentlich so?« Der Blick der Ärztin huschte für eine Millisekunde zu ihrem Papa, aber Lena hatte es trotzdem gesehen. Wehe, die beiden logen sie an!

»Dein Vater hatte das Gefühl, es verschlimmere sich, und ich stimme dem zu. Je eher wir beginnen, desto besser.«

Das schien die Wahrheit zu sein. Lena betrachtete die vorwitzige Haarsträhne, die sich erneut aus den zusammengezwirbelten Haaren der Therapeutin gelöst hatte. »Okay, ich bin bereit.«

»Ich habe es ja schon angedeutet. Zuerst einmal müssen wir herausfinden, was die eigentliche Ursache deiner Probleme ist. Kein Mensch hat Zugang zu allen Inhalten seines Gehirns. Alles, was man abrufen kann, unsere Erinnerungen zum Beispiel, befindet sich im Bewusstsein. Darauf kann man jederzeit zugreifen.« Frau Doktor Graicchen legte eine Pause ein, um zu sehen, ob Lena verstand, und die beeilte sich zu nicken. »Zusätzlich gibt es noch das sogenannte Unterbewusstsein. Auch hier ist vieles gespeichert, Bedeutungsloses, aber auch wichtige Dinge. Erinnerungen zum Beispiel, die schmerzhaft sind, die einen aus der Bahn werfen könnten. Zum Schutz hält das Unterbewusstsein diese Inhalte verschlossen, um den Menschen nicht zu sehr damit zu belasten. Verstehst du das?«

»Klar. Es klingt spannend.« Lena schluckte trocken.

»Das ist es auch.« Die Ärztin lächelte.

»Wenn nun etwas Schreckliches zum Vorschein kommt?« *Einzelheiten zum Verschwinden meiner Mama zum Beispiel?!*

»Erstens bist du hier in Sicherheit. Dein Vater ist da und ich kann dich jederzeit in die Wirklichkeit zurückholen. Wir werden selbstverständlich nicht alles auf einmal hervorholen. Aber du kannst es dir bestimmt denken: Warum sollte das Unterbewusstsein Dinge vor dem Bewusstsein verstecken?« Frau Doktor Graicchen schob sich die Haarsträhne hinter das Ohr. »Es handelt sich um besonders brisante Inhalte, die das Weiterleben der betroffenen Person bedrohen können, wenn sie ungefiltert ins Bewusstsein gelangen. Das Unterbewusstsein hält sie ja nicht umsonst geheim. Es ist ein Schutzmechanismus.«

»Und ihr glaubt, dass bei mir so etwas zu finden ist?« Lena schaute von der Therapeutin zu ihrem Vater und wieder zurück und hörte dabei ihre eigene Stimme wie durch Watte. Sie klang wieder wie die eines ängstlichen Kindes.

»Davon gehe ich aus. Dass du beim Verschwinden deiner Mutter dabei warst und dich an nichts erinnerst, lässt darauf schließen, dass dort etwas vorgefallen ist, was dich traumatisiert hat. Außerdem ist das Verschwinden der Mutter für eine Elfjährige an sich schon traumatisch genug.«

»Kann man das Ganze nicht einfach löschen?« Etwas schnürte Lena die Kehle zu.

»Leider nein. Ich verstehe, dass dich das ängstigt. Und ich verspreche dir, dass ich nichts tun werde, was dir schadet. Das habe ich mit deinem Vater schon besprochen. Ich kann dich jedoch nicht gegen deinen Willen hypnotisieren, du musst es selbst wollen. Möchtest du dich darauf einlassen?«

Lena brachte keinen Ton heraus, zwang sich jedoch zu einem Nicken.

»Du machst das toll. Zuerst erkläre ich dir unser Vorgehen. Danach teste ich deine Suggestibilität, das heißt, deine Hypnotisierbarkeit. Nicht jeder Mensch spricht gleich gut darauf an.« Lena sah ihren Papa nicken. Er hing an den Lippen der Ärztin, als wolle er jedes ihrer Worte aufsaugen.

»Wenn alles gut klappt, können wir heute schon mit der ersten richtigen Hypnosesitzung beginnen. Ich habe bereits mit deinem Vater gesprochen.«

Was hatten die beiden noch alles ohne sie besprochen?

Das artete langsam ganz schön aus. Lena quetschte sich ein »Okay« heraus und schluckte.

»Sehr schön.« Die Haarsträhne hatte sich wieder gelöst und Paps starrte darauf. Um *ihn* zu hypnotisieren, reichten schon ein paar dunkle Locken. Lena unterdrückte ein Schnaufen und erntete einen undefinierbaren Blick von Frau Doktor Graicchen.

»Was ich vorher noch nicht genau sagen kann, ist der Zeitraum, in dem wir arbeiten werden. Die Anzahl der Sitzungen kann variieren.« Die Ärztin, die den Blick von Lenas Vater bemerkt zu haben schien, machte eine kurze Pause und steckte die Strähne zurück, ehe sie weitersprach.

»Das, was ich jetzt in Grundzügen erläutere, könnt ihr zu Hause noch einmal ausführlich nachlesen.« Sie griff in die Ablage neben dem Tisch und reichte Lenas Vater eine Broschüre. »Und nun zum Ablauf der Hypnosetherapie.«

Während die Ärztin schilderte, wie Einleitung, Durchführung und Rückführung ablaufen würden, dachte Lena an Moritz. Konnte sie es wagen, ihm von der Hypnose zu erzählen, oder würde er sie dann für verrückt halten? Womöglich verstand er es aber auch, ging doch seine Schwester selbst zu dieser Therapeutin.

Lena spürte den Blick der Ärztin auf sich. Sie schien auf eine Antwort zu warten. Weil sie nichts erwiderte, wiederholte sie ihren letzten Satz.

»Bereit für den Pendelversuch?«

»Pendelversuch, klar.« Lena sah schwarze Kerzen flackern, hörte Beschwörungsformeln und unterdrückte ein hysterisches Kichern.

»Damit zeige ich dir deine Hypnotisierbarkeit. Nimm das hier.« Frau Doktor Graicchen reichte ihr einen etwa 30 Zentimeter langen Faden, an dessen unterem Ende ein goldener Ring befestigt war. »Stütze den Ellenbogen so auf den Tisch –«, sie machte es vor, »– und lege das Ende des Fadens über den Mittelfinger. Schön entspannt lassen und nicht verkrampfen. Nun hängt der Ring locker nach unten. Konzentriere dich jetzt darauf, dass das Pendel beginnt, von vorn nach hinten zu schwingen. Es schaukelt vor und zurück. Siehst du?«

Verblüfft beobachtete Lena, wie der Ring begann, leicht hin- und herzupendeln. Es funktionierte tatsächlich, obwohl sie keine bewussten Anstalten machte, die Finger zu bewegen. Und sie selbst war die Ursache dieses Phänomens.

»Ganz toll, Lena. Nun versuche, dass der Ring eine Kreisbewegung vollführt.« Das Pendel schien die Worte der Ärztin gehört zu haben und begann, auf wundersame Weise im Kreis zu schwingen. Auch ein Richtungswechsel gelang.

»Wunderbar. Das hat doch prima geklappt. Dein Unterbewusstsein hört auf uns. Ich bin sehr optimistisch, dass wir deine Probleme nach und nach in den Griff bekommen werden.« Sie lächelte fürsorglich und legte das Pendel zurück in die Holzschale.

»Ich bin fasziniert.« Papa hatte sich nach vorn gebeugt und betrachtete Faden und Ring. »Dann funktioniert das mit der Hypnose?«

»Ziemlich sicher, Herr Waldner.« Frau Doktor Graicchen wandte sich zu Lena. »Wollen wir anfangen?«

35

Lena rollte zur Seite und stieß sich den Kopf an. Eine Stimme fluchte leise, dann pendelte sie zurück und prallte mit dem Rücken an etwas Weiches. Etwas quietschte, dann gab es einen Ruck, und für wenige Sekunden war alles still, bis die Stimme etwas, das wie »Scheiße« klang, murmelte. Sie öffnete den Mund, doch es kam nur ein Krächzen heraus. Lena hustete und räusperte sich, doch noch bevor sie ihre Sprache wiedergefunden hatte, sagte die Stimme dicht neben ihrem Kopf: »Bleib liegen, Schätzchen. Ich seh mal nach.« Plötzlich gelang es ihr, die Augen zu öffnen, doch ihre Mutter hatte sich schon wieder umgedreht, die langen Haare schwangen über die Kopfstütze. Im Auto brannte Licht, und Lena erkannte, dass sie auf dem Rücksitz lag. Sie musste geschlafen haben und das Schlingern war durch ein Bremsmanöver oder Ähnliches verursacht worden. Müde rieb sie sich die Augen, zog die Beine an und schob die Arme unter den Körper. Hatte Mama etwa ein Tier angefahren? Hoffentlich nicht!

Von draußen war kein Geräusch zu hören. Mama hatte die Fahrertür geschlossen. Wo blieb sie? Inzwischen mussten mindestens fünf Minuten vergangen sein, seit sie ausgestiegen war. Oder mehr. Lena gähnte lauthals. Ihre Lider wurden schwer, und sie zwang sich, die Augen offen zu halten. Es konnte doch nicht so lange dauern, bis Mama zurückkehrte! Hatte sie eigentlich gesagt, weshalb sie »nachsehen« wollte?

Jetzt reichte es ihr. Lena rappelte sich auf und blickte aus dem Fenster. Das Auto stand am rechten Straßenrand, die Lichtkegel der Scheinwerfer verloren sich im Schwarz des Waldes. Sie neigte ihr Gesicht dichter an das Glas und bildete mit beiden Händen links und rechts der Augen eine Kuppel, doch da war nichts. Nichts als Finsternis und dazwischen der dunkelgraue Asphalt. Wo steckte ihre Mama?

Ihr Atem ließ die Scheibe beschlagen und Lena zog den Ärmel ihres Shirts über die Hand und wischte die Trübung weg. Mama hatte gesagt, sie solle hier warten, aber was, wenn sie Hilfe brauchte? *Ich zähle jetzt bis hundert, und wenn sie dann nicht wieder da ist, gehe ich sie suchen.*

Während die Zahlen durch ihren Kopf ratterten, starrte Lena nach draußen und versuchte, etwas zu erkennen, doch nichts bewegte sich.

»… einhundert! Ich gehe jetzt nachsehen!« Ihre eigene Stimme zu hören, jagte ihr irgendwie Angst ein. Sie öffnete die Autotür und schob vorsichtig die Beine nach draußen. Weder neben noch vor dem Auto lag etwas, kein totes Tier, keine Gegenstände, nichts, was zum Anhalten geführt haben konnte. Komisch. Lena erschauerte und schob die Hände unter die Achseln. Über ihr leuchtete ein schmaler Streifen Himmel mit ein paar einsamen Sternen, gesäumt von riesigen schwarzen Fichten.

»Mama?« Ein furchtsames Flüstern, mehr brachte sie nicht zustande. Ein Windhauch streifte ihren Hals und Lena erschauerte erneut. Leise raschelten die Blätter der Sträucher am Straßenrand, schienen ihr etwas zuzuflüstern, wisperten und tuschelten wie tausend feine Stimmchen.

»Mama?« Zwei heiße Tränen lösten sich aus ihren Augen und rollten langsam die Wangen hinunter. »Sag doch was! Versteckst du dich?« Lena schniefte und machte ein paar Schritte auf den Waldrand zu, nur um gleich darauf wieder innezuhalten. Angst ließ ihre Unterlippe zittern und jetzt heulte sie richtig. »Bitte … Mama!«

»Lena?« Etwas berührte ihre Stirn. »Wach auf. Du bist nicht in Gefahr.« Sie öffnete die Augen und sah direkt in das freundliche Gesicht von Frau Doktor Graicchen. Papa stand hinter der Therapeutin und hatte die Augen aufgerissen.

»Ich …«

»Du warst in Hypnose. Ich habe dich an die Stelle zurückgeführt, wo euer Auto damals gefunden wurde, und wir haben versucht, etwas von dieser Nacht aus deinem Unterbewusstsein hervorzuholen. Erinnerst du dich daran?«

»Undeutlich.« Der schwarze Wald verblasste, das Wispern der Blätter schlief ein. »Ich bin ausgestiegen und wollte nach Mama suchen.«

»Du hast gesprochen, nach ihr gerufen.«

Frau Doktor Graicchen drehte kurz den Kopf. »Bitte setzen Sie sich doch wieder hin, Herr Waldner. Es ist alles in Ordnung.« Lena hörte, wie sich ihr Papa mit einem Ächzen setzte, und die Therapeutin wandte sich wieder ihr zu.

»Bis jetzt ist nichts Schlimmes vorgefallen. Du brauchst keine Angst zu haben. Das nächste Mal versuchen wir dort fortzusetzen, wo wir heute aufgehört haben.«

Jetzt bemerkte Lena die trocknenden Tränen auf ihren Wangen. »Habe ich geweint?«

»Ein bisschen. Deshalb habe ich dich auch zurückgeholt. Wir wollen auch nicht alles auf einmal aufdecken. Das wäre viel zu gefährlich. Wie ich es schon sagte – dein Unterbewusstsein hält die Dinge nicht umsonst unter Verschluss. Wie fühlst du dich?«

Nachdem Lena in sich hineingehorcht hatte, entschied sie, dass es in Ordnung war. Keine Furcht und kein einengender Reif um ihren Brustkorb. Sie würde keine Beschwörungsformeln zur Beruhigung brauchen. »Mir geht es gut.«

»Das soll auch so sein.« Frau Doktor Graicchen lächelte wieder. Sie lächelte eigentlich dauernd. »Ich bespreche mich jetzt noch kurz mit deinem Vater und dann treffen wir uns am Mittwoch wieder.«

Na super. Das hieß also, sie sollte jetzt hinausmarschieren, damit die beiden irgendwelche Geheimnisse austauschen konnten. Aber da hatte sie sich geschnitten.

»Tschüss!« Lena gab Frau Doktor Graicchen die Hand und lächelte auch. Auf der Heimfahrt würde sie Paps kräftig aushorchen. Und der *würde* plaudern und wenn sie ihn stundenlang löchern musste.

36

»Mein erster selbstständiger Ausflug seit Wochen. Mom scheint sich zu allmählich wieder einzukriegen. Was mich am meisten wundert, ist, dass sie es akzeptiert, dass ich mit einem Jungen ausgehe.« Anne stand neben Luca, und Lena wünschte sich, dass auch Moritz mit hier wäre.

»Du bist sechzehn!« Hoffentlich hatten die zwei nicht vor, im Kino neben ihr zu knutschen!

»Ja, aber bisher hat sie jedes Mal einen Aufstand gemacht, wenn so etwas auch nur andeutungsweise zur Sprache kam. Diese Rolle hat jetzt mein Dad übernommen.«

»Er hat Angst um seine hübsche Tochter.« Luca legte den Arm um Annes Schultern und die wurde rot. »Möchtet ihr Popcorn? Ich gebe einen aus.« Nachdem sie genickt hatten, verschwand er zur Verkaufstheke.

»Du hast noch gar nichts von der Hypnose gestern erzählt.« Ihre Freundin schien nur gewartet zu haben, bis Luca weg war.

»Weil wir bis jetzt nie allein gewesen sind. Jedenfalls hat mich Frau Doktor Graicchen an den Schauplatz des Verschwindens meiner Mama zurückgeführt.« Vom Kinoplakat schauten George Clooney und Julia Roberts zu ihnen herüber, aber den Film über einen gekidnappten Finanzguru würden sie sich nicht ansehen. »Gestern Abend habe ich meinen Papa ausgehorcht und er hat mir alles erzählt. Ich selbst kann mich nur ganz schwach daran erinnern, was ich bei der Hypnose von mir gegeben habe, aber Frau Doktor Graicchen hat alles mitgeschnitten, um es auszuwerten, damit wir es später ›aufarbeiten‹ können, wie sie gesagt hat.« Lena blickte zu Luca, der noch immer anstand.

»Was *hast* du denn gesehen?« Anne flüsterte jetzt.

»Nichts.« Die Freundin guckte enttäuscht und Lena fügte hinzu: »Nichts Bedeutsames jedenfalls. Immerhin wissen wir jetzt, dass ich auf dem Rücksitz geschlafen habe, Mama angehalten hat und ausgestiegen ist. Als ich nach ihr sehen wollte, war sie weg. Weiter sind wir noch nicht gekommen.«

»Hast du nicht Angst, dass die Erinnerungen dich plötzlich überfallen, wenn du allein bist?«

»Das dachte ich auch erst, aber Frau Doktor Graicchen hat Paps gesagt, dass nichts passieren kann, weil sie mein Unterbewusstsein in der Hypnose irgendwie eingelullt hat, sodass es mich damit in Ruhe lässt.« Lenas Mund wurde trocken, und sie beschloss, das Thema zu wechseln. »Und du? Was hast du gestern Nachmittag gemacht? Wollte Luca dich nicht zu Hause besuchen?«

»Wir haben so getan, als trifft er sich mit Moritz, um Mom und Dad nicht misstrauisch zu machen.« Annes Handy piepte und sie zog es aus der Hosentasche. »Dich konnte ich ja nicht als Alibi nehmen. Den Rest erzähle ich dir nachher.«

»Ich werde dich daran erinnern.«

Luca kam mit zwei großen Bechern heran und reichte ihr einen. »Lasst uns reingehen. Der Film fängt gleich an.«

Das Mädchen behauptete, die Stimme sei hinter ihr und flüstere ihr Dinge zu. Sie wolle der Frau mit der altertümlichen Hochsteckfrisur, die neben ihr saß, wehtun …

In einem Zelt aus Blümchenstoff ratterte eine Camera obscura.

Beschwörungsformeln wurden aufgesagt … Dann lag das kleine Mädchen mit einem roten Nachthemd bekleidet auf den Bodenfliesen – nein an der Zimmerdecke, wachte auf dem Teppich auf, überall hingen Kreuze, die sich plötzlich um die eigene Achse drehten, und auf einmal sprang ein Mann mit überlangen Fingern aus der Wand direkt auf sie zu.

»HIIIILFE!«

Etwas polterte und dann krachte es. Lena zwinkerte und sah den Pappbecher am Boden liegen, umgeben von Popcorn. Köpfe drehten sich nach ihnen um, in der Reihe vor ihnen sagte jemand, dass man sich keine Horrorfilme ansehen dürfe, wenn man die Schockeffekte nicht verkrafte. Lena schnappte nach Luft und hätte fast wieder um Hilfe geschrien, als Anne ihre Hand nahm. Hatte sich der Film da vorn oder in ihrem Kopf abgespielt?

»Ich muss an die Luft.« Ungestüm erhob sie sich. Popcorn knackte unter ihren Füßen.

Vor dem Kinosaal wäre sie fast gestürzt und konnte sich gerade noch an einem Vorhang festhalten. *Conjuring 2* war definitiv ein Fehler gewesen. Ein Horrorfilm, noch dazu einer, in dem ein Mädchen von etwas Rätselhaftem verfolgt wurde – da hätte sich doch jeder Blödmann denken können, dass dies etwas in ihrem Gehirn auslösen würde. Aber Luca hatte etwas von »Geisterjägern« gefaselt und von »Exorzismus« und nichts davon, dass ein Irrer ein Kind jagte.

Lena schwankte zur Verkaufstheke, bestellte sich eine Cola und stürzte das eiskalte Zeug in wenigen Zügen hinunter. Das Plakat zum Film befand sich direkt neben ihr und sie wandte sich mit einem Schaudern ab. *Du hättest dich vorher besser informieren sollen!*

Noch ehe sie eine zweite Cola ordern konnte, tauchte Anne neben ihr auf. »Tut mir leid, Süße. Luca wollte diesen Film unbedingt sehen. Ich bin auch nicht so für Horror.«

»Ich dachte, ich erlebe das gerade selbst.« Sie ließ sich von ihrer Freundin zu den Hockern an der Wand ziehen. »Du kannst nichts dafür. Ist Luca noch drin?«

»Er möchte den Film gern zu Ende sehen. Ich habe gesagt, ich leiste dir Gesellschaft und dass wir hier auf ihn warten. Ist das okay oder willst du gleich nach Hause?«

»Nein, geht schon wieder.« Lena nahm ihre Tasche auf den Schoß und suchte nach dem kleinen blauen Buch. »Ich werde das aufschreiben. Dann kann Frau Doktor Graicchen es morgen verwenden.« Ihre Finger zitterten noch immer. »Es hat sich so *echt* angefühlt!« Anne antwortete nichts, sondern rückte dichter an sie heran und beobachtete, wie Lena sich Notizen machte.

»Ich habe übrigens mit meiner Mom gesprochen.«

Lena, die ihr Traumtagebuch wieder in der Tasche verstaute, hatte keine Ahnung, wovon ihre Freundin redete.

»Wegen des Campings!«

Die Freundin wollte sie ablenken. »Und was meint sie?« Die Frage erübrigte sich eigentlich. Annes Augen glänzten, die Wangen waren gerötet.

»Wenn dein Paps mich mitnimmt und Moritz vielleicht ein paar Tage mit dort bleibt, überlegt sie es sich. Bevor sie sich endgültig entscheidet, will sie aber erst noch mit Felix' Eltern sprechen.«

»Toll! Baumgärtels reden ihr bestimmt zu. Meinen Papa haben sie auch überzeugt.« Lena hatte ihre Panik von eben fast vergessen. Wenn sie noch ein bisschen weiter über den geplanten Urlaub redeten, war der Schreck verschwunden. »Weißt du, wie es dort aussieht?«

»Ich habe mir die Gegend im Internet angeschaut. Ein großer See mit viel Wald drumherum. Der Zeltplatz ist ziemlich klein, aber es gibt eine schöne Badestelle. Zum Einkaufen müssten wir in den nächsten Ort und der ist ein paar Kilometer weit weg, aber Felix' Eltern sind ja mit dem Auto da. Zur Not kann Moritz mit dem Motorrad was holen.«

»Lass uns eine Liste machen, was wir alles vorher besorgen müssen. Wir können ja eine ganze Menge Zeug schon bei der Anreise mitnehmen. Unser Auto ist groß, da passt ordentlich was rein.«

»Hast du das Zelt schon?«

»Am Wochenende von Oma und Opa mitgebracht. Papa hat gesagt, dass wir es probehalber schon einmal im Garten aufbauen sollen, damit wir dann wissen, wie es geht.«

»Dann könnten wir doch bei euch schon einmal probeschlafen, was hältst du davon?«

»Finde ich gut.« Lena hob die Hand und Anne klatschte sie ab. »Gleich am ersten Ferienwochenende. Nur du und ich.«

»Wie früher bei unseren Pyjamapartys.«

Leises Summen und Raunen ertönte zum Zeichen, dass der Film zu Ende war. Gleich würde Luca erscheinen. Lena hoffte, dass er sie nicht auf ihre überstürzte Flucht und die Gründe dafür ansprechen würde.

37

Weiße Gischt bekränzte die Wellen, der Himmel über dem Meer strahlte tiefblau. Eine einsame Möwe kreiste über dem Wasser, in der Ferne leuchteten helle Segel. Lena tauchte in das Bild ein, beamte sich an den Strand, spürte den warmen Sand unter ihren Füßen. Das Meer war ungefährlich. Sie beschloss, das Bild in ihrem Innern mitzunehmen. Immer wenn die Furcht sie überfiel, konnte sie es hervorholen und sich hineinbegeben.

Für jeden gab es in der Praxis das passende Bild. Wer sich vor dem Wald fürchtete, betrachtete die schneebedeckten Berge, wem Wasser Angst einjagte, der konnte sich in ein Getreidefeld versenken.

Aus den Augenwinkeln schielte sie zu ihrem Papa. Der saß, die Hände artig im Schoß gefaltet, aufrecht auf seinem Stuhl. Sie musste eine Möglichkeit finden, vor der Hypnose mit Frau Doktor Graicchen allein zu sprechen. Wenn Papa mitbekam, was gestern im Kino los gewesen war, würde er am Rad drehen und sie nicht mehr aus dem Haus lassen.

Die Tür zum Sprechzimmer öffnete sich und eine ältere

Frau mit Vogelnestfrisur kam heraus. Noch bevor die Therapeutin sie beide hereinrufen konnte, sprang Lena auf. »Kann ich zuerst kurz mit Ihnen unter vier Augen reden?«

Den verblüfften Blick ihres Vaters im Rücken, marschierte sie los, ohne ihm Zeit zum Protestieren zu geben.

Ein Ast knackte. Vor ihr. Lena blieb stehen. Irgendwo dahinten in der Schwärze hatte sich etwas bewegt.

Gefahr! wisperte das Laub.

Ihre Augen hatten sich inzwischen an die Finsternis gewöhnt und sie konnte Umrisse von Stämmen erkennen. Zaghaft setzte sie einen Fuß vor den anderen, tastete zuerst mit der Schuhspitze nach Wurzeln und Steinen, nur um nicht zu stürzen. Sie musste ihre Mama finden! Wieder kullerten ein paar Tränen und Lena zog die Nase hoch. Mit der Rechten betastete sie die kratzige Rinde eines mächtigen Baumes und schob sich daran vorbei. Sie konnte gerade noch einen Aufschrei unterdrücken, als sie weiter vorn das winzige Licht bemerkte. Es bewegte sich, dann hielt es inne.

»Mama?«

Das Licht erlosch und Lena blieb stehen, den Fuß zehn Zentimeter über dem Boden. Sie atmete tief ein und lauschte. Kein Laut, Totenstille. Der ganze Wald schien die Luft anzuhalten. Mama würde ihr doch sicher antworten! Leise stieß sie den Atem aus und im selben Moment erschien das Licht wieder.

Geh weiter, Lena. Die Stimme war sanft und liebevoll. *Sieh dich um. Was war das für ein Licht?*

Als hätte die Stimme ihr einen Schubs gegeben, setzten

sich ihre Beine wie von allein wieder in Bewegung. In Zeitlupe schritt sie vorwärts, auf den Lichtschein zu, wich wie in Trance Hindernissen aus, tappte geräuschlos über den weichen Boden, die bebenden Hände ausgestreckt. Der Lichtkegel vergrößerte sich langsam und wurde zu einem Kreis, in dem sich etwas Dunkles bewegte.

Näher! Erzähl mir, was du siehst.

Weitere furchtsame Schritte. Das sich bewegende Etwas wurde zu einer Gestalt, die ihr den Rücken zuwandte. Dunkel gekleidet, eine Kapuze über dem Kopf. Über ihr steckte in einer Astgabel eine große Taschenlampe, die auf den Boden gerichtet war.

Das war nicht ihre Mama, sondern ein Mann! Nach vorn gebeugt, hantierte er an etwas herum, ächzte und stöhnte dabei.

Gefahr!, wisperte das Laub. *Verschwinde!,* raschelten die Äste, *Er darf dich nicht sehen!*

Lena versteinerte. Ein Schluchzen, das nach oben wollte, schluckte sie hinunter. Sie durfte auf keinen Fall näher herangehen! Unter keinen Umständen durfte sie sehen, was der Mann da machte! *Du wirst daran zerbrechen!* Hastig schlug sie die Hände vor die Augen.

Du bist in Sicherheit. Hab keine Angst. Denk an das Meer.

Das Meer, genau! Kleine Wellen glitten ans Ufer, hinterließen im Sand gekräuselte Muster. Lena bückte sich und hob eine rosa Muschel auf. Warm streichelte die Sonne ihren Rücken. In der Ferne tutete eine Schiffssirene, Möwen kreischten. Sie spürte, wie das Lächeln hervorkam.

Und nun kehren wir wieder in den Wald zurück. Du beobachtest Lena, während du am Strand sitzt und auf das Meer schaust. Was siehst du?

Noch drei Schritte. Der Mann hatte sich nach vorn gebeugt, flüsterte etwas. Jetzt kniete er sich hin, Stoff raschelte. Da lag etwas am Boden. Etwas Großes. *Näher! Was macht der Mann?*

Lena befand sich jetzt nur noch wenige Meter von dem Mann entfernt. Sie stellte sich auf die Zehenspitzen, hielt sich an einem Ast über ihrem Kopf fest, versuchte zu erspähen, was vor dem Mann lag, erkannte Umrisse eines Körpers, eines halb nackten Körpers, rund um den Kopf wie ein Strahlenkranz ausgebreitete dunkle Haare, zu beiden Seiten ausgestreckte Arme, verkrampfte Finger – das verzerrte Gesicht ihrer Mutter.

Gerade als sie den Mund öffnete, um den Schrei herauszulassen, brach der Ast, den sie umklammert hatte, Lena fiel zu Boden und der Mann drehte sich um und sah sie an.

38

»Ich bin eigentlich zufrieden.« Lena malte mit dem Lichtkegel ihrer Taschenlampe Kringel ans Zeltdach. »Außer in Mathe, da hätte ich mehr tun müssen, um auf eine Zwei zu kommen.«

»Hat dein Dad gemeckert?« Anne, die neben ihr lag, strampelte mit den Beinen die Decke weg. »Ganz schön warm hier drin.«

»Nein. Er schimpft fast nie mit mir.«

»Im Gegensatz zu meiner Mom. Fast hätte die Fahrt zum Camping wieder auf der Kippe gestanden. Ich musste ihr versprechen, mich nächstes Schuljahr mehr anzustrengen.«

»Da wird doch sowieso alles anders. Statt Zensuren gibt's dann Punkte.«

»Das weiß Mom schon von Moritz. Egal ob Zensuren oder Punkte, ich muss mich verbessern, hat sie gesagt, und dass sie mich kontrollieren wird.«

»Macht dich das nervös?«

»Ach was!« Anne winkte ab und ließ die Handfläche auf die Matratze klatschen. »Warten wir es erst einmal ab. Gemütlich hier drin, findest du nicht auch?«

»Ungewohnt. Man hört die ganzen Gartengeräusche viel lauter als oben in meinem Zimmer, wenn das Fenster geöffnet ist. Hast du schon mal im Zelt übernachtet?«

»Ich kann mich nicht erinnern. Gut, dass dein Dad uns beim Aufbauen geholfen hat. Das hätten wir niemals allein hinbekommen!«

»Wir müssen das ja auf dem Campingplatz nicht allein machen. Papa fährt uns hin und irgendwer von den anderen wird das auch schon können. Aber du hast recht.« Lena schaltete die Taschenlampe aus und legte sie beiseite. »Da stehen wir nicht ganz so unbedarft da.«

»Können wir noch mal lüften? Ich schwitze.« Ohne Lenas Antwort abzuwarten, krabbelte Anne zum Zelteingang und zog den Reißverschluss auf. »Es ist noch gar nicht richtig dunkel.« Von draußen wehte ein kühles Lüftchen herein und Lena schloss die Augen und stellte sich das Rauschen des Meeres vor. Die Stimme ihrer Freundin weckte sie aus ihrem Tagtraum.

»Bist du schon müde? Wir wollten doch noch quatschen!«

»Nein. Ich habe vom Meer geträumt.« Dass das seit der Hypnose ihr Rückzugsort war, wusste nur Frau Doktor Graicchen.

»So ein See kann auch toll sein.«

»Klar. Besonders wenn wir alle dort sind. Wird bestimmt super.« Vielleicht würden ihre Ängste dann zerplatzen wie Seifenblasen. Lena öffnete die Augen wieder und erschrak, weil Annes Gesicht direkt über ihr schwebte. Beklommen blickte die Freundin sie an. »Bist du in Ordnung? Du wirkst deprimiert.«

Anne hatte ein feines Gespür für ihre Gefühle. Sie solle ihren Kummer annehmen, hatte Frau Doktor Graicchen gesagt, und dass es ganz normal sei, wenn ihr bei den Gedanken an ihre Mutter die Tränen kamen.

»Ich bin manchmal traurig. Das hat nichts mit uns zu tun.«

Anne wich zurück und setzte sich auf, die Beine im Schneidersitz verschränkt. »Kann ich etwas mit dir besprechen?«

»Seit wann fragst du da erst?«

»Versprich mir …«, Anne nahm ihre Hand, »… dass du mir nicht böse bist.«

Es konnte nur um ihre Mutter gehen. Sonst stellte ihre Freundin sich nie so umständlich an. Auch Lena richtete sich auf. Jetzt würde sie doch davon erzählen. Die Therapeutin war der Meinung gewesen, dass Lena und ihr Vater selbst entscheiden sollten, wem sie außer der Kriminalpolizei noch von den Erkenntnissen der Hypnosesitzungen berichten wollten, ihnen jedoch geraten, die Geschehnisse vorerst für sich zu behalten, um nicht erneut die Medien aufzuscheuchen. Das würde noch früh genug passieren, wenn sich aus Lenas Erinnerungen etwas Tatrelevantes oder eine heiße Spur ergab.

»Ich weiß, was du mich fragen willst. Wenn ich es dir erzähle, musst du schwören, alles für dich zu behalten! Schwörst du?«

Anne erhob Zeige- und Mittelfinger und sprach mit pathetischer Stimme die Formel, die sie schon als Kinder immer gebraucht hatten: »Ein Schwur ist mehr als ein Versprechen. Ich schwör, ich schwör, sonst wird sich's rächen!« Dann tippte sie ihre Fingerspitzen gegen die von Lena und legte los. »Du warst doch bei der Polizei, nicht?«

»Wie kommst du jetzt darauf?« Irgendwie hatte Lena erwartet, über die Ereignisse in der Nacht, in der ihre Mutter verschwunden war, ausgefragt zu werden.

»Ich habe das Phantombild von diesem Mann im Internet gesehen.« Anne rieb sich die Nase. »Es war Mord, stimmt's?«

Lena nickte stumm und Anne fiel ihr um den Hals. »Ich wusste es! Es tut mir so leid für dich, Süße!« Sie löste ihr Gesicht von Lenas Schulter und sah sie an. »Es muss schrecklich sein, Gewissheit zu haben. Deine Mom ist tot! Wie hältst du das nur aus?« Ihre Augen wurden feucht.

»Die Therapie … du weißt schon. Seit mir klar ist, was ich in jener Nacht gesehen und erlebt habe, geht es mir meist sogar besser als vorher.« Seltsamerweise stimmte das sogar.

»Weil die Ungewissheit weg ist, ich verstehe. Aber deine Mom kommt *nie* wieder!« Anne schlug sich an die Stirn »Oh Gott! Ich bin eine Idiotin! Wie kann man nur so unsensibel sein! Entschuldige!« Wieder umarmte sie sie und ihre Tränen durchfeuchteten den Ärmel von Lenas Shirt.

»Auch wenn du es nicht ausgesprochen hättest, ändert das nichts. Es ist wahr. Weder Paps noch meine Großeltern haben ernsthaft daran geglaubt, dass Mama abgehauen ist, und auf irgendeine Weise wusste ich auch, dass sie nicht mehr lebt. Hör auf zu weinen.« Trotz ihrer abgeklärten Worte ballte sich der Kummer wie ein schwerer Eisklumpen in ihrem Bauch zusammen, und Lena biss die Zähne aufeinander, um nicht auch loszuheulen.

»Du bist so tapfer!«

»Ich hoffe, sie kriegen ihn.« Nun kullerten doch zwei Tränen. »Dann soll das Schwein lebenslang in den Knast!«

»Willst du mit mir darüber sprechen oder lieber das Thema wechseln?«

»Nein, es geht schon. Ich kann darüber reden.« Sie musste es herauslassen. Einmal wenigstens alles der Reihe nach erzählen … Lena suchte nach den Tempotaschentüchern, um sich auszuschnauben.

»Auf dem Phantombild sieht der Kerl richtig unheimlich aus! Seid ihr gleich zur Kripo gegangen?«

»Zuerst haben Frau Doktor Graicchen und Papa sich beraten. Ich selbst habe mich ja nicht an das, was ich der Hypnose gesehen habe, erinnert. Andererseits könnten meine Angaben dabei helfen, die Tat zu rekonstruieren und den Täter zu fassen. Also haben wir nach langem Hin und Her gemeinsam beschlossen, die Sache in Angriff zu nehmen.« Lena zog den Schlafsack zu sich heran und bugsierte die Beine hinein. »Wir haben uns vier Tage lang hintereinander getroffen, um alles der Reihe nach aufzuarbeiten. Stückchen für Stückchen wurde hervorgeholt, betrachtet und analysiert. Als ich erfuhr, was alles in meinem Unterbewusstsein verborgen war, war ich total schockiert.« Wieder tauchte die Fratze des Mannes auf, der sich über ihre Mama gebeugt hatte, und Lena fröstelte bei der Erinnerung an seine kalten Augen.

»Das glaube ich dir! Man kann sich gar nicht vorstellen, dass die ganzen Informationen zwar da, aber unzugänglich waren …« Anne streichelte die ganze Zeit ihre Hand. »Jetzt verstehe ich auch, weshalb du in der Schule so merkwürdig warst!«

»Paps wollte mich krankmelden, aber ich dachte, dass die Ablenkung mir guttut.« Wenn sie sich so reden hörte, glaubte

Lena fast selbst daran, wie analytisch sie die Sache behandelte. In Wirklichkeit lief fast die ganze Zeit in ihrem Kopf der Film von der Nacht im Wald ab. Sie hörte das Grunzen und Schnaufen des Mörders, roch Moos und Tannennadeln und sah die ausgebreiteten Haare ihrer Mama im Lichtkegel der Taschenlampe.

»Und nachdem du alles wusstest?«

»Mein Papa hat am Tag darauf die Polizei angerufen und denen gesagt, dass wir neue Informationen über das Verschwinden meiner Mutter haben. Zuerst waren sie total skeptisch und wollten sich die Sache gar nicht anhören. Frau Doktor Graicchen ist dann mitgekommen. Hypnose scheint nicht unbedingt als glaubwürdige Methode anerkannt zu sein. Aber schließlich haben sie versprochen, sich mit so einem Profiler in Verbindung zu setzen. Der hat sie anscheinend überzeugt, dass unsere Angaben glaubwürdig sein könnten, und zwei Tage später wurden Papa und ich bestellt, um uns mit einem Phantombildzeichner zu treffen.« Das Gesicht des Mörders tauchte wieder vor ihr auf: der breite verkniffene Mund, einem Froschmaul gleich; die zu Schlitzen verengten Augen und die lange Nase. Tiefe Falten hatten sich von der Nase zu den Mundwinkeln hin eingekerbt, das Haar wirkte schütter. Jedes Detail hatte sich in ihr Gehirn geätzt, es war alles wieder da, als geschehe es gerade eben. Hass überlagerte ihre Traurigkeit. »Das Phantombild sieht ihm ziemlich ähnlich.«

»Du hast also sein Gesicht deutlich gesehen?« Anne schniefte und schüttelte sich.

»Als der Ast zerbrochen ist, hat er sich aufgerichtet, und

die Kapuze ist ihm vom Kopf gerutscht.« Lena erinnerte sich, dass sie in jenem Augenblick verstanden hatte, was »vor Angst schlottern« bedeutete. »Er hat mich direkt angeschaut.«

»Oh mein Gott! Und dann?«

»Bin ich weggerannt.«

»Erinnerst du dich auch an die Stunden danach?«

»Jetzt ja. Ich bin gerannt und gerannt und gerannt.« Lena schloss die Augen und hörte ihr Schluchzen. Äste peitschten ihre Arme und das Gesicht, doch sie hielt nicht an.

»Immer weiter durch den Wald. Irgendwann muss er es aufgegeben haben, mir zu folgen. Jedenfalls war ich plötzlich allein, mitten in der Nacht in einem finsteren Wald und hatte gerade gesehen, wie ein Mann meine Mama gewürgt hat.« Lena stockte und biss die Zähne zusammen, um zu verhindern, dass sie aufeinanderschlugen. Es kam ihr in der Erinnerung vor, als sei sie stundenlang weinend durch den Wald geirrt; die Angst, dass der Mörder ihrer Mama sie finden und auch erwürgen könnte, wie ein Monster immer hinter ihr.

Annes Augen waren weit aufgerissen, und sie hatte den Kopf nach vorn gestreckt, um keins ihrer Worte zu verpassen.

»Irgendwann habe ich mich dann unter einem riesigen Farn zusammengerollt, wo ich eingeschlafen sein muss.« Noch immer brannte die Scham in Lena, dass sie einfach so eingeschlafen war, während ein böser Mann mit Froschmaul ihre Mutter ermordete, aber Frau Doktor Graicchen hatte ihr gesagt, dass das gar nicht so ungewöhnlich sei. Ein Schutzmechanismus des Gehirns, der das Grauen ausblendete, damit der Körper zur Ruhe kam. »Als ich aufwachte, war es hell, und ich bin wieder losmarschiert.«

»Bis sie dich am Straßenrand gefunden haben.« Anne flüsterte. »Wie schrecklich.«

»Ein Gutes hat das Ganze. Seitdem ich mich an jene Nacht erinnere, hatte ich keine Albträume mehr. Es ist, als habe mein Unterbewusstsein den Terror eingestellt, nachdem herausgekommen ist, was es jahrelang verschlossen hatte. Ich bin zwar noch nicht geheilt, aber wenn ich die Therapie weitermache, komme ich eines Tages dahin.« Das war nur die halbe Wahrheit. Keine Nachtmahre mehr, dafür verfolgte sie das Geschehen jetzt am Tag. In jeder Sekunde konnte die Fratze des Mörders aus dem Schatten hervortreten und sie zum Weinen bringen.

»Wie lange kann denn das dauern?«

»Monate? Keine Ahnung. Das sehen wir ja dann.«

»Wenn man es recht bedenkt …« Anne ließ sich nach hinten kippen, »gibt es noch ein weiteres Gutes an der Sache: Vielleicht erwischen sie den Typen jetzt, nachdem sein Bild veröffentlicht wurde!«

Dass sie dann auch erfahren würde, was der Mörder mit der Leiche ihrer Mutter gemacht hatte, schien ihrer Freundin gar nicht klar zu sein, doch Lena schwieg.

Schritte tappten heran, und sie griff schnell nach der Taschenlampe, als auch schon eine Männerstimme durch den Zeltstoff trötete. »Mädels! Nicht erschrecken, ich bin's nur, Lenas alter Vater!«

Zu spät, Paps … Lena setzte ein Lächeln auf und richtete den Lichtstrahl auf den Zelteingang. Ein Rascheln und dann erschien Papas Kopf wie in einem Kaspertheater zwischen den beiden Stoffbahnen.

»Alles klar bei euch zwei Hübschen? Braucht ihr noch etwas?«

»Erstens ja und zweitens nein.«

»Dann schlaft mal schön. Wenn irgendetwas ist – ich bin gleich nebenan und lasse die Fenster weit offen. Ruft einfach.«

»Wir haben unsere Handys.« Lena hob das Smartphone, sodass er es sehen konnte.

»Ach ja, ich vergaß, Rufen ist out. Geht heute alles elektronisch. Na dann. Lasst euch nicht wegfangen!« Er spitzte die Lippen zu einem Luftkuss und zog den Reißverschluss zu.

Anne richtete sich auf und band die Taschenlampe unter dem Zeltdach fest. »Lasst euch nicht wegfangen … mir wird gleich ganz anders. Sind wir hier wirklich sicher?«

»Fang du nicht auch noch an! Du bist doch sonst so tough!«

»Nach unserem Gespräch eben nicht mehr. Wir sollten leiser reden, damit man uns draußen nicht hört!«

Annes Besorgnis weckte auch ihre Furcht wieder, und Lena überlegte, ob sie nicht doch besser reingehen sollten. Aber das wäre eine Bankrotterklärung gewesen. »Das Grundstück ist eingezäunt. Wer sollte uns hören, die Seltmanns? Die sind schon alt und schlafen bestimmt längst. Außerdem, wenn wir schon diesen Test nicht bestehen – wie soll das dann erst beim Camping werden? Wir können uns ja schlecht zu den Jungs ins Zelt legen.«

»Warum nicht?« Anne schien sich beruhigt zu haben, denn sie kicherte kurz.

»Weil du es deiner Mama versprochen hast, weil die Baumgärtels sicher aufpassen und mein Papa etwas dagegen hätte. Obendrein möchte ich es auch nicht.«

»Krieg dich wieder ein, war ein Witz. Komm, wir schicken den anderen ein paar Fotos von der Aktion ›Probezelten‹.« Anne griff nach ihrem Handy und Lena rang sich ihr fröhlichstes Lächeln ab.

39

»Jedenfalls ist das alles ganz furchtbar.« Anne genoss die Wärme von Lucas Arm, den er ihr um die Schultern gelegt hatte. Wie sie so dahinschlenderten, glichen sie bestimmt einem echten Liebespaar. Ihr wurde warm.

»Dann muss sie den Mörder aber voll gesehen haben, wenn das Phantombild so gut geworden ist, wie du sagst.« Luca war fasziniert. Sie konnte sehen, wie eine Ader an seiner Schläfe pochte. »Und er sie auch.«

»Ich kann mir diesen Überfall auf Lenas Mom so richtig vorstellen. Wie der Mörder sich an sie herangeschlichen hat, als sie ausgestiegen war. Er muss sie gepackt und tiefer in den Wald geschleift haben. Wenn sie geschrien hätte, hätte Lena das im Auto doch hören müssen, oder?«

»Wahrscheinlich hat er ihre Mutter sofort gewürgt, bis sie ohnmächtig war, und dann erst weggeschleppt.«

»Wie schrecklich!« Anne erschauerte und Luca umfasste ihre Schulter kurz fester, bevor er sie losließ. »Wie bei mir!«

»Da habe ich noch gar nicht drüber nachgedacht, aber jetzt, wo du es sagst, ähnelt manches ›unseren‹ Fällen, besonders bei Michelle.« Bei dem Wort »unseren« malten sein Zeige- und Mittelfinger zwei kleine Häkchen in die Luft.

»Was, wenn es derselbe ist?« Anne flüsterte jetzt, als könne der Täter ihre Worte hören.

»Waldersbach ist ziemlich weit entfernt. Glaubst du, der Mörder von Lenas Mutter ist dorthin gefahren, um Mädchen zu überfallen, und dann wieder zurückgekehrt?«

»Wahrscheinlich nicht.«

Ihr schlechtes Gewissen meldete sich. Natürlich hatte sie Luca nicht jede Einzelheit erzählt, aber eigentlich hätte er gar nichts von Lenas Erlebnissen erfahren dürfen.

»Du darfst das mit Lenas Mom niemandem sagen!«

»Das habe ich dir doch vorhin schon versprochen.« Er umfasste wieder ihre Schulter, blieb stehen und zog ihren Kopf zu sich heran. »Du kleiner Angsthase.« Weich landeten seine Lippen auf ihren und Anne blieb die Luft weg.

Als sie wieder atmen konnte, war auch die Furcht verschwunden, Luca könne das Geheimnis um Lenas Mutter ausplaudern.

»Gehen wir noch einmal durch, was wir von den Polizisten erfahren wollen.« Luca lief jetzt schneller. In fünfzehn Minuten hatten sie einen Termin auf dem Polizeirevier. »Zwei Dinge sind wichtig: einmal die Frage, ob es Hinweise darauf gibt, dass einer aus unserer Klasse etwas mit Michelles Tod zu tun haben könnte. Zum anderen, ob sie Spuren haben, die auf einen Fremden hindeuten, und ob es ähnliche Fälle hier in der Region gegeben hat.«

»Wir müssen das vorsichtig angehen. Keine Namen.« Sie würde es sich nie verzeihen, wenn sie Goncalves oder einen anderen aus der Clique ohne handfeste Beweise beschuldigte und derjenige dadurch Schwierigkeiten bekam.

»Das haben wir doch alles besprochen. Lass mich nur machen.« Luca lächelte ihr zu und Annes Zweifel verflogen.

*

Auf dem Polizeirevier roch es nach staubigem Papier. Flecken zierten den graubraunen Linoleumboden. Zwei Stahlschränke mit abgewetzten Ecken rahmten die Tür ein. Nur die Stühle schienen neu zu sein. Anne hatte sich das anders vorgestellt, moderner, nicht so abgenutzt. Sie schaute zu Luca, der neben ihr saß und die gelbe Mappe in der Hand hielt, auf die sie »Projekt Kriminalitätsstatistik« geschrieben hatten. Würden ihnen die Beamten verraten, was sie wissen wollten?

An der Pforte hatte ein dünner Polizist mit Hakennase ihre Ausweise verlangt und diese gründlich studiert. Anne war sich bei seinem prüfenden Blick vorgekommen wie eine Übeltäterin. Nachdem Luca dem Mann mitgeteilt hatte, dass sie einen Termin hatten, hatte dieser ihnen bedeutet, dass sie warten sollten, und zum Telefon gegriffen. Zwei Minuten später war eine junge Beamtin erschienen und hatte sie in den zweiten Stock geleitet, wo sie nun seit einer Viertelstunde herumsaßen und auf den Polizisten warteten, der mit ihnen sprechen würde. Links von ihnen öffnete sich eine Tür und ein großer schlanker Mann mit Glatze schaute heraus.

»Frau Neugebauer und Herr Feldberg?«

Luca sprang auf und Anne erhob sich ebenfalls. »Frau Neugebauer« – so hatte sie noch niemand angesprochen.

»Kommen Sie herein. Ich bin Kriminaloberkommissar Winterstein.«

»Sie können gern Du sagen. Ich bin Luca und das ist Anne.« Luca hielt sich die gelbe Mappe vor die Brust wie einen Schild.

»Gern. Unser Pressesprecher ist im Urlaub, deshalb habe ich mich der Sache angenommen. Bitte setzt euch.«

Kriminaloberkommissar Winterstein zeigte auf einen runden Tisch, um den vier Stühle gruppiert waren. Nachdem sie Platz genommen hatten, stützte er die Ellenbogen auf, verschränkte die Finger und sah sie an. »Dann legt mal los.«

»Wir fertigen eine Hausarbeit an, in der es um die Arbeit der Kriminalpolizei hier in der Region geht.« Wie vereinbart, redete Luca zuerst.

»Wie seid ihr denn gerade auf dieses Thema gekommen?«

»Unser Lehrer hat uns zwei mögliche Varianten genannt: entweder etwas, das mit Statistik zu tun hat, oder ein Bericht über ein Unternehmen der Region, bei dem man Interviewtechniken üben könnte. Wir fanden beides nicht so prickelnd, bis mir einfiel, dass Ihre Behörde ja auch eine Art Unternehmen ist und wir beides verknüpfen könnten.« Bei dem Wort »Unternehmen« hatte der Kommissar kurz die Stirn gerunzelt, jedoch nichts gesagt und so setzte Luca fort.

»Da ich später mal Kriminalistik studieren möchte, ist das eine gute Möglichkeit, sich mit Ihrer Arbeit zu befassen.« Er sah kurz zu Anne und die bemühte sich um einen wissbegierigen Gesichtsausdruck. Luca log wie gedruckt, aber man sah es ihm nicht an. Kriminalistik studieren – das musste dem Beamten doch imponieren! Sie hatten richtig gerechnet. Der Mann nickte anerkennend.

»Das genaue Thema konnten wir dann selbst formulieren. Unser Lehrer fand es interessant und voilà –«, Luca vollführte eine schwungvolle Geste, »da sind wir.«

Voilà? Er übertrieb, aber Kriminaloberkommissar Winterstein schien das nicht zu bemerken.

»Wann müsst ihr das Ganze denn abgeben?«

»Anfang September.«

Noch befanden sie sich auf sicherem Terrain. Sie und Luca hatten alle erdenklichen Argumente vorher durchgesprochen und versucht, auf mögliche Fragen der Beamten glaubwürdige Antworten zu formulieren. Anne betrachte den Schreibtisch des Polizisten. Aktenstapel türmten sich neben Büchern; Kugelschreiber, Bleistifte und Textmarker steckten in einer Tasse, ein Locher thronte auf einem Zettelblock. Ermittler mussten doch gut organisiert sein! Oder Kommissar Winterstein war einer von denen, die das Chaos beherrschten.

»Eine Hausarbeit über die Ferien sozusagen.«

»So ist es. Ich kann Ihnen ja mal zeigen, was wir schon vorbereitet haben.« Luca schlug die Mappe auf und bemerkte deshalb nicht, wie sich der Gesichtsausdruck des Kommissars veränderte.

»Vom Gymnasium kommt ihr?«

»Ja, habe ich Ihnen doch vorhin schon …« Jetzt blickte Luca hoch und hielt inne.

»Und ihr glaubt ernsthaft, dass ich euch die Geschichte mit der Hausarbeit abkaufe? Seid ihr beide nicht aus der Klasse, aus der im Mai eine Schülerin umgekommen ist?«

Anne bewegte keinen Muskel. Wie hatte der Mann das herausbekommen?

»Ihr könnt doch nicht wirklich so naiv sein zu glauben, dass hier keiner stutzig wird, wenn sich zwei Zehntklässler zu einer Befragung anmelden und ein obskures Forschungsprojekt vorweisen, das man locker auch mit dem statistischen Jahrbuch hätte erledigen können? Ihr zeigt eure Personalausweise vor und denkt nicht im Traum daran, dass jemand eure Namen und die Adressen in den Computer eingibt, um Näheres über euch zu erfahren?« Kommissar Winterstein sprach noch immer leise, aber Anne fürchtete sich trotzdem ein bisschen vor ihm.

»Raus mit der Sprache: Weswegen seid ihr wirklich hier?«

Jetzt half nur noch eins: die Flucht nach vorn. Sie würde mit der Wahrheit über den Aufenthalt im Schullandheim, den Überfall auf sie und ihre Nachforschungen herausrücken müssen, damit Luca nicht noch mehr Lügen verbreiten musste. Anne sah dem Kommissar fest in die Augen und begann zu erzählen. Als sie fertig war, holte sie tief Luft und wartete auf eine Reaktion.

»Jetzt glaube ich euch. Das meiste war mir auch schon bekannt. Und nun sagt mir, was ihr euch von diesem Gespräch erhofft habt.«

»Informationen?« Luca klappte die gelbe Mappe wieder auf. »Es war nicht alles gelogen. Wir wollten herausfinden, ob es schon Neuigkeiten bei den Ermittlungen zu Michelle gibt. Schließlich war ich dort im Wald auch dabei und habe ihre Leiche gefunden. Da fragt man sich doch, ob Sie schon jemanden im Visier haben. Außerdem sind wir beim Recherchieren auf einige ungeklärte Fälle in dieser Region gestoßen. Könnte es nicht sein, dass ein Serientäter dort sein Unwesen treibt?«

»Möglich ist alles. Ihr könnt davon ausgehen, dass die Kollegen in Waldersbach in alle Richtungen ermitteln.«

»Schauen Sie mal.« Luca zog den Ausdruck mit den farbigen Punkten hervor. »Rot sind nicht aufgeklärte Morde, gelb spurlos verschwundene Frauen und grün Überfälle auf Frauen in Waldgebieten. Wir wollten überprüfen, ob vielleicht einer von denen auch für den Angriff auf Michelle infrage kommen könnte. Deshalb sind wir heute hier.«

Kriminaloberkommissar Winterstein nahm Luca das Blatt aus der Hand und betrachtete es. »Gut recherchiert. Willst du tatsächlich Kriminalistik studieren?«

»Vielleicht.« Luca schien verlegen, und Anne beschloss, ihm aus der Patsche zu helfen.

»Wir haben auch darüber nachgedacht, ob das in Waldersbach einer von uns gewesen sein könnte.«

»Wie kommt ihr denn darauf?« Der Kommissar drehte den Kopf leicht und wirkte wachsamer.

»Zuerst dachten wir, dass der Überfall auf mich ein misslungener Scherz gewesen sein könnte. Wir haben spekuliert, wer dafür infrage käme, die Idee jedoch wieder verworfen, als am nächsten Tag das mit Michelle passierte.«

»Und ihr denkt, dass einer eurer Klassenkameraden sie umgebracht haben könnte? Habt ihr jemanden in Verdacht?«

»Na ja … nicht wirklich.« Keine Namen! Sie konnten doch nicht ihre eigenen Mitschüler anzinken.

»Ich kann euch versichern, dass allen Spuren nachgegangen wird.«

Hieß das, die Kripo hatte sich bereits mit ihren Mitschülern befasst, oder wollte er sie nur abwimmeln?

Der Kommissar nahm sie nicht ernst! Anne schaute Luca an, der unmerklich den Kopf schüttelte. Sollte wohl heißen, dass sie hier nicht weiterkamen. Aber so schnell ließ sich eine Anne Neugebauer nicht abspeisen!

»Eine Sache ist vielleicht doch von Belang. Vor wenigen Wochen ist hier in Feldstatt auch eine Schülerin überfallen worden. Nachts im Park. Sie heißt Sara Blattner.«

»Wir waren uns doch einig, dass sie sich das nur eingebildet hat, weil sie betrunken war und eine Ausrede dafür gesucht hat, dass sie gestürzt ist!« Es schien Luca unangenehm zu sein, dass sie alles ausplauderte.

»Aber Paul hat jemanden wegrennen sehen. Ich denke andauernd darüber nach …« Anne fühlte, wie sich Hände um ihren Hals legten und zudrückten. »Was, wenn wir falschliegen und es immer ein und derselbe gewesen ist?« Neben ihr sog Luca scharf die Luft ein.

»Hat dieser Paul auch einen Nachnamen?«

Luca atmete noch einmal hörbar ein und Anne kniff kurz die Augen zu. Jetzt hatte sie doch einen Namen genannt.

»Muthmann.« Mist! Nun würden die sich Sara und Goncalves bestimmt vorknöpfen. Anscheinend wussten sie nichts von dem Überfall.

»Du hast vorhin gesagt, ihr hättet keinen Verdacht …« Kommissar Winterstein war ein aufmerksamer Zuhörer. Wie wahrscheinlich jeder Kripobeamte.

»Luca und ich haben eine Liste angefertigt, in der wir unsere Informationen notiert haben.«

»Habt ihr sie dabei?«

»Leider nein. Aber ich kann sie Ihnen noch vorbeibringen.«

»Gut, dann machen wir das so.« Der Kommissar erhob sich und holte eine Visitenkarte von seinem Schreibtisch. »Du kannst sie mir auch mailen. Wir kümmern uns dann darum.« Er öffnete die Tür. »Ich bringe euch nach unten.«

Anne folgte Luca auf den Flur. Wie gut, dass sie Gelegenheit haben würde, mit Kommissar Winterstein allein zu sprechen, wenn sie die Liste vorbeibrachte. Im Beisein von Luca hatte sie nicht nach weiteren Details zum Verschwinden von Lenas Mutter fragen wollen, weil die Freundin sie um Verschwiegenheit gebeten hatte. Sie hatte Luca gegenüber schon genug ausgeplaudert.

Sie waren am Eingang angekommen, und der Kommissar nickte dem Beamten an der Pforte zu, bevor er sich an sie wandte.

»Versprecht mir, dass ihr in Zukunft das Detektivspielen unterlasst. Es ist gefährlich. Wenn ihr etwas erfahrt, teilt es mir unverzüglich mit.«

»Machen wir!« Anne steckte die Visitenkarte, die sie die ganze Zeit in der Hand gehalten hatte, in die Tasche ihrer Jeans. Luca, der nur ein mürrisches »Tschüss« herausgebrachte hatte, wandte sich ihr zu, sobald die Tür ins Schloss gefallen war.

»Was hast du getan!« Zwischen seinen Augenbrauen stand eine steile Falte. »Unsere Leute ans Messer zu liefern!«

»Ich liefere doch niemanden ans Messer. Willst du nicht auch, dass Michelles Tod aufgeklärt wird?«

»Schon, aber du hast doch wohl nie ernsthaft daran geglaubt, dass es einer von uns war!« Er stürmte voran, sodass sie kaum nachkam. Ihre Antwort, dass doch auch er bei den

Verdächtigungen mitgemacht hatte, schluckte Anne hinunter, weil Luca schon weiterschimpfte.

»Wir wollten uns über Serienmorde und ungeklärte Fälle informieren und stattdessen bringst du Paul ins Spiel!«

»Das hast du falsch verstanden. Luca, warte doch mal!« Anne rannte jetzt. Als sie ihn erreicht hatte, griff sie nach seinem Oberarm, und er blieb endlich stehen.

»Ist es nicht gut, wenn sie uns alle ausschließen? Dann müssen wir uns keine Gedanken mehr darum machen!«

»Vielleicht haben sie das längst getan.« Er drehte sich um und ging weiter. »Und du wühlst jetzt alles wieder auf, verfluchter Mist!«

»Tut mir leid.« Aber Luca antwortete nicht. Traurigkeit machte sich in Anne breit. Sie hatte ihn verärgert.

TEIL 3
Juli

40

»... letzte Nacht habe ich wieder von Mama geträumt, aber es war kein schlimmer Traum. Wir haben zusammen Weihnachtskekse gebacken. Ich durfte wie jedes Jahr die Muster ausstechen und die Plätzchen, wenn sie aus dem Ofen kamen, mit Glasur und bunten Perlen verzieren. Papa konnte es gar nicht erwarten zu kosten und hat sich die Zunge verbrannt.«

Nicht ganz richtig, Lena. Als sie in ihrer Traumwelt mit Mama in der Küche gewesen war, den Zimtduft der Plätzchen gerochen und die Wärme, die vom Kuchenblech aufstieg, gefühlt hatte, war alles wunderbar gewesen. Jetzt hingegen, wo sie die Einzelheiten aufschrieb, schmerzte es. Alles tat ihr weh, der Brustkorb, der Bauch, die Schultern, sogar die Zähne.

Oma hatte mit ihr Kekse gebacken, Papa auch, aber es war nicht das Gleiche. Sie schmeckten nicht so gut wie Mamas, sie sahen nicht so schön aus, sie rochen nach nichts.

Sie schrieb weiter: »*Die Erinnerung tut mir gut und ich fühle mich besser.*« Noch eine Lüge. Morgen musste sie noch einmal zu Frau Doktor Graicchen, bevor sie am Sonnabend alle zum Campingurlaub aufbrechen würden. Sie hatte Papa angelogen, sie würde auch die Therapeutin anlügen. Nur damit man sie mit zum Zelten fahren ließ. Dort konnte sie sich entspannen, fand Ablenkung bei den anderen und würde nicht mehr an all das Schlimme denken. Nach ihrer Rückkehr konnte sie dann die Therapie fortsetzen. Die kommenden zwei Wochen würden das Problem bestimmt nicht verschlimmern.

»*Seit zwei Wochen hatte ich keine Albträume mehr. Ich bin optimistisch, dass wir alles in den Griff bekommen.*«

Lena klappte das Buch zu und ließ ihre Finger über den weichen Bezug gleiten. Würde die Therapeutin ihr das abnehmen oder hatte sie zu dick aufgetragen? Sie notierte jetzt fast alles. Manches allerdings nicht in dem blauen Buch. Aufschreiben war nützlich, es vermittelte ihr das Gefühl, die Dinge im Griff zu haben. Sie konnte alles herauslassen und sich damit auseinandersetzen. Für das, was niemand erfahren sollte, ihre schlimmen Träume und den Kummer, hatte sie sich einen Ordner mit mehreren Word-Dokumenten angelegt, die »Reiseerfahrungen« und »Zukunftsvisionen« hießen. Papa stöberte nicht in ihren Dateien herum und sonst hatte niemand Zugriff auf ihren Laptop. Die Notizen waren sicher. Vielleicht würde sie diese später mit Frau Doktor Graicchen auswerten, aber nicht vor dem Campingurlaub.

Du musst morgen perfekt schauspielern! Lena holte sich den Handspiegel und hielt ihn sich vors Gesicht. »Keine schlimmen Träume mehr, Frau Doktor.« *Etwas mehr Fröhlichkeit bitte! Deine Augen lächeln nicht.* Sie zog die Mundwinkel etwas weiter nach oben und wiederholte den Satz. *Schon besser. Nun erzähl ihr, wie toll es dir momentan geht.*

»Ich fühle mich hervorragend.« *Zu dick aufgetragen. »Bestens« reicht auch. Oder einfach nur »gut«. Und nun denken wir darüber nach, was Frau Doktor noch fragen könnte, und proben die richtigen Antworten.*

Mitten in den inneren Disput hinein piepste ihr Handy zum Zeichen, dass jemand ihr eine Nachricht geschickt hatte, und das Display leuchtete auf.

Das Phantombild kommt heute in Aktenzeichen XY! A

Ihr Spiegelbild begann zu zittern und Lena legte den Spiegel weg. Ihre Finger bebten so sehr, dass sie sich mehrfach vertippte.

Woher weißt du das? L

Internet☺ Skype? A

Okay warte

Lena fuhr den Rechner hoch und meldete sich an. Wenige Sekunden später klingelte es auch schon, und sie setzte den fröhlichen Gesichtsausdruck auf, den sie gerade geübt hatte.

»Hi, Süße!« Anne winkte in die Kamera. »Ich habe mal in die News geschaut und bin dabei auf die Sendung gestoßen. Da stand, dass sie über den Fall berichten, weil es neue Erkenntnisse gibt! Das musste ich dir doch erzählen!« Die Freundin schnappte nach Luft und fuhr fort. »Wirst du es dir anschauen?«

»Weiß nicht.« Lena stellte sich vor, wie Schauspieler sie und ihre Mama darstellten und Fotos von ihnen beiden eingeblendet wurden, und sofort begann es in ihrem Kopf zu summen. »Paps würde das bestimmt nicht erlauben.«

»Kannst du doch auch online schauen! Das ZDF hat eine Mediathek.«

»Ich glaube nicht, dass das gut für mich ist.«

»Dann sehe *ich* es mir an.« Anne drehte den Kopf in Richtung Tür und wandte sich dann wieder zum Bildschirm, wobei sie flüsterte. »Meine Mom lauscht manchmal. Ich erzähle dir dann morgen alles.«

»Mach das.« Müdigkeit ließ Lenas Blick verschwimmen. In den letzten Nächten hatte sie kaum geschlafen. Anne hingegen schien putzmunter zu sein.

»Ich war gestern noch einmal bei Kommissar Winterstein und habe ihm unsere Verdächtigen-Liste vorbeigebracht. Bei der Gelegenheit wollte ich ihn ein bisschen ausfragen. Ich habe ihm erzählt, dass ich deine Freundin bin und alles über das Phantombild weiß, aber er hat sich nicht in die Karten gucken lassen. Als Luca dabei war, konnte ich das ja nicht machen.«

»Das wäre auch ziemlich unprofessionell, wenn der Kommissar dir etwas dazu erzählen würde.«

»Einen Versuch war es wert.« Anne schob die Unterlippe vor. »Übrigens ist Luca immer noch wütend auf mich. Seit drei Tagen kein Lebenszeichen. Ich hätte unsere Leute nicht ans Messer liefern dürfen! Als ob die Kripo das nicht selbst alles überprüfen würde … Komischer Kauz.«

»Der kriegt sich schon wieder ein. Spätestens beim Camping hat er alles vergessen.« Lena unterdrückte ein Gähnen. »Hast du schon gepackt?«

»Angefangen. Ich habe keinen richtigen Plan und wahrscheinlich auch viel zu viele Klamotten.«

»Felix hat letzte Woche was von Mückenschutzmittel gesagt. Und Sonnencreme brauchen wir auch. Wollen wir morgen Nachmittag zusammen einkaufen gehen?«

Annes betrübte Miene verschwand und machte einem erfreuten Gesichtsausdruck Platz. »Super Idee. Ich hole dich ab, okay?«

Noch bevor Lena ihrer Freundin sagen konnte, dass sie zuerst zur Therapie müsse, klopfte es, und ihr Vater kam herein. Besser gesagt, er marschierte; das Telefon wie eine Trophäe vor sich hertragend.

»Mich hat gerade eine Anja Voigtmann angerufen.« Er blickte streng. »Sagt dir der Name etwas?«

Auf dem Skypebild riss Anne die Augen weit auf und schaltete dann ab.

»Anja Voigtmann … ja. Setz dich bitte, Paps.« Jetzt würde es Ärger geben. Besser, sie beichtete gleich alles.

41

Manfred Rickert ließ sich in die Sofaecke fallen und griff nach der Fernbedienung. Feierabend. Seine Frau hatte ihm ein kühles Bier hingestellt, bevor sie mit dem Hund nach draußen gegangen war. Meistens absolvierte sie die abendliche Runde, während er es sich vor dem Fernseher gemütlich machte. Heute kam eine seiner Lieblingssendungen: *Aktenzeichen XY*. Verbrechen interessierten ihn, besonders das Vorgehen der Täter. Manche wurden nie gefasst. Besonders interessant fand er die Methoden der Polizei. Wie sie den Verbrechern auf die Spur kommen wollten und was sich für diese letztendlich als verhängnisvoller Fehler entpuppt hatte.

Den ersten Bericht über einen Bankraub ließ er an sich vorbeirauschen. Bankraub mochte Geld einbringen, aber es war langweilig. Solche Delikte wurden auch meist schnell aufgeklärt, denn wenn es um Geld ging, wurde sehr gründlich ermittelt.

Der Moderator kündigte den nächsten Fall an und Manfred Rickert stellte ganz vorsichtig das Bier ab. Zum Glück war Iris noch unterwegs.

Mit einem Ohr nach draußen lauschend, verfolgte er die Berichterstattung. Wieso hatten sie die Sache gerade jetzt wieder ausgegraben? Etwas musste passiert sein. Sein Mund wurde trocken, als sie das Bild einblendeten.

Der Typ sah ihm ähnlich. Jünger zwar, aber die Mundpartie und die Augen hatten sie gut getroffen. Schnell schüttete er das restliche Bier in sich hinein. Es schmeckte schal.

Würde ihn jemand erkennen? Höchstwahrscheinlich nicht, aber er musste darüber nachdenken, welche Maßnahmen er zu seinem Schutz ergreifen konnte. Der Moderator hatte von »Zeugen« gesprochen. Zeugen, die sich erinnert hatten. Namen waren nicht genannt worden. Das taten sie nie, vermutlich um die Personen zu schützen. Draußen war es noch immer still, und Manfred Rickert schaltete den Fernseher aus, um in Ruhe nachdenken zu können.

Seine nächtlichen Beutezüge liefen immer gleich ab. Die Straßen in den Wäldern, bei denen er seine Angriffe plante, hatte er bereits lange vorher ausgekundschaftet. Schon wenn Iris ankündigte, zu ihrer Mutter fahren zu wollen, stieg in ihm die Erregung. Er konnte es kaum erwarten, dass sie verschwand, und fuhr meist gleich am ersten Abend los, ein Tier zu besorgen. Manchmal schoss er ein Reh, manchmal ein Wildschwein, obwohl die ziemlich schwer waren. Schwerer als junge Frauen jedenfalls. Fast jeder konnte sich ein Jagdrevier pachten oder einem Schützenverein beitreten und einen Waffenschein machen. Man musste dazu kein Jäger sein.

Ab und zu brachte er ein totes Tier mit nach Hause, zerlegte es und lagerte die Teile in der Kühltruhe, bis Iris etwas daraus zubereitete. Seine Frau hasste seine Jagdleidenschaft, besonders, dass er auf Lebewesen schoss, aber was konnte sie schon dagegen unternehmen? Und das Ganze hatte noch ein Gutes: Niemand fand es seltsam, wenn er seinen Geländewagen von Blut reinigte, sahen ihn doch die Nachbarn mit der Jagdbeute nach Hause kommen.

Manfred Rickert goss sich Bier nach. Neben der Beschäftigung mit dem Opfer war die Spannung vorher das Beste. Würde ein passendes Objekt – allein, Frau, jung – erscheinen? Würde sie anhalten und aussteigen, wenn sie das tote Tier am Straßenrand liegen sah?

Ab und zu kamen Männer oder Paare vorbei. Manche bremsten, manche fuhren einfach weiter, einige nahmen das tote Tier einfach mit, andere beförderten es in den Straßengraben. Ihn nahm dabei keiner wahr, er saß in seinem Versteck und beobachtete die Leute. Manchmal, wenn ihm die Frauen nicht gefielen, ließ er sie einfach weiterfahren. Nur die hübschesten kamen infrage.

Obwohl er sein Vorgehen jahrelang erprobt und verbessert hatte, war ihm vor ein paar Jahren eine entwischt. Vanessa irgendwas. Eine sehr sportliche Frau. Und kräftiger, als er gedacht hatte. Ihre Gegenwehr hatte ihn zum Stolpern gebracht, und ehe er sich wieder aufrappeln konnte, war sie mit ihren langen Beinen davongerannt. Sie hatte den Überfall gemeldet, aber was wollten die Bullen schon mit einem maskierten Täter anfangen? Jeder x-Beliebige konnte sich unter der dunklen Haube verbergen. Ihr Entkommen hatte ihm keine Angst eingejagt. Da diese Vanessa sein Gesicht nicht gesehen hatte, musste jemand anders das Phantombild geliefert haben.

Er achtete bei seinen Streifzügen immer darauf, nicht erkannt zu werden, falsche Autokennzeichen, Verkleidung, Kapuze und beim Überfall auf seine Auserwählte zusätzlich die Maske.

Draußen klappte die Tür und er setzte sich gerade hin.

»Ich habe noch mit Hildegard gequatscht. Hab ich was verpasst?« Iris kam herein und der Hund sprang neben ihm aufs Sofa. Manfred Rickert schob ihn beiseite. Er mochte das Tier nicht besonders, aber seine Frau liebte das Vieh über alles. Fritzi war ihr Kinderersatz.

»Meinst du im Fernsehen? Nichts von Belang, deshalb habe ich ausgeschaltet. Holst du mir noch ein Bier?«

Wortlos drehte sie sich um und verschwand im Flur. Eigentlich war Iris eine nützliche Ehefrau. Sie lebte neben ihm her, kochte gut und hielt das Haus in Ordnung. Was seine Jagdleidenschaft betraf, hatten sie den Kompromiss getroffen, dass er nicht darüber sprach und sie keine Fragen stellte. Für Iris befand sich ihr Mann in den Nächten, in denen er nicht da war, auf dem Ansitz.

»Danke, Liebes.« Sie hatte sogar Schnittchen mitgebracht. Einfach perfekt. Fritzi erhob sich und stolzierte hinüber zu Iris, um sich kraulen zu lassen. »Soll ich den Fernseher wieder anschalten?« *Aktenzeichen XY* war zwar noch nicht zu Ende, aber fragen musste er wenigstens. »Auf VOX kommt ein Krimi.«

»Von mir aus. Ich bin müde und werde heute zeitig zu Bett gehen.« Noch besser. Dann hatte er genügend Zeit zum Überlegen, ohne dass sie ihm dazwischenplapperte.

Kühl und bitter prickelte das Bier auf der Zunge. Von wem mochte dieses verfluchte Phantombild stammen?

Streng genommen konnte er sich nur an einen Augenblick der Gefahr erinnern. Und der vermeintliche Augenzeuge war ein Kind gewesen. Ein verfluchtes kleines Mädchen.

Dass auf dem Rücksitz dieser verfluchten Schlampe ein Kind geschlafen hatte, war ihm nicht aufgefallen. Erst als das Balg im Wald direkt vor ihm gestanden hatte, den Mund zu einem Schrei geöffnet, war ihm bewusst geworden, dass er dieses Mal einen Fehler begangen hatte. In jenem Moment hatte er die Maske schon abgesetzt. Eine Bewusstlose konnte ihm nicht gefährlich werden und die Haube brachte ihn regelmäßig zum Schwitzen. Außerdem engte sie sein Blickfeld ein.

»Isst du das noch?« Die Stimme seiner Frau riss ihn aus seinen Gedanken und er schüttelte den Kopf. Zwei Schnittchen wurden dem Hund zum Fraß vorgeworfen. Besser gesagt, Happen für Happen gereicht. Dann gähnte Iris laut, erhob sich und teilte ihm mit, dass sie ins Bett verschwinde. Fritzi folgte ihr hinaus.

Er hatte das Mädchen verfolgt, damals im Wald, war ihr sofort nachgelaufen, hatte lange nach ihr gesucht, doch die kleine Spionin blieb wie vom Erdboden verschluckt. Das Balg war ihm entwischt. Wenn er sich nicht gleichzeitig um die Leiche hätte kümmern müssen, wäre sie ihm sicher nicht entkommen. Die Hoffnung, dass das Mädchen in der Dunkelheit nichts Genaues erkannt haben konnte, trug ihn durch die Nacht.

In der Folgezeit hatte er die Nachrichten aufmerksam durchforstet, den Fall jeden Tag im Internet gegoogelt und nach Anhaltspunkten dafür gesucht, dass das Mädchen sich an ihn oder die Tat erinnerte, doch das Glück war ihm hold geblieben. Die einzige Person, die ihn unmaskiert gesehen hatte, litt unter Gedächtnisverlust.

Lena hieß sie. Am nächsten Tag war sie gefunden worden, schmutzig, verstört, stumm. In den Nachrichten hatten sie ihren Nachnamen nicht genannt, aber natürlich kannte er ihn. Ihren Namen, die Adresse, das Geburtsdatum ihrer Mutter. Schließlich besaß er die Handtasche, oder besser gesagt deren Inhalt. Ein paar Teile hob er immer auf. Nicht hier in der Wohnung, sondern in seiner gemieteten Garage. Unter all dem Gerümpel suchte niemand nach dem Eigentum verschwundener Frauen.

Nach Nicole Waldners Tod hatte er seine Sucht fast zwei Jahre lang gebremst und mit Erinnerungen an Vergangenes vorliebgenommen, bis der Trieb übermächtig geworden war. Allerdings hatte er dazugelernt. Für die Jagd fuhr er nun weite Strecken, manchmal auch ins benachbarte Ausland, kontrollierte immer erst den Innenraum der Autos, schloss alle Türen und schaltete die Scheinwerfer aus, bevor er mit seiner Beute im Wald verschwand. Erst neulich hatte ihn die Reise fast bis an die tschechische Grenze geführt.

Manfred Rickert schaltete den Fernseher wieder ein und drehte den Ton leise. Iris schlief bestimmt schon, falls aber doch nicht, brauchte sie nicht zu hören, wie ihr Mann sich die ersten Ergebnisse von *Aktenzeichen XY* ansah.

Zehn Minuten später atmete er tief durch und ging sich noch ein Bier holen. Sie hatten nichts. Keine heiße Spur. Bis jetzt jedenfalls.

Lena Waldner lebte in Obernau, einem Vorort von Feldstatt. Oder zumindest hatten ihre Eltern laut Ausweis vor fünf

Jahren dort gewohnt. Bei Googlemaps sah man viel Grün, Einfamilienhäuser, weiträumige Grundstücke. Bis zu den parkenden Autos konnte man sich heranzoomen, allerdings waren die Aufnahmen nicht aktuell. Aus so einer Gegend zog man nicht einfach weg. Hatte der Vater wieder geheiratet? Lebte die Familie noch dort? Fragen über Fragen, denen er nachgehen musste. Wer weiß, was der kleinen Schlampe noch alles zur Tatnacht einfiel!

Manfred Rickert nahm noch einen Schluck und stieß genussvoll die Luft aus. Als Erstes würde er recherchieren, sich danach eine Verkleidung besorgen, nach Feldstatt fahren und das Haus auskundschaften.

Nur nichts übereilen. Zuerst musste er alles genau durchleuchten, ohne dabei aufzufallen. Schon gar nicht durfte er dem Mädchen über den Weg laufen. Und dann würde er sich um die Kleine kümmern.

Manfred Rickert las noch einmal die Ergebnisse der Suche und genoss die Erregung.

Lena Waldner wohnte noch in Feldstatt. Ihr Facebook-Account verriet Adresse und Geburtsdatum, ihr Profilbild zeigte jedoch nicht sie, wie er gehofft hatte, sondern das Meer. Weitere Fotos bekam man nur angezeigt, wenn man sich mit ihr befreundete. Schade. Er hatte sie damals nur kurz gesehen. In seiner Erinnerung war Lena Waldner ein kleines dünnes Mädchen mit dunklen Haaren und riesigen schwarzen Augen, das gerade den Mund zu einem Schrei geöffnet hatte.

Mädchen veränderten sich in der Pubertät. Wer weiß, wie sie heute aussah. Er selbst besaß kein Facebook-Profil, das war unnütze Zeitverschwendung und man lieferte jede Menge persönlicher Informationen an Datenkraken. Die Frage war, wie er jetzt an Fotos von ihr herankam. Entweder schuf er sich einen Fake-Account oder forschte weiter im Netz.

Laut ihrem Geburtsdatum war sie jetzt sechzehn. Manfred Rickert ließ seinen Blick verschwimmen. Schulen stellten oft Fotos ihrer Klassen auf die Homepages. In Feldstatt gab es laut Google ein Gymnasium. Seine Finger huschten über die Tasten. Würde er sie erkennen?

Ohne dass er es wollte, trat ein Lächeln in sein Gesicht. Bilder aller Klassen, fein säuberlich geordnet. Leider ohne die Namen der Schüler.

Manfred Rickert schob die Brille mit dem Mittelfinger nach oben und vergrößerte die Fotos der drei zehnten Klassen. Wie er es schon befürchtet hatte, waren sie von schlechter Qualität, und je näher er heranzoomte, desto unschärfer wurden die Gesichter. Eins der Mädchen kam ihm bekannt vor, andererseits sahen diese Blondinen immer irgendwie gleich aus.

Mindestens sieben Schülerinnen kamen als Lena Waldner infrage. Falls sie inzwischen ihre Haare kurz trug oder schon in der Elften war, noch mehr.

Er schnaufte und schaltete den Rechner aus. So wurde das nichts.

Ihm würde nichts anderes übrig bleiben, als nach Feldstatt zu fahren und zu schauen, ob er sie irgendwo erspähte. Die Verkleidung lag bereits in der Garage bereit.

Hoffentlich war sie nicht schon im Urlaub! Aber das konnte ein einfacher Anruf aus einer Telefonzelle bei ihr zu Hause klären. Mit einem Ächzen erhob er sich.

42

»Sie hat was?« Annes Aufschrei fiel schriller aus, als sie es wahrscheinlich gewollt hatte, und Lena sah, wie zwei ältere Frauen sich nach ihnen umdrehten.

»Meinen Papa daheim angerufen.«

»Woher hatte sie eure Nummer?«

»Google? Auskunft? Keine Ahnung. Wir stehen ja sogar noch im Telefonbuch. Wie vorsintflutlich!« Lena schüttelte den Kopf. »Jedenfalls war sie der Meinung, sie müsse sich doch mal melden, und da er nicht auf ihre Handynachrichten reagiert hat, hat sie sich unsere Festnetznummer besorgt.«

»Auweia!« Anne blieb vor der Drogerie stehen und betrachtete die Auslage. »Was hast du gesagt?«

»Alles gebeichtet.« Lena sah wieder die Zornesfalte auf der Stirn ihres Vaters vor sich. Dieses Mal hatte sie ihn wirklich verärgert. Und er hatte sich auch durch ihre Erklärungen, dass sie es doch nur gut gemeint habe, nicht besänftigen lassen.

»Auch das mit der anderen? Wie hieß sie noch gleich …«

»Sabrina. Ja, das auch.«

»Und jetzt?«

»Ist er immer noch stinksauer. Ich bin heute extra zeitig aufgestanden, um mit ihm zu frühstücken, aber er war schon weg und hatte auch nicht wie sonst etwas für mich bereitgestellt.«

»Glaubst du, dass er sich wieder einkriegt?«

»Irgendwann schon.«

»Und was wird jetzt aus der Sache?«

»Das hat er mir nicht gesagt. Wahrscheinlich wird er sie abservieren und alles auf mich schieben. Ich halte mich jedenfalls da raus. Lass uns reingehen.« Lena zog Anne am Arm mit sich in den Laden. Ihr Papa war wütend, aber wie sie ihn kannte, würde das nicht ewig anhalten.

Dafür hatte Frau Doktor Graicchen ihr die gute Laune geglaubt. Nun stand dem Campingurlaub nichts mehr im Wege. Sie ließ ihren Blick über das Regal mit den Sonnencremes gleiten. Anne hatte schon nach einer Flasche gegriffen und studierte das Etikett.

»Lichtschutzfaktor 15. Das nehme ich. Riech mal.« Sie hielt ihr die Öffnung unter die Nase und Lena schnupperte.

»Nur 15? Findest du das nicht ein bisschen wenig?«

»Hallo? Ich muss aus meinem hellen Teint rausholen, was geht. Im Gegensatz zu dir stehe ich auf gebräunte Haut. Andererseits will ich auch nicht den ganzen Tag mit Sonnenbrand im Zelt sitzen. Wie wär's mit 30?«

Lena betrachtete die Parade der bunten Flaschen. »Klingt gut. Ich nehme das Gleiche. Dann können wir uns gegenseitig aushelfen. Und jetzt brauchen wir unbedingt noch Mückenschutz.«

An der seitlichen Wand leuchteten Lidschatten, Lippenstifte und Nagellacke in allen Farben und Anne verlangsamte ihre Schritte. »Wollen wir unsere Fußnägel lackieren?« Schon hatte Anne ein Fläschchen in der Hand.

Lena nahm es ihr weg und stellte es zurück. »Pink ist out. Ich habe gelesen, dass Pink schrill und aggressiv ist, quasi die lautere Schwester von Rosa. Mit der Farbe wirkt man angeblich launisch und dominant. Und das wollen wir doch nicht, oder?«

»Woher hast du das denn?«

»Äh, YouTube? Kanal von ›FashionNatie‹. Hab ich dir doch letztens schon gezeigt.«

»Ist das die mit den Manga-Zöpfen? Ich erinnere mich.« Anne zeigte auf die Fläschchen. »Was sagt sie zu den anderen Farben?«

»Rot ist die Farbe der Liebe. Mit roten Nägeln kommst du selbstbewusst, aber auch leidenschaftlich und sexy rüber.«

»Uh, das ist mir zu fett. Leidenschaftlich!« Ihre Freundin leckte sich lasziv über die Lippen und kicherte dann. »Kein Rot!«

»Dann hätten wir noch Weiß. FashionNatie sagt, es passt zu fast jedem Outfit, ist dezent, aber edel und dass man mit weißen Nägeln zufrieden und fröhlich wirkt. Durchsichtig oder nude macht sympathisch, weil es gepflegt, aber trotzdem sehr natürlich ist.«

»Hast du das alles auswendig gelernt?« Anne griff nach einem Fläschchen mit dunklem Inhalt. »Schwarz ist dann bestimmt zu heftig, was?«

»Schwarz bedeutet Kreativität, Rebellion und Geheimnisse. Dann wäre da noch Rosa –« Lena nahm ein Fläschchen aus dem Regal und hielt es gegen das Licht, »angeblich Romantik pur. Man wirkt zart und mädchenhaft. Und nein, ich habe es nicht auswendig gelernt. Es ist einfach so haften geblieben, weil ich Farbcodes interessant finde.«

»Ich bin überfordert. Was ist mit Blau und Grün?«

»Weiß ich grade nicht. Am besten nehmen wir verschiedene und entscheiden uns von Tag zu Tag. Wir könnten auch jeden Nagel in einer anderen Farbe lackieren. Oder hier: Tigerlook-Effektlack! Was hältst du davon?« Lena packte Gelb, Rosa, Hellblau, Grün und Violett in den Wagen.

»Dreh dich nicht um.« Anne flüsterte direkt neben ihr. »Da drüben ist ein Typ, der sich seltsam benimmt.«

»Was?« Gelb, Rosa, Hellblau, Grün und Violett brannten in Lenas Augen. Sofort war die Angst wieder da.

»Er starrt schon die ganze Zeit herüber. Ich glaube, ich habe ihn vorhin schon vor dem Buchladen gesehen.«

»Wie sieht er aus?«

»Älter, nicht besonders groß, aber ziemlich dick, er trägt eine Baseballmütze. Sein Gesicht konnte ich nicht gut sehen, nur, dass er einen Schnauzbart hat. Jetzt geht er zur Kasse.« Anne atmete warme Luft in Lenas Ohr und Lena drehte sich langsam um, aber der Mann war nicht mehr zu sehen.

»Findest du nicht, dass das paranoid ist? Du befasst dich echt zu viel mit Verbrechern.« Lena schob den Wagen vorwärts. »Nicht jeder, der uns anschaut, ist ein Verbrecher. Vergiss den Typen! Wir holen noch Mückenschutz und dann ab nach Hause. Ich muss noch fertig packen.«

»Hast ja recht.« Trotz ihrer Worte reckte Anne den Hals, um über die Regale zur Kasse zu schauen. »Er ist weg.«

43

»Ein Traum!« Anne klatschte vor Freude in die Hände. »Schau mal, der See!«

Auch Lena spürte ein aufgeregtes Kribbeln im ganzen Körper. Das Auto holperte über ein paar Wurzeln, und sie rutschte gegen ihre Freundin, die neben ihr auf dem Rücksitz saß.

»Wir sind da.« Ihr Vater kurbelte am Lenkrad und hielt dann an der Schranke. »Wollt ihr erst einmal schauen, wo die anderen sind? Frau Neugebauer und ich erledigen inzwischen die Anmeldung.«

»Geht klar, Paps!« Lena riss die Autotür auf und ein Schwall heißer Luft kam ihr entgegen. Annes Mutter hatte kurzerhand entschieden mitzufahren, um sich die »Sache selbst anzuschauen«, wie sie es ausgedrückt hatte. Moritz war erst noch mit seinen Kumpels unterwegs und würde am Montag hier auftauchen. Hoffentlich gefiel ihr, was sie sah, damit sie heute Abend zufrieden mit Paps wieder abfahren konnte und sie ihre Ruhe hatten.

»Komm!« Lena, die inzwischen um das Auto herumgegangen war, wartete, bis Anne ihre Schuhe ausgezogen hatte, nahm dann ihre Hand und gemeinsam rannten sie los, den Hang hinunter in Richtung Steg.

»Hey, ihr zwei!« Miriam, die neben Jacob auf einer Decke lag, hob die Hand und winkte. »Cool, dass ihr hier seid!«

Sogar Jacob zog die Mundwinkel leicht nach oben. Anscheinend hatte die Sonne ihm den Missmut aus dem Gehirn gebrannt.

»Sind die anderen auch da?« Lena ließ sich neben Anne plumpsen, die angestrengt aufs Wasser blickte. Wahrscheinlich hielt sie nach Luca Ausschau.

»Im Wasser.« Jacob zeigte zum See, wo mehrere Leute auf Luftmatratzen herumpaddelten.

»Nur Yannick fehlt noch.« Miriam drückte ihre Zigarette im Gras aus und steckte die Kippe dann in eine leere Coladose, nachdem sie Lenas strafenden Blick bemerkt hatte.

»Wie haltet ihr das nur in der Hitze aus?« Lena bohrte die Zehenspitzen in das braune Gras.

»Ist doch gar nicht so schlimm. Außerdem waren wir gerade baden.« Jacob schüttelte zur Bestätigung seine nassen Haare. Wassertropfen flogen auf Lenas Arme und Schultern und kühlten die warme Haut.

Anne zwinkerte ihr unauffällig zu, und sie wusste, was ihre Freundin gerade dachte: Jacko sprudelte ja heute regelrecht über! Vielleicht kam das daher, dass Tim nicht dabei war. Lena schaute zum See, konnte aber im gleißenden Sonnenlicht nur Umrisse erkennen.

»Lass uns unsere Bikinis holen und dann nichts wie ab ins Wasser!« Anne erhob sich und Lena folgte ihr.

»Wir haben schon alles ausgepackt.« Papa kam ihnen mit Annes Mutter im Schlepptau entgegen und wischte sich den Schweiß von der Stirn. »Euer Zelt stellt ihr neben das von Baumgärtels.«

Lena sah Anne in die Augen und zog ganz kurz die Augenbrauen hoch. Direkt neben den Aufpassern? Hatte es keinen anderen Platz gegeben? Annes Mutter schien ihren Unmut zu spüren, denn sie setzte hinzu: »Dort unter den Kiefern ist Schatten, da heizt es sich nicht so auf, dachten wir.«

Dachtet ihr, soso. Lena drehte sich um, damit ihr Papa nicht sah, wie sich ihre Oberlippe kräuselte.

»Kommt, wir zeigen euch den Platz, dann könnt ihr gleich mit dem Aufbau beginnen.« Jetzt sollten sie also auch noch allein das Zelt aufstellen?! Lena hatte fest damit gerechnet, dass Papa ihnen half! Auch wenn sie geübt hatten.

Und wieso war Anne eigentlich so schweigsam? Vermisste sie Luca? Hatte sie deshalb als Allererstes ins Wasser gewollt? Ihre Freundin musste doch verstehen, dass es besser war, wenn er nicht gleich bei ihr auftauchte, solange ihre Mutter noch hier herumstand. Oder herrschte zwischen den beiden etwa immer noch Funkstille? Der Besuch auf dem Polizeirevier war schon über eine Woche her! So lange konnte doch niemand die beleidigte Leberwurst spielen, selbst wenn er Luca Feldberg hieß. Leider konnte sie ihre Freundin nicht fragen, solange ihre Eltern ihnen im Nacken saßen. Lena beschloss, Luca und Anne genau zu beobachten, wenn sie gleich aufeinandertrafen.

Vor dem Auto lagen Zeltstangen, Plane, Matratzen, Schlafsäcke und ihre Taschen. Alles sauber nebeneinander.

»Die Lebensmittel habe ich noch im Auto, da ist es kühler. Frau Neugebauer und ich gehen in der Zwischenzeit mal zu den Baumgärtels rüber und machen ein Schwätzchen.«

Wie nett! Eine heuchlerische Umschreibung dafür, dass sie Felix' Eltern instruieren wollten, ein wachsames Auge auf sie zu haben. »Wir wollten eigentlich erst baden.« Anne zog eine Schnute.

»Von mir aus könnt ihr das gern machen. Ich springe dann bestimmt auch noch ins Wasser.« Annes Mutter bückte sich und holte die Sonnenmilch aus der Tasche. »Aber vorher cremt ihr euch ein. Du weißt doch, dass du dich schnell verbrennst.«

»Sofort, Mom.« Anne wandte sich zu Lena und verdrehte die Augen.

»Also dann bis gleich.« Schon verschwanden Frau Neugebauer und Papa in Richtung des großen Hauszelts. Lena schnaufte genervt. Papa wollte also tatsächlich nicht mit anpacken. Sollte wohl ein Test ihrer Selbstständigkeit sein. Wenn sie und Anne es nachher schafften, das Zelt allein aufzubauen, würden sie auch über die nächsten zwei Wochen kommen.

»So, das dürfte reichen. Nun aber nichts wie weg hier.« Anne legte die Sonnencreme beiseite. »Dein Bikini sieht super aus. Ist der neu?«

»Hab ich im Internet bestellt.« *Alles, um bei Moritz Eindruck zu schinden.* Aber das würde sie ihrer Freundin nicht auf die Nase binden.

»Ich fasse es nicht! Was will die denn hier?« Anne runzelte die Stirn und zeigte auf den Weg, auf dem ein roter Kastenwagen stehen geblieben war. Neben der geöffneten Tür stand Julia und redete auf den Fahrer ein. »Möchte mal wissen, wer die Sonderbare hergebeten hat.«

»Wahrscheinlich hat sie sich selbst eingeladen.«

»Um noch mehr Galgen-Bilder von uns zu zeichnen? Na ja, wir müssen uns ja nicht mit ihr abgeben. Ab ins Wasser!«

Lena beeilte sich, Anne zu folgen, die schon mit einem Juchzen in Richtung See unterwegs war. Grashalme kitzelten ihre Fußsohlen, die Haare flogen im Wind und sie fühlte sich wieder wie ein kleines Mädchen. Im Laufen warf sie ihr Handtuch neben Miriams Decke und stoppte erst kurz vor dem Ufer. Vor dem Steg gab es einen etwa dreißig Meter breiten Strand, an dem ein paar kleine Kinder Sandkuchen buken, während ihre Eltern im Schatten unter den angrenzenden Kiefern lagen.

Weiter draußen kämpften die Jungs aus der Clique um die Luftmatratze. Als eine kleine weiße Wolke sich vor die Sonne schob, konnte Lena Paul, Luca und Tim ausmachen. Sie tippte mit der Fußspitze ins Wasser. Richtig kalt war es nicht, es kam einem nur im ersten Moment so vor. Anne schien den Freund auch entdeckt zu haben, denn sie marschierte in den See, als spüre sie die Kälte nicht.

Langsam setzte Lena einen Fuß vor den anderen. Anscheinend war sie bei ihrer Freundin abgeschrieben, nachdem diese Luca entdeckt hatte. Sie benetzte Arme und Schultern und ging nach Luft japsend in die Hocke. Hoffentlich hing Anne nicht die ganze Zeit mit Luca herum. Wenigstens nicht, bis Moritz am Montag aufkreuzte.

»Lena! Komm zu uns!« Goncalves winkte ihr zu und prustete dabei wie ein Walross, bevor er zu Luca kraulte, diesem den Arm um den Hals legte und versuchte, ihn unterzutauchen. Tim, der den Kampf um die Luftmatratze gewonnen hatte, lag bäuchlings darauf und paddelte von ihnen weg.

»Ist das herrlich!« Anne war hinausgeschwommen, hatte sich an Lucas Rücken gehängt und ließ sich von ihm ziehen. Also war bei den beiden doch alles wieder in Ordnung. Lena blickte sich um. Ihre Freundin hatte vollkommen recht mit ihrer Bemerkung: Hier war es wirklich wie im Traum. Sonnenfunken tanzten auf dem Wasser, Schilf wiegte sich in der Sommerbrise. Ein Blesshuhn betrachtete sie mit seinen schwarzen Knopfaugen und tauchte dann ab. Kleine Wellen glitzerten im Licht wie helles Silber und Lena schloss die Augen und ließ sich treiben.

Ihr erster Campingurlaub, ihr erster Urlaub ohne Papa, ihr erstes längeres Zusammensein mit Moritz. Einfach perfekt. Sie spürte ihr Herz klopfen.

Lautes Rufen riss sie aus ihrer Versunkenheit. Am Ufer stand Julia, fuchtelte mit den Armen und schrie ihre Namen. Die Sonderbare schaffte es einfach nicht, sich normal zu benehmen. Entweder war sie *zu* schrill oder *zu* einsilbig. Ein Dazwischen gab es nicht. Schon stürzte sie sich mit wildem Kreischen ins Wasser und kam schnell näher. Damit war die friedliche Stimmung wohl fürs Erste zu Ende.

»Ich bin genug abgekühlt. Wir sollten das Zelt aufbauen.« Lena, die zu Anne geschwommen war, hörte in ihrem Rücken, wie Julia nach Paul rief.

Auch Luca schien keine Lust auf ein Zusammentreffen mit der Sonderbaren zu haben. »Ich helfe euch.«

»Meine Mom ist hier.« Anne versuchte, das selige Grinsen, das nach Lucas Worten in ihrem Gesicht erschienen war, zu verbannen.

»Kein Problem, ich benehme mich.« Luca kraulte los.

»Da kommt Yannick.« Lena ließ die Reisetasche fallen, die sie gerade ins Zelt hatte schaffen wollen. »Ist das sein Vater?«

»Na klar. Weißt du nicht mehr, der war doch mit, als wir die Versammlung mit der Polizei und Frau Doktor Graicchen hatten.«

Jetzt fiel es ihr wieder ein. Aber an jenem Tag hatte sie alles nur durch einen schwarzen Nebel wahrgenommen und nicht auf die Eltern der Mitschüler geachtet. Als hätte der Himmel die Erinnerung an den Tag gespürt, verdunkelte eine grauschwarze Wolke die Sonne.

»Hi, Yann!« Luca sah mit gerunzelter Stirn nach oben. »Hoffentlich kriegen wir keinen Regen. Heute Abend wird gegrillt. Wir haben eine Liste gemacht und Paul war mit Felix und seinem Vater einkaufen.«

»Wird schon schiefgehen. Wo soll mein Zelt hin?« Yannick sah zu seinem Vater, der einen Plan studierte und dabei Ziffern vor sich hin murmelte.

»Parzelle siebenundzwanzig.«

»Das ist neben Tim und Jacko. Da drüben.« Luca streckte den Arm aus und wandte sich dann an Anne. »Sagtest du nicht, deine Mutter sei hier? Wo steckt sie denn?«

»Sie ist mit Lenas Dad bei Baumgärtels. Ziemlich lange übrigens schon, wenn ich es recht bedenke.«

»Von mir aus können sie gerne noch eine Weile dort bleiben. Wo grillen wir denn?« Lena beobachtete, wie Yannicks Vater den Kofferraum ausräumte.

»Hundert Meter von der Badestelle entfernt gibt es einen Platz dafür. Danach machen wir ein Lagerfeuer. Goncalves hat natürlich die Gitarre mit und …« Luca verstummte und hob die Hand, um Annes Mutter und Lenas Vater zu begrüßen.

»Wo wart ihr die ganze Zeit?« Lena sah, wie Anne sich ein paar Schritte von Luca entfernte.

»Wir haben mit den Baumgärtels Kaffee getrunken und ein bisschen über unsere Kinder getratscht.« Papa legte seinen Arm um ihre Schultern. »Kleiner Scherz. Fein habt ihr alles aufgebaut. Dann kann euer Abenteuer ja jetzt losgehen.«

»Wann wollt ihr fahren?«

»Willst uns wohl loswerden?« Ihr Papa grinste kurz, und Lena beeilte sich, das Gegenteil zu beteuern.

»Eigentlich hatten wir vor –«, er ließ ihre Schultern los und sah kurz zu Annes Mutter, »noch ein bisschen zu bleiben. Wird heute Abend nicht gegrillt?«

Annes Gesichtszüge entgleisten, und Lena inspizierte das Gesicht ihres Vaters nach den feinen Fältchen um die Augen, die er immer dann bekam, wenn er sich ein Lachen verkniff. Die wollten doch nicht ernsthaft bis in die Nacht hierbleiben und mit ihnen am Lagerfeuer sitzen?

»Ich sehe, eure Begeisterung schlägt Wellen.« Jetzt erschienen die Fältchen und Lena atmete auf. »Ihr fallt heute aber auch auf jeden Witz herein. Frau Neugebauer und ich machen uns gleich auf den Rückweg. Ich möchte nicht die ganze Nacht durchfahren.«

Er trat dicht an sie heran und sah ihr, plötzlich wieder

ernst, in die Augen. »Versprich mir, dass du dich sofort meldest, wenn etwas nicht klappt.«

»Du brauchst dir keine Sorgen zu machen, Paps, wirklich. Ich schicke dir ganz viele Nachrichten und Fotos. Vergiss nicht, ich bin sechzehn und kann gut auf mich aufpassen. Außerdem sind die anderen ja auch hier.«

»Das weiß ich. Du bist trotzdem mein kleines Mädchen. Und nun bist du zum ersten Mal zwei Wochen ganz auf dich gestellt …« Seine Hände packten fester zu. »Ich werde die Anspannung einfach nicht los.«

Jetzt mischte sich Annes Mutter ein. »Das geht mir genauso, Thomas. Ich denke auch die ganze Zeit darüber nach, was alles passieren könnte, besonders nach diesen Vorfällen im Schullandheim. Gleichzeitig will ich auch keine Glucke sein, man muss den Kindern ihren Freiraum lassen.«

Annes Mutter und Paps hatten anscheinend die Rollen getauscht. Und dann: *Thomas?* Seit wann duzten sich die zwei? Hatten sie das gerade bei den Baumgärtels beschlossen?

»Tja.« Papa ließ ihre Schultern los und seufzte. »Das ist gerade schwerer, als ich dachte. Bringt ihr uns noch zum Tor?«

»Aber klar doch!« Anne klang erfreut. Auf dem Weg zum Parkplatz hörten sie den wechselseitigen Ermahnungen zu, die sich von: »Geht nicht mit vollem Magen ins Wasser« über: »Trinkt keinen Alkohol« bis hin zu: »Cremt euch immer ein und geht nicht so spät schlafen« erstreckten.

Nachdem Lena und Anne mehrfach beteuert hatten, dass sie sich an alles halten würden, stiegen die beiden endlich ein, nicht ohne vorher noch ihre Rückkehr für kommenden Sonnabend anzukündigen.

Lena sah dem Auto nach und verscheuchte die Traurigkeit, die sie beim Anblick ihres davonfahrenden Vaters zu überkommen drohte, mit den Gedanken an die vor ihnen liegenden Tage. Annes Mutter würde bestimmt jeden Tag x-mal anrufen, um sich zu vergewissern, dass es ihrer Tochter gut ging, aber das würden sie verkraften. Die nächsten zwei Wochen würden wunderbar werden. Keine Ängste, keine Albträume. Sie griff nach Annes Schulter, und als diese stehen blieb, umarmte sie ihre Freundin fest.

44

Lena stellte den leeren Pappteller beiseite und spülte die letzten Reste der Bratwurst mit Cola hinunter. Anne, die ihr gegenübersaß, hatte den Kopf auf Lucas Schulter gelegt und stierte wie hypnotisiert in die Flammen. Über dem See schwebten ein paar zitrusgelbe Wölkchen mit rosa Rändern, leise wiegten sich die Zweige der Erlen am Ufer.

Die Baumgärtels hatten alle auf einer Bank Platz genommen – aufgereiht wie die Orgelpfeifen, zuerst die Eltern, daneben Felix und dann seine drei jüngeren Brüder, die trotz ihrer unterschiedlichen Größe irgendwie alle gleich aussahen – klein und drahtig, mit blonden Strubbelköpfen.

Felix' Eltern schienen locker drauf zu sein. Anne hatte sie als »Ökos« bezeichnet, und wenn man Frau Baumgärtels weites Leinenkleid und seine ausgetretenen Sandalen betrachtete, stimmte die Einschätzung. Maren und Rainer hatten ihnen gleich das »Du« angeboten und erklärt, dass sie zwar auf sie achten, ihnen jedoch nicht auf die Pelle rücken würden. Nur, wenn einer den Campingplatz verlassen wolle, sollte er vorher Bescheid sagen. Trotz dieser Lockerheit hatten Tim und

Jacko darauf verzichtet, ihre Alkoholvorräte mit an den Grillplatz zu bringen. Stattdessen verschwanden sie und Miriam ab und zu – angeblich um auf die Toilette zu gehen – und kamen kurz darauf kaugummikauend wieder.

Lena nahm noch einen Schluck Cola. Wenn die beiden Unzertrennlichen dachten, dass sie es besonders schlau anstellten, täuschten sie sich. Jeder konnte sehen, dass sie nicht mehr ganz nüchtern waren, außerdem hatte Miriam schon glasige Augen. Neben ihr erklärte Yannick Paul seine neue Kamera, die er zum Geburtstag bekommen hatte. Seit er angekommen war, hatte es kein anderes Thema als diese *Gopro von HERO* gegeben. Lena schwirrte der Kopf von den Begriffen, mit denen Yannick um sich warf: Skeleton-Gehäuseklappe, gebogene Klebehalterung, QuikCapture oder Burst Photo. Wozu das alles? Ihr Smartphone machte auch super Bilder. Paul hingegen schien zu verstehen, was sein Kumpel meinte, denn er nickte andächtig und betrachtete dabei die Ausrüstung. Man konnte sich das Teil sogar auf einen Helm oder an den Körper schnallen, um jeden Schritt zu filmen. Wasserdicht war das Ding auch noch. Hoffentlich hatte Yannick nicht vor, sie beim Schwimmen unter Wasser zu filmen. Lena hatte keine Lust, ihr Hinterteil im knappen Bikini bei Facebook wiederzufinden.

»Wollen wir das Feuer anzünden?« Rainer Baumgärtel war aufgestanden und stellte den Grill hinter eine Bank. Felix folgte ihm zu dem Stapel Holz, den sie heute Nachmittag gemeinsam zusammengetragen hatten, und das brachte auch Yannick und Paul dazu, den Karton mit der Kameraausrüstung endlich beiseitezulegen.

Anne kam herüber und nahm neben ihr Platz. »Bist du traurig?«

Lena horchte in sich hinein und prüfte, ob ihre Freundin recht haben könnte. »Nein, wie kommst du darauf?«

»Es sah so aus. Ist es, weil ich bei Luca sitze?«

»Das ist okay. Ich würde mich wundern, wenn du es nicht tätest.« *Und morgen kommt Moritz, dann habe ich auch jemanden zum Kuscheln.*

»Ich bleibe jetzt ein bisschen bei dir.« Anne streichelte ihre Wange. »Goncalves hat gesagt, dass er gleich was auf der Gitarre spielen will.«

Allmählich bleichte die Dämmerung die Farben aus und tünchte alles in Grau. Für ein paar Minuten herrschte Stille und man hörte das Zirpen der Grillen. Die Dunkelheit verstärkte den Geruch nach Heu und Kiefernharz. Dann kam Paul zurück und wie auf ein Startzeichen setzten die Gespräche wieder ein.

Eine halbe Stunde später verabschiedete sich Felix' Mutter, um seine Brüder zu Bett zu bringen. Lena stieß Anne an und nickte in Richtung Julia, die vor sich hin summte. Wenigstens hatte sie aufgehört, laut mitzusingen. Sie kannte zwar die Texte, traf aber keinen Ton. Wie alles andere war auch ihr Gesang sonderbar.

»Wir könnten noch einmal baden gehen, was haltet ihr davon?« Luca sah zu Anne herüber.

»Jacob und Miriam nicht.« Rainer Baumgärtel klang plötzlich streng. »Ihr habt Alkohol getrunken, und zwar reichlich.«

Lena sah, wie die beiden zusammenzuckten. Anscheinend

waren ihre Ausflüge zum Zelt nicht nur ihr aufgefallen. Aber hatte Felix' Vater gar nicht mitbekommen, dass Tim auch dabei gewesen war? Vielleicht kam das daher, dass der im Gegensatz zu seinem Kumpel deutlich nüchterner wirkte. Sie legte die Hand vor den Mund, um ein Lächeln zu verbergen.

»Betrunken schwimmen zu gehen, ist gefährlich. Die anderen von mir aus gern. Holt schon mal eure Badesachen. Ich komme mit runter.«

Wie ein schwarzer Spiegel lag der See vor ihnen und Lena fror mit einem Mal. Im Wasser schien eine Gestalt zu treiben, um den Kopf bauschten sich helle Haare wie Algenfäden, das Gesicht war gen Himmel gerichtet, schwarze Augenhöhlen starrten zu den Sternen hinauf. Eine Halluzination. Und doch wollte das Bild von Michelle im Steinbruch nicht weichen. Lena blieb stehen. »Ich gehe nicht rein. Mir ist kalt.« Zur Bestätigung zog sie das Handtuch fester um die Schultern.

»Ich auch nicht.« Luca, der neben ihr stand, schien zu zittern. Ob ihn der nächtliche See auch daran erinnerte, wie sie Michelles Leiche gefunden hatten?

»Dann eben nicht, ihr Memmen!« Anne rannte ins Wasser und prustete und schnaufte dabei besonders laut. Ob sie sauer war, dass Luca nicht mitkam? Paul folgte ihr dicht auf dem Fuß, und Lena sah, wie er versuchte, die fliegenden Haare ihrer Freundin zu haschen. Stand er auf Anne? Lena lief erneut eine Gänsehaut über den Rücken.

»Hast du es auch gefühlt?«, riss Luca sie aus den Gedanken. Er flüsterte, und Lena war kurz irritiert, bevor sie verstand, was er meinte. Dann nickte sie stumm.

Luca zog die Schultern hoch. »Man denkt immer, es sei weg, und dann kommt die Erinnerung plötzlich wieder. Echt übel.«

»Du darfst es nicht verdrängen.« Lena schaute auf den See, wo die anderen fröhlich planschten. »Sonst kommt es irgendwann hervor und überfällt dich.« *Du hast gut reden, Lena Waldner. Machst dir selbst was vor und willst anderen Ratschläge geben.*

»Gehen wir hoch zu Jacob und Miri und legen noch bisschen Holz nach.« Luca tippte sie an und sie folgte ihm zum Lagerfeuer.

»So Leute, ich verabschiede mich jetzt auch. Macht nicht so laut, andere Camper schlafen schon.« Felix' Vater rubbelte sich den Kopf und fügte an seinen Sohn gewandt hinzu: »Geh nicht zu spät ins Bett, Junior.«

»Zu Befehl!« Felix salutierte und sein Vater ging kopfschüttelnd davon.

»Coole Eltern, Mann.« Tim, der sich bereits wieder auf der Bank neben Jacob und Miriam niedergelassen hatte, sah Rainer Baumgärtel nach. »Ich könnte noch einen Schluck vertragen. Noch jemand?«

»Hast du auch Wein?« Luca schien darauf zu warten, dass sich Anne zu ihm setzte, doch die stand noch neben Paul und frottierte sich lachend den Kopf. Goncalves ließ sie nicht aus den Augen.

»Klar, Mann, alles! Und die Damen? Auch ein Weinchen?« Tim sah in die Runde.

»Schrei doch nicht so, Alter. Sonst kommt der Aufpasser

wieder.« Jacko hatte schon deutliche Schwierigkeiten beim Sprechen. Wenn er so weitermachte, würden ihm bestimmt die zwei Bratwürste wieder hochkommen. Auch Miriam war hinüber. Sie lehnte neben ihm wie ein Häufchen Elend.

»Bestellung kommt sofort.« Tim, der seine Lautstärke gedrosselt hatte, schwenkte die Taschenlampe und verschwand in der Dunkelheit.

»Seit wann ist der so menschenfreundlich?« Anne nahm neben ihr Platz. »Trinkst *du* was?«

»Weiß ich noch nicht. Bist du sauer auf Luca, weil er nicht mit baden gegangen ist?«

»Kann schon sein.«

»Nimm es ihm nicht übel. Wir hatten beide ein Déjà-vu.« Ihre Freundin schwieg und Lena sah nach oben in den Nachthimmel. Hier gab es viel mehr Sterne als in Feldstatt. Oder, um mit Mondkrater zu sprechen: Die Anzahl war die gleiche, nur gab es hier keinen Lichtsmog wie in der Stadt. *Jetzt denkst du schon in den Ferien über die Lehrer nach!*

Wind war aufgekommen und schüttelte die Kronen der zwei mächtigen Buchen neben dem Grillplatz. Im Halbdunkel verschwammen die Blätter zu einer Anhäufung verschiedener Grautöne. So wie sich die Bäume zueinanderneigten und wieder entfernten, wirkte es, als unterhielten sie sich miteinander.

»Ein Déjà-vu?« Jetzt hatte es in Annes Kopf Klick gemacht.

»Ja, der dunkle See, das Rauschen der Bäume … Ich stand da mit Luca und wir haben uns beide an den Steinbruch erinnert. Ich konnte einfach nicht ins Wasser gehen.«

»Gruselig!« Anne kuschelte sich an sie und sah dabei hinüber zu Luca. »Dass man das nicht aus dem Kopf kriegt!«

»Hast du gemerkt, dass wir fast in der gleichen Konstellation wie in Waldersbach auf der Lichtung zusammensitzen?« Lena flüsterte, damit die anderen sie nicht hören konnten. »Tim und Jacko sind hier, Miriam und Julia, Yannick und Paul, du und ich. Nur Felix war nicht dabei …«

»Das ist mir noch gar nicht aufgefallen, aber du hast recht.« Anne schmiegte sich enger an sie. Tim kam zurück, in jeder Hand eine Flasche Wein, und Lena beschloss, doch einen Schluck zu nehmen. Der Alkohol würde sie hoffentlich beruhigen.

»Ich denke auch oft daran.« Zu Lenas Überraschung streckte Anne Tim den Becher entgegen und der goss ein. »Wie ich dort allein im Wald umhergeirrt bin und mich schrecklich gefürchtet habe. Schon das Rauschen der Bäume hier und diese Finsternis ringsherum erinnern mich daran. Und dann plötzlich diese … diese Gestalt! Manchmal fühle ich immer noch die Finger an meinem Hals!«

Aus den Augenwinkeln beobachtete Lena, wie Anne zu Goncalves starrte, der sich erneut seine Gitarre geschnappt hatte. Im Flackern der Flammen wirkte sein Gesicht noch bübchenhafter. Spekulierte ihre Freundin immer noch über ihn? Lena versuchte, den Gedanken abzuschütteln und sich das Meer vorzustellen. Schließlich seufzte sie und wandte sich Anne zu.

»Lass uns von etwas anderem reden. Wann kommt dein Bruder morgen?«

»Irgendwann am späten Nachmittag. Er schickt eine Nachricht, wenn er losfährt. Spätestens zum Abendessen ist er hier.«

»Wird eigentlich morgen wieder gegrillt?« Lena stellte sich vor, wie sie neben Moritz saß und die Wärme seines Körpers spürte. Sofort verschwand das Frösteln und machte einer wohligen Müdigkeit Platz. Nur noch eine Nacht. Sie trank den Rest Wein und beschloss, schlafen zu gehen. »Kommst du mit ins Zelt?«

»Jetzt schon?« Anne sah hoch. »Ich bin noch nicht müde. Geh schon mal vor …« Ihr Blick wanderte zu Luca. »Oder soll ich dich lieber zum Zelt bringen?« Das Angebot klang halbherzig, und Lena drängte das mulmige Gefühl zurück, das sich schon wieder in ihr breitmachte. Sie wollte ihrer Freundin kein Klotz am Bein sein.

»Nein. Die paar Meter …« Nicht ganz richtig, denn sie musste noch zu den Sanitäranlagen und Zähne putzen, aber der Weg dorthin war erleuchtet. *Reiß dich zusammen, du bist doch kein Baby!* Lena winkte den anderen zum Abschied.

Hier waren sie sicher. Die Baumgärtels schliefen gleich nebenan, und ein Dutzend Leute würden es hören, wenn jemand schrie.

45

Ein Rascheln weckte Lena, dann klopfte es auf das Zeltdach. »Guten Morgen, ihr zwei Schlafmützen.« Die Stimme von Felix' Mutter. »Es ist schon zehn durch. Wenn ihr noch was vom Frühstück wollt, müsst ihr euch beeilen.«

Lena gähnte laut und setzte sich auf. Neben ihr rieb sich Anne die Augen.

»Ich habe geschlafen wie eine Tote. Wann bist du denn ins Bett gegangen?«

»Halb zwei, glaube ich.«

»Glaubst du, soso … Was habt ihr denn die ganze Zeit noch angestellt?«

»Geredet. Yannick hat seine Kamera ausprobiert. Sie macht echt gute Nachtaufnahmen. Kannst du dir nachher ansehen. Tim hat noch eine ganze Flasche Wein in sich reingeschüttet. Was der wegschluckt, geht auf keine Kuhhaut. Felix hat kurz nach dir die Biege gemacht, Paul nur ein paar Minuten später und Jacob hat mit Julia rumgeknutscht.«

»Nie im Leben!« Lena schüttelte sich demonstrativ.

»Wenn ich es sage. Aber die beiden erinnern sich bestimmt

heute an nichts mehr. Im Gegensatz zu mir.« Anne kicherte verschämt.

Lena beschloss, nicht nachzufragen, sondern ihre Freundin ein bisschen zappeln zu lassen. Man konnte sehen, dass die begierig darauf war, Neuigkeiten auszuposaunen.

»Luca hat mich hergebracht. Und dann haben wir uns geküsst.« Schnell zog sich Anne die Decke übers Gesicht, aber Lena hatte schon gesehen, wie sie rot wurde.

»Na, das ist ja eine Überraschung!« Lena konnte sich den ironischen Ton nicht ganz verkneifen.

»Hör auf! Dieses Mal war's echt romantisch.« Dumpf drang Annes Stimme unter der Decke hervor. Dann schnellte sie hoch und schlug Lena mit dem Kissen auf den Kopf. Zehn Minuten später hatten sie sich mit allen Klamotten, die im Zelt herumlagen, duelliert und fielen nach Luft japsend auf die Matratzen.

»Wo gibt's eigentlich das Frühstück? Bei den Baumgärtels?« Anne kramte ihre Waschtasche unter dem Berg Kleidung hervor und krabbelte zum Zelteingang.

»Hat sich so angehört. Wir nehmen unser Essen einfach mit rüber. Aber zuerst will ich noch duschen.« Lena dachte daran, dass Moritz bald auftauchen würde, und ihr Herz machte einen kleinen Satz. Sie konnte es kaum erwarten, ihn wiederzusehen.

»Hi!« Felix saß neben einem seiner Brüder auf einem Klappstuhl. Lena schaffte es einfach nicht, sich ihre Namen zu merken, und hatte sie insgeheim »Tick, Trick« und »Track« getauft.

»Setzt euch. Möchtet ihr Milch oder Kakao?«

»Habt ihr auch Kaffee?« Anne gähnte laut. »Ich muss erst einmal zu mir kommen.«

»Na klar, warte.« Er verschwand im Zelt und man hörte ihn nach seiner Mutter rufen. Vom See drang das Planschen der Badenden herauf.

»Da seid ihr ja.« Maren Baumgärtel brachte ein Tablett mit Tassen und einer Kanne heraus. »Ihr braucht wohl einen Wachmacher? Ich nehme auch noch einen.« Sie goss ein und setzte sich neben Felix.

»Ich glaube, ich habe schon seit Wochen nicht mehr so fest geschlafen.« Anne gähnte noch einmal. »Und du auch, Lena. Hast ja nicht mal gemerkt, wie ich ins Zelt kam. Man hätte dich wegtragen können.«

»Da habt ihr wohl gar nicht mitgekriegt, was heute Nacht los war?« Felix schaute zu seiner Mutter und dann zum See.

»Nein?« Lena legte das angebissene Nutellabrötchen zurück auf den Teller. Der Klumpen in ihrem Mund wurde immer größer.

»Jemand ist wohl um die Zelte herumgeschlichen.« Felix' Mutter blieb ganz ruhig. »Julia kam mitten in der Nacht ganz aufgeregt zu uns und hat erzählt, dass sie draußen Geräusche gehört habe. Schritte und ein undeutliches Murmeln. Es sei ganz nah an ihrem Zelt gewesen, sodass sie sich zuerst gar nicht herausgetraut hat.«

»Das war bestimmt ein Geist!« Der kleinste der Brüder zappelte aufgeregt mit den Beinen und seine Mutter strich ihm die Haare glatt und lächelte entschuldigend. »Rainer ist mit ihr mitgegangen und hat nachgesehen, aber da war niemand.«

Lena sah kurz zu Anne. Die Sonderbare hatte ihr eigenes Zelt mitgebracht und schlief allein. Da konnte man sich schon mal das eine oder andere einbilden. Hoffentlich wollte sie sich nur wichtigmachen.

»Wir haben jedenfalls nichts gehört.« Anne griff nach einem weiteren Brötchen und legte es dann zurück. Lena verdrehte die Augen – Annes ewige Diäten gingen ihr manchmal gehörig auf die Nerven.

»Hey, Leute!« Paul und Yannick waren zu Zwillingen mutiert. Beide trugen das Handtuch um die Schultern und mit den nassen Haaren und den Badeshorts ähnelten sie einander sogar. Hinter ihnen schlurfte Tim heran. Heute trug er wieder seinen mürrischen Gesichtsausdruck zur Schau. Seine Augen waren gerötet. Der Alkohol hinterließ also auch bei ihm seine Spuren. Luca hingegen sah erholt aus. Er ließ seinen Blick ganz kurz zu Anne schweifen und schaute dann schnell weg.

Jetzt kam auch Julia hinter Miriam den Berg herauf und ließ sich neben Lena auf einen Stuhl fallen. Nur Jacob fehlte. Der schlief wahrscheinlich noch seinen Rausch aus.

»Habt ihr schon gehört, was heute Nacht los war?«

»Ja.« Trotz Annes einsilbiger Antwort begann Julia noch einmal zu schildern, wie die Schritte um ihr Zelt getappt waren. »Ich habe sein Atmen gehört! So eine Art Röcheln, einfach abscheulich! Das war keiner von uns!« Mit jedem Satz wurde ihr Ton schriller. »Ich hatte furchtbare Angst!«

Die Sonderbare wollte wohl, dass jeder sie bemitleidete. Lena sah zu Anne und dann zu Luca, der die Augenbrauen hochzog. Felix' Mutter öffnete den Mund, um etwas zu sagen, als Yannick sich einschaltete.

»Paul hat auch Schritte gehört.«

»Was?« Jetzt schrie Julia fast. »Und das sagt ihr erst jetzt? Keiner von euch hat mir geglaubt!« Anklagend zeigte sie im Kreis herum.

»Sorry, er ist nachsehen gegangen und hat mich dann geweckt, doch da er niemanden gefunden hat, haben wir das für harmlos gehalten.«

»Wir konnten doch nicht wissen, dass du dich fürchtest. Da war nichts. Sicher hat sich jemand auf dem Weg zur Toilette verlaufen.« Paul, der Julia intensiv gemustert hatte, wandte seinen Blick nun den Baumgärtels zu.

»Und wenn nicht?«

Allmählich ging Lena das Gekreische auf die Nerven. Mit Pauls Beobachtung hatte die Sonderbare auch noch eine Bestätigung für ihre Geschichte! Gleichzeitig flüsterte die Stimme in ihrem Kopf: *Was, wenn es wirklich jemand gewesen ist, vor dem man sich fürchten musste?* Sie würde Moritz bitten, sein Zelt ganz dicht neben ihrem aufzuschlagen. Links von ihnen war noch reichlich Platz.

»Hört auf damit, Leute.« Felix stand auf. »Das bringt doch jetzt nichts. Es ist nichts passiert und ich finde Pauls Erklärung am stimmigsten. Warum immer gleich das Schlimmste annehmen?«

Julia zog einen Flunsch, schwieg aber endlich, während Felix weiterredete. »Wer kommt nachher mit Boot fahren? Wir könnten ans andere Ufer rudern.«

Miriam meldete sich als Erste, und als Luca zustimmend nickte, hob auch Anne die Hand. Wie in der Schule.

»Ich bleibe hier.« Lena sah Annes Verwunderung, aber sie

konnte sich nicht stundenlang vom Zeltplatz entfernen. Was, wenn Moritz schon mittags ankam? Sie würde hierbleiben und auf ihn warten. Andererseits – hatte er nicht gesagt, er würde eine WhatsApp schicken, wenn er losfuhr? Womöglich war die Nachricht schon längst da? Sie musste schleunigst ihr Handy holen.

»Vergesst die Sonnencreme nicht. Auf dem Wasser verbrennt man viel schneller. Und ihr wollt doch nicht den Würstchen heute Abend Konkurrenz machen!« Also würden sie heute Abend wieder am Lagerfeuerplatz sitzen. Lenas Herz begann, schneller zu schlagen.

46

»Sie wollen die tote Großmutter nicht im Ausland beerdigen und fürchten Komplikationen mit den Behörden. Also rollt die Familie die Oma in einen Teppich ein und verstaut sie im Dachgepäckträger. Auf der Heimfahrt machen sie noch in Polen an einer Raststätte halt, um Mittag zu essen. Als sie wieder rauskommen, ist der Gepäckträger weg.« Tim wartete, bis alle den Witz begriffen hatten. »Einfach geklaut, das Ding!«

Jacob lachte hämisch. »Das musst du dir mal vorstellen, Alter! Die stehlen einen Gepäckträger und finden darin eine Leiche.«

»Das ist dem Arbeitskollegen deines Onkels wirklich passiert?« Miriams weit aufgerissene Augen spiegelten das flackernde Licht der Holzscheite wider.

»Ja, krass, nicht?« Tim goss sich Wein nach. Die Baumgärtels waren verschwunden und schon hatten die beiden Unzertrennlichen den Alkohol geholt.

Lena rutschte unauffällig etwas näher an Moritz heran. Wollte er nicht endlich seinen Arm um sie legen, wie es Luca schon seit einer halben Stunde bei ihrer Freundin tat? Den ganzen Tag hatten die zwei verschämt getan und kaum wurde es dunkel, hingen sie wie Kletten nebeneinander. *Du bist ungerecht!*

Kann schon sein. Lena betrachtete die Aufschrift ihrer Limonadenflasche. Heute würde sie keinen Alkohol trinken. Moritz hatte Bier mit an den Grillplatz gebracht. Aber er war schließlich erwachsen und durfte das. Ob man das Bier beim Küssen schmeckte?

Unauffällig musterte sie Julia. Erinnerte die sich an ihre Knutscherei gestern mit Jacob? Scheinbar nicht, denn sie saß weit entfernt von Jacko und hatte keinen Blick für ihn übrig. Entweder hatte sie letzte Nacht einen Blackout gehabt oder es war ihr peinlich. Der reichlich genossene Wein konnte auch die Ursache für die Fantasie mit dem nächtlichen Herumschleicher sein. Dass tatsächlich jemand um ihre Zelte gegeistert war, wollte Lena auf gar keinen Fall wahrhaben. Annes Theorie, dass es Paul selbst gewesen sei, der, als sein Angriff auf Julia nicht klappte, schnell wieder im Zelt verschwunden war und Yannick geweckt hatte, um ein Alibi zu haben, fand sie zu weit hergeholt.

»… fuhr gegen einen Baum und fiel vom Motorrad.« Tim hatte die nächste Geschichte begonnen.

»Ich gehe mein Handy holen.« Lena stand auf. Diesen Schwachsinn wollte sie sich nicht länger anhören.

»Bringst du meins mit?« Anne schaute sie mit verträumtem Blick an. »Ich muss meiner Mom schreiben, dass ich jetzt ins Bett gehe.«

»Wo hast du es?«

»In der Seitentasche neben meiner Luftmatratze.«

Genau wie sie hatte auch Anne das Smartphone im Zelt gelassen. Es nervte schon genug, wenn ihre Mutter alle halbe Stunde anrief, da mussten sie sich nicht auch noch den Abend am Lagerfeuer verderben. Aber um die Gute-Nacht-SMS kamen sie beide nicht herum.

»Soll ich mitkommen?« Moritz sah zu ihr hoch und Lenas Knie wurden weich.

»Brauchst du nicht. Ich bin gleich wieder da.« Nach wenigen Metern ärgerte sie sich über ihre Absage. Vielleicht hatte er eine Gelegenheit gesucht, mit ihr allein zu sein? *Und du doofe Kuh hast mal wieder nichts gecheckt …* Zu blöd! Mit einem Schnaufen zog Lena den Reißverschluss zum Zelteingang auf.

»… plötzlich stottert der Motor, das Auto fährt immer langsamer und bleibt dann stehen. Mitten im Wald. Handyempfang natürlich null. Der Mann sagt zu seiner Frau, dass er Hilfe holen will, und befiehlt ihr, die Türen zu verschließen. Dann steigt er aus und läuft los.« Tim legte eine Kunstpause ein und genoss die Stille. Alle im Kreis hingen an seinen Lippen. Lena, die gerade mit ihrem Handy vom Zelt zurückgekehrt war, fühlte, wie sich die Härchen an ihren Armen aufrichteten. Tims Geschichte hatte sie innehalten lassen.

»Allerhand Zeit vergeht. Es ist finster und die Frau fürchtet sich. Sie schaltet das Radio an, um sich abzulenken. Plötzlich hört sie ein Klopfen auf dem Autodach, bleibt aber sitzen.«

»Wenn sie schlau ist!« Jacko, der den Ausgang der Geschichte anscheinend kannte, schlug sich auf die Schenkel.

Lenas Kehle wurde eng, und sie versuchte, tief durchzuatmen, während Tim schilderte, wie es erneut aufs Dach klopfte, bis kurz darauf im Radio vor einem Serienmörder gewarnt wurde, der aus einer nicht weit entfernten Klinik entflohen war. Im dem Augenblick, in dem sie das starke Zittern im ganzen Körper spürte, fiel sie auch schon zu Boden.

»Lena!« Eine besorgte Stimme. Zwei verschwommene Gesichter schwebten wie weiße Laternen über ihr. »Lena?« Die Stimme und eins der Mondgesichter gehörten zu Anne, das andere zu Moritz. Sie zwinkerte mehrmals, bis sich das Bild schärfte. Hinter den beiden standen die anderen und reckten die Köpfe.

»Kannst du aufstehen?« Erst jetzt realisierte Lena, dass sie im Gras lag. Moritz, der zu ihrer Rechten kniete, reichte ihr die Hand, um ihr aufzuhelfen. »Was ist denn passiert?«

Sie schwankte leicht und sofort legte er seinen Arm um ihre Schultern.

»Ich weiß auch nicht. Mir wurde auf einmal schwindlig und dann bin ich gestürzt.«

»Bestimmt der Kreislauf. Du hattest damit ja schon öfters Probleme.« Anne sah sie bekümmert an, und Lena war froh, dass ihre Freundin sofort eine passende Ausrede gefunden hatte. Dass Tims Schauergeschichte ihren Zusammenbruch verursacht hatte, brauchten die anderen nicht zu wissen. Sie hatten ja auch keine Ahnung, wie ihre Mutter verschwunden war.

»Du bist ganz blass. Willst du ins Zelt?« Moritz stützte sie und Lena genoss die Wärme seiner Hand auf ihrem Arm.

»Nein. Ist schon gut.«

Die anderen waren zum Feuer zurückgekehrt. Anne, die

Lenas anderen Arm genommen hatte, sah zu Moritz, als wolle sie ihren Bruder auffordern, ein Machtwort zu sprechen. »Vielleicht können Tim und Jacko damit aufhören, solche Schauergeschichten zu erzählen. Wir haben selbst genug Schlimmes erlebt.«

Anne drückte Lenas Arm fester, als eine Handymelodie ertönte. »Verflixt! Ein Kontrollanruf von Mom! Ich wollte ihr doch eine SMS schicken!«

Lena nestelte Annes Telefon aus ihrer Hosentasche, aber Moritz nahm es ihr aus der Hand. »Lass mich mal mit ihr reden. Nachdem ich hier bin, muss sie nicht fünfmal am Tag anrufen. Ihr könnt ja schon mal zurück zum Feuer gehen.«

»Ich trinke noch eine Cola.« Lena setzte sich. »Zucker und Koffein bringen meinen Kreislauf wieder in Schwung.«

»Hoffentlich kannst du nachher schlafen!« Anne, die wieder neben Luca saß, hatte noch immer ein sorgenvolles Gesicht, aber Lena winkte ab. »Ach was! Vielleicht möchte mal jemand zur Abwechslung etwas Lustiges erzählen?« *Sie musste von dieser Mordgeschichte wegkommen!* Die beiden Unzertrennlichen sollten ihr nicht den kompletten Abend verderben.

»Gute Idee, Schneewittchen. Kann Paul nicht Gitarre spielen?« Moritz gab Anne das Handy. »Alles in Ordnung daheim. Mom hat versprochen, nicht mehr so eine Welle zu machen, aber du sollst daran denken, jeden Abend von allein anzurufen.«

Nach diesen Worten kam er herüber, setzte sich neben Lena und legte den Arm um sie. Ihr Puls galoppierte los, diesmal jedoch vor Aufregung. Endlich! Vielleicht würde der Tag doch noch einen wunderbaren Abschluss finden.

47

»... letzte Nacht bin ich im Finstern gegen einen Baum gerannt ...«

Zumindest glaubte sie das. Der Aufprall auf den Stamm musste ihrem Gedächtnis einen Schlag versetzt haben.

»Anne und Moritz haben mich vor dem Zelt gefunden, mit einer blutenden Wunde an der Stirn ...«

Lena ließ ihr Traumtagebuch sinken und schaute auf den See. Tim und Jacko lieferten sich mal wieder mit Paul und Yannick eine Schlacht um die Luftmatratzen. Seit sie hier waren, benahmen sich die beiden Unzertrennlichen fast wie normale Menschen. Julia und Miriam lagen am Ufer und feuerten die Jungs an, Moritz und Anne erledigten den Abwasch und die gesamte Baumgärtel-Familie war ins nächste Dorf zum Eisessen gefahren. Auf dem Rückweg wollten sie gleich noch einkaufen.

Die Sonne blendete auf dem weißen Papier und Lena angelte nach ihrer Sonnenbrille. Dann schrieb sie weiter.

»Anne hat wohl im Halbschlaf mitgekriegt, wie ich aus dem Zelt gekrabbelt bin. Keine Ahnung, warum ich keine

Taschenlampe mitgenommen habe. Auf dem Rückweg muss ich dann gegen diese blöde Buche geprallt sein.«

Etwas stimmte an der Geschichte nicht, aber es wollte ihr partout nicht einfallen, was. Lena schloss die Augen und versuchte, sich die Szenerie vorzustellen. Irgendwie waren die Minuten vor dem Zusammenprall aus ihrem Gedächtnis gelöscht. Das Erste, an das sie sich wieder erinnerte, war ihr Aufschrei gewesen und wie Anne und Moritz fast zeitgleich aus den Zelten gekrochen waren. Ihre Beinmuskeln sagten ihr, dass sie gerannt sein musste, aber das konnte täuschen. Nur die Angst war definitiv echt. Eine große finstere Bestürzung, die sich in ihrem Körper breitgemacht hatte, gepaart mit der Furcht, verfolgt zu werden. Das Gefühl einer unsichtbaren Bedrohung war auch heute noch nicht gänzlich verschwunden.

»Während Moritz mich zu den Baumgärtels gebracht hat, hat Anne versucht, alle Zelte gleichzeitig zu beobachten, um zu schauen, wer als Erster herauskommt. Wahrscheinlich glaubt sie die Geschichte mit der Buche nicht, sondern denkt, dass wieder … dahintersteckt.« Pauls Namen würde sie nicht aufschreiben. *»Der Gedanke, dass da jemand war, der mich angefallen hat, jagt mir Angst ein. Große Angst, um ehrlich zu sein.«*

Das zumindest stand außer Frage. Lena betrachtete ihre Schrift und dachte eine Weile darüber nach, ob das einer dieser Flashbacks gewesen war, von denen Frau Doktor Graicchen gesprochen hatte, und ob sie diese Vermutung niederschreiben sollte.

Lieber nicht, wenn man in Betracht zog, dass das Tagebuch

hier ziemlich ungeschützt aufbewahrt wurde. Jeder konnte in ihr Zelt gehen und herumstöbern.

Hoffentlich wurde das nicht schlimmer. Sie war so froh gewesen, dass es bis jetzt keine Albträume gegeben hatte.

Es reichte schon, sich an die Gesichter der anderen zu erinnern, als sie aus ihren Zelten gekommen waren, um nachzuschauen, wer da so geschrien hatte. Die Verblüffung, dass es dieses Mal nicht Julia, sondern sie gewesen war, hatte man den meisten ansehen können.

»Es ist schon ziemlich strange hier ... Der Wald und die Dunkelheit ... da kommen andauernd Erinnerungen hoch, mit denen ich fertig werden muss.«

Lena las die letzten Sätze noch einmal. War das verklausuliert genug? Dass sie mit »Erinnerungen« die Nacht, in der ihre Mutter verschwand, meinte, würde sie später mit Frau Doktor Graicchen persönlich besprechen. Falls das Tagebuch womöglich jemandem in die Hände fiel, würde derjenige annehmen, sie rede von den Ereignissen im Schullandheim.

»Zum Glück bin ich ja nicht allein. Anne ist da und Moritz auch.«

Schluss jetzt, Lena. Sonst schwärmst du noch von ihm und das braucht auch keiner zu lesen. Sie schloss die Augen, legte den Kopf in den Nacken. Rot-orange leuchtete die Sonne durch ihre Lider.

Jedenfalls durfte Paps nichts davon erfahren. Es fehlte noch, dass er sich Sorgen machte und sie womöglich abholte. Felix' Mutter hatte die Platzwunde versorgt und gesagt, dass so was schnell heilte. Bis zum Wochenende würde schon fast nichts mehr zu sehen sein. Falls er sie doch darauf ansprach, würde sie einen Teil der Wahrheit erzählen. Man konnte auch am Tag gegen etwas rennen, beim Beachvolleyball zum Beispiel.

»… *Moritz hat mich ›Kleine Squaw‹ getauft.*« Beim Niederschreiben ihres neuen Kosenamens musste Lena trotz allem lächeln. Vom Schneewittchen zur Kriegerin, wie romantisch! Von Weitem näherten sich Moritz und Anne und Lena klappte schnell das Buch zu und versteckte es unter ihrem Handtuch.

Anne schwenkte Lenas Handy in der Hand. »Hier, hat gerade geklingelt, als ich beim Zelt war. Dein Dad hat angerufen. Meine Mom scheint ihn angesteckt zu haben und nun ist er auch zum Kontrolletti mutiert.« Anne präsentierte Lena schon von Weitem das Display mit dem Bild ihres Vaters. Ein feines Kribbeln in ihrem Brustkorb kündigte Unheil an. Aus Versehen drückte sie auf Videoanruf, und als hätte er nur darauf gewartet, erschien das Gesicht ihres Papas. Hinter ihm leuchteten die bunten Tassen im Küchenregal.

»Bist du gar nicht auf Arbeit?« Etwas stimmte hier nicht. Im selben Moment, in dem Lena versuchte, die Stirn zu runzeln, fiel ihr die Wunde an ihrer Stirn ein, doch zu spät.

»Was ist denn mit dir passiert?« Papas Gesicht vergrößerte sich, weil er das Handy dicht vor die Augen hielt.

Anne sprang ihr bei. »Sie ist beim Beachvolleyball mit Yannick zusammengestoßen, Herr Waldner.« Auf Anne war Verlass. Mit ihr musste sie Ausreden noch nicht einmal absprechen.

»Hattest du getrunken?« Jetzt bekam sein Ton etwas Strafendes.

»Nein. Paps. Nicht einen Tropfen.« Das war die Wahrheit und er konnte es sehen. »Warum hast du angerufen?«

Papa rieb sich mit den Fingerspitzen über die Stirn und schnaufte dabei. »Ich habe zuerst überlegt, ob ich es dir überhaupt sagen soll … Also … bei uns wurde heute Vormittag eingebrochen.«

»Was?« Hatte sie sich verhört? Lena sah aus den Augenwinkeln, wie Anne sich neben Moritz stellte und sie besorgt ansah.

»Hör zu, Schatz, es ist halb so wild. So wie es jetzt aussieht, ist nichts weggekommen. Wahrscheinlich wurden die Diebe gestört, weil Werner Seltmann angefangen hat, den Rasen zu mähen.« Lena atmete hörbar aus. Ihr Nachbar war Rentner und tat Paps manchmal den Gefallen, bei ihnen etwas Gartenarbeiten zu erledigen. Sie war ihm noch nie so dankbar gewesen. Was, wenn stattdessen Papa ins Haus gekommen wäre? Vielleicht hätten die Einbrecher ihm dann etwas getan?

»Und jetzt?«

»Die Kripo kümmert sich um alles. Sie haben schon Spuren gesichert und heute Nachmittag werden die Schlösser ausgewechselt. Ich überlege auch, ob wir eine Alarmanlage und Kameras einbauen lassen.«

»Auf jeden Fall! Stell dir vor, die kommen wieder!«

»Bei uns gibt es doch nichts weiter zu holen. Das haben die bestimmt noch festgestellt, bevor sie abgehauen sind.« Er wollte sie beruhigen. Wieso hatten sich die Einbrecher dann aber gerade ihr Haus ausgesucht? Auch von außen sah es nicht gerade nach Reichtum aus. Da gab es ganz andere Gebäude in ihrem Viertel! Moritz trat zu ihr, sodass Papa ihn sehen konnte. »Hallo, Herr Waldner. Ich könnte Lena heimfahren, wenn Sie möchten.«

»Nichts da. Dazu gibt es keine Veranlassung. Hier ist alles unter Kontrolle. Du bleibst schön weiter dort und Frau Neugebauer und ich kommen wie besprochen am Sonnabend zu euch. Alles klar, Schatz?«

Lena nickte. Paps hatte sicher recht. Doch das mulmige Gefühl blieb. »Schickst du mir ganz viele WhatsApp?«

»Jede Stunde eine, versprochen.« Im Hintergrund ertönte die Türglocke. »Das müssen Werner und Marie sein. Wollen wohl nach dem Rechten sehen. Ich ruf wieder an. Tschüss!« Er spitzte die Lippen zu einem Kuss und legte auf.

»Am helllichten Tag, unfassbar.« Anne schüttelte den Kopf. »Stell dir vor, jemand Fremdes wühlt in deinen Sachen herum! Ich würde verrückt werden!«

»Hör auf damit, Schwesterchen. Siehst du nicht, dass du Lena noch mehr Angst einjagst? Zum Glück wurden die Typen überrascht; ich glaube nicht, dass sie noch mal wiederkommen.« Moritz legte ihr den Arm um die Schultern. Seine Hand war warm. »Trotzdem echt stark, wie dein Dad das wegsteckt.«

»Der tut nur so. Ich hab Angst um ihn.«

»Sind eure Nachbarn noch fit?«

»Ich denke schon.«

»Vielleicht rufst du sie mal an. Ob sie deinen Dad für ein paar Nächte beherbergen, bis die Kripo etwas herausgefunden hat.« Dankbarkeit wallte in Lena hoch und wie von selbst wurden ihre Augen feucht. Das war die beste Idee des Tages. Moritz tat so, als hätte er ihre Tränen nicht bemerkt.

»Wir sollten den anderen nichts davon erzählen. Lasst uns baden gehen. Und danach könnten wir tatsächlich eine Runde Volleyball spielen.« Moritz zwinkerte Lena aufmunternd zu und sie schluckte ihre Tränen herunter. *Bloß nicht unterkriegen lassen!*

48

Anne fuhr mit dem Fingerspitzen über die glatte graue Rinde. Wie konnte man direkt mit der Stirn dagegen prallen? Sie sah sich um, aber niemand beobachtete ihr Tun. Entschlossen trat sie drei Schritte zurück, näherte sich dann erneut dem Baum, tat, als stolpere sie, und fing sich kurz vor dem Aufprall mit den Händen ab. Lena und sie waren fast gleich groß. Die Stelle, an der ihr Kopf gegen den Stamm stieß, musste die gleiche sein wie bei ihrer Freundin. Und doch befand sich in dieser Höhe nicht ein einziger Hinweis darauf, dass Lena sich dort die Stirn angestoßen hatte. Bei einer Platzwunde musste doch wenigstens etwas Blut zurückgeblieben sein! Etwas an der Geschichte stimmte nicht.

Entweder hatte ihre Freundin sich im Weg vertan, und es war gar nicht diese Buche gewesen, oder jemand hatte sie verletzt, und sie hatte es verdrängt, weil es sie zu sehr an das Verschwinden ihrer Mom erinnerte. Jedenfalls war an der ganzen Sache etwas faul. Anne sah hinunter zum See. Julias Gekreische konnte man bis hierher hören. Was, wenn Goncalves, nachdem seine Attacke auf Julia gescheitert war, sich letzte Nacht an Lena herangemacht hatte? Klar, er schlief mit Yannick in einem Zelt, aber neben dem konnte man ein Feuerwerk abbrennen, ohne dass er aufwachte. Yann hätte es als Letzter gemerkt, wenn Paul nachts das Zelt verließ.

Und wenn es nicht Goncalves gewesen war? Hatten sie sich zu schnell auf einen Verdächtigen festgelegt?

Aber wie konnte das alles Zufall sein: ein Angriff in Waldersbach auf sie, Michelles Tod, der Überfall auf Sara Blattner in Feldstatt, Lenas ominöser Zusammenstoß mit dem Baum. Nahm man an, dass Julia sich den »Herumschleicher« vorletzte Nacht nicht nur eingebildet hatte, kam man auf eine Menge angsteinflößender Ereignisse.

Dann noch dieser Einbruch bei Lena daheim! Anne ging ein letztes Mal um die Buche herum und bog dann in Richtung ihres Zeltes ab. Sie musste das mit Luca besprechen.

»Ich hab da eine Idee.« Lucas Augen funkelten in der Sonne. »Yann hat doch diese coole Kamera … Wenn hier nachts wirklich jemand herumschleicht, könnten wir ihn damit überführen. Wir stellen den Zeitsprungmodus ein und befestigen sie oben auf dem Zelt der Baumgärtels.«

»Was ist ein Zeitsprungmodus?«

»Damit kann man Bilder in Zeitintervallen aufnehmen. Du stellst zum Beispiel fünf oder 20 Sekunden ein und hast am Ende eine Bilderserie. So eine Art Zeitrafferaufnahme.«

»Tolle Idee! Dann können wir am nächsten Morgen schauen, ob wirklich jemand um unsere Zelte geistert und wer derjenige ist. Reden wir gleich mit Yannick.«

»Wir müssen aufpassen, dass die anderen nichts davon mitbekommen, besonders Goncalves nicht. Wenn alle davon wissen, klappt die Aktion nicht.«

»Es sei denn, es handelt sich doch um einen Fremden.« Anne stand auf und klopfte sich die Kiefernnadeln vom Shirt.

»Den wir dann auch überführen könnten. Falls es so sein sollte, können wir die anderen immer noch einweihen. Ich nehme Yannick beiseite und erkläre ihm alles und du könntest mit den Baumgärtels reden. Heute Abend bringen wir dann die Kamera an deren Zelt an.«

Auf dem Weg zum See überlegte Anne, ob sie Luca von dem Einbruch bei Lena erzählen sollte, verwarf den Gedanken jedoch wieder. Ihre Freundin hatte Moritz und sie um Verschwiegenheit gebeten, weil sie fürchtete, dass die anderen sie dann darüber ausquetschen und über die Hintergründe spekulieren würden. Anne verstand zwar auch nicht, was Lena mit diesen Hintergründen meinte, aber sie tat ihrer Freundin gern den Gefallen.

*

Lena reichte Moritz das Handtuch und ließ sich von ihm den Rücken abtrocknen. Natürlich konnte sie das auch selbst, aber wenn er es schon vorschlug, wäre es schön blöd, das Angebot abzulehnen. Sie sah Anne und Luca herankommen. Beide neigten im Gehen die Köpfe zueinander und tuschelten mit ernsten Gesichtern. Eifersucht stach in ihrer Brust und sie wandte sich ab. Schneeweißchen und Rosenrot hatten sich jeder einen Prinzen gesucht und waren auf dem besten Weg, sich voneinander zu entfernen.

Auch Moritz hatte die beiden bemerkt. Anne beobachtete, wie er einen undefinierbaren Zug um den Mund bekam. Anscheinend missfiel ihm die Nähe seiner Schwester zum Klassenschönling, aber er schwieg.

»Hey, Süße! Wart ihr baden? Wir gehen auch gleich!« Anne lächelte breit und zeigte Lena ihre Füße. »Schau mal! Geil nicht?« Wieder pikste es in Lenas Brustkorb. Hatten sie sich nicht zusammen die Nägel lackieren wollen? Jede Zehe in einer anderen Farbe? Und nun hatte ihre Freundin es ohne sie gemacht.

»Gefällt's dir nicht?«

»Doch, schön.« Anne schien nicht zu bemerken, dass sie verletzt war, sondern plapperte fröhlich weiter.

»Ich habe die Flaschen auf dem Klapptisch vor unserem Zelt stehen lassen. Dann kannst du auch gleich loslegen.«

»Nachher vielleicht.«

»Super. Ab ins Wasser!« Anne ließ ihr Handtuch zu Boden segeln und streckte den Arm nach Luca aus, der ihre Hand nahm. Dann liefen sie los. Moritz, der die ganze Zeit geschwiegen hatte, sah ihr in die Augen. »Wie findest du Luca?«

»Nett.« Lena zog einen Mundwinkel hoch. »Also, ›nett‹ im Sinne von ›okay‹. Ich steh nicht so auf Schönlinge.« Ihr Herz flatterte.

»Da habe ich ja Glück, kleine Squaw.« Er zog sie an sich, und Lena hatte das Gefühl, gleich in Ohnmacht zu fallen. Ging es ihrer Freundin mit Luca genauso? Sie durfte nicht zulassen, dass sie sich entfremdeten! *Heute Abend am Lagerfeuer rede ich mit ihr.* »Ich verschwinde mal kurz. Bin gleich wieder da.« Moritz nickte und sie ging los.

An die Wandfliesen der Toilette hatte jemand »Ruf mich an!« und eine Telefonnummer geschmiert. Wer würde denn bitte auf so etwas antworten? Lena grinste in sich hinein.

Langsam schlenderte sie den Kiesweg zurück. Vor einem riesigen Hauszelt saugte eine ältere Frau Staub. Leute gab es! Wozu brauchte man auf einem Campingplatz einen Teppich? Das musste sie gleich Moritz erzählen! Sie bog um die Ecke und sah aus den Augenwinkeln, wie sich etwas an ihrem Zelteingang bewegte. War Anne nicht mit Luca baden? Noch ehe sie den Kopf gedreht hatte, rannte eine Gestalt davon und verschwand hinter dem Zelt der Baumgärtels. Nun spurtete auch Lena los, legte sich in die Kurve und wäre fast mit Felix zusammengeprallt, der neben seinem Zelt Handtücher aufhängte.

»Hoppla! Wen verfolgst du denn?«

Lena blieb schwer atmend stehen und sah in Richtung Wald. Die Gestalt war verschwunden. »Hast du jemanden hier langrennen sehen?«

»Nein. Wieso?«

»Ich dachte, da wäre wer an unserem Zelt gewesen. Kann mich auch geirrt haben.« Ohne ein weiteres Wort drehte sie sich um und eilte zurück. Auch wenn sie das eben zu Felix gesagt hatte, glaubte Lena nicht an einen Irrtum.

Der Reißverschluss war halb offen. Ein weiteres Zeichen dafür, dass jemand hier gewesen war. Sie und Anne zogen ihn immer ganz zu. Lena ging in die Knie und spähte in das hellblau getünchte Halbdunkel. Ihre Tasche stand leicht quer und der Schlafsack war beiseitegeschoben worden. Hastig krabbelte sie hinein, schob ihre Hand unter die Matratze und bewegte sie von links nach rechts. Nichts als der glatte Stoff des Zeltbodens. Lena kippte die Luftmatratze nach oben, doch sie hatte sich nicht geirrt. Da war nichts. Jemand hatte ihr Tagebuch geklaut.

49

Lena drehte sich im Kreis und sah sich um. Keine Anne, kein Luca. Im Wasser waren sie nicht. Ihre Handtücher lagen zusammengeknüllt neben der Decke, es wirkte, als seien sie eilig hingeworfen worden. Wo konnten die beiden stecken? Auf Zehenspitzen näherte sie sich Lucas Zelt und hielt die Luft an. Leises Rascheln, dann flüsterte jemand. Die waren doch nicht etwa zu zweit da drin und taten was-auch-immer? Lena stampfte ein paar Mal mit dem Fuß auf und rief dann Annes Namen.

Wenige Sekunden später glitt der Reißverschluss von Lucas Zelt auf und ihre Freundin schaute heraus, legte den Finger auf die Lippen und winkte sie herein. Wenigstens war sie angezogen! Anne wartete, bis Lena hereingekrabbelt war, dann schloss sie den Eingang schnell wieder.

»Was macht ihr hier?« Neben Luca saß Yannick im Schneidersitz. Beide guckten irgendwie ertappt.

»Psst! Nicht so laut!« Luca gab ihr ein Zeichen, sich ebenfalls zu setzen, und erklärte ihr dann, was sie mit Yannicks Kamera vorhatten. Lena stellte sich vor, wie auf den Aufnahmen eine vermummte Gestalt durch die Dunkelheit schlich, als ihr einfiel, weswegen sie Anne überhaupt gesucht hatte.

»Ich muss mit dir reden.« Anne sah sie erwartungsvoll an und sie setzte hinzu: »Allein.« Und zu den Jungs gewandt: »Mädchenkram.« Luca und Yannick brauchten nichts von ihrem Tagebuch zu erfahren.

»Geh ruhig. Wir sind ja hier eh fast fertig.« Luca gab ihrer Freundin einen Stups, und Lena nahm sich vor, Anne zu fragen, ob ihr die Herumkommandiererei gar nichts ausmache.

»Wenn die anderen alle am Feuer sitzen, bringen Yann und ich das Ding an.«

Lena kroch hinter Anne aus dem Zelt und bewunderte den schmalen Hintern ihrer Freundin.

Nach einigen Metern blieb sie stehen. »Jemand war in unserem Zelt.«

»Was?« Anne kniff die Augen zusammen. Zwischen ihren Brauen erschien eine Längsfalte, während Lena erklärte, was sie auf dem Rückweg von der Toilette beobachtet hatte.

»Mein Tagebuch ist weg.«

»Ach, du Scheiße!« Ihre Freundin legte die Hand vor den Mund. »Sonst fehlt nichts?«

»Auf den ersten Blick nicht. Unsere Portemonnaies sind noch da, aber wir sollten trotzdem noch einmal alles checken. Ich habe nur flüchtig geschaut.« Auf dem Weg zu ihrem Zelt beobachtete Lena die Umgebung. Ein Dieb nahm andere Sachen mit, wertvolle Gegenstände. Es musste jemand gewesen sein, der es speziell auf das Buch abgesehen hatte.

»Jemand muss davon gewusst haben. Kannst du dich erinnern, dass dich vielleicht jemand beim Schreiben beobachtet hat?« Anne schien die gleiche Vermutung zu haben.

»Aufgefallen ist mir nichts.«

Im Zelt summte eine grün schillernde Fliege im Kreis herum. Nebeneinander begannen sie, ihre Taschen auszuräumen. Fünf Minuten später stand fest, was Lena schon geahnt hatte – außer ihrem Tagebuch war alles vollständig.

»Schöner Mist. Jetzt liest jemand deine geheimsten Gedanken.« Anne legte den Arm um sie und Lena schämte sich ein bisschen wegen ihrer Spekulationen über ihre Freundin und Luca vorhin.

»Alles habe ich nicht aufgeschrieben. Aber blöd ist es trotzdem. Was glaubst du, wer das Buch genommen haben könnte?«

»Jemand, der ein Interesse an dir hat. An deinen Geheimnissen. Ich werde mich umhören. Wir kriegen denjenigen, da kannst du Gift drauf nehmen!« Anne umarmte sie, und Lena versuchte, den Gedanken loszuwerden, dass es Moritz gewesen sein könnte.

50

Lena reckte sich und gähnte laut. Neben ihr zog Anne das Kissen über den Kopf und stöhnte unwillig.

An den Schatten auf dem Zelt sah Lena, dass es noch früh am Morgen war, aber sie konnte einfach nicht mehr schlafen. In ihrem Kopf überschlugen sich die Gedanken. Paps hatte ihr gestern noch mehrere Nachrichten geschickt. Neue Schlösser waren eingebaut worden und heute kam die Alarmanlage dran. Trotzdem hatte er die Nacht nicht bei den Seltmanns verbringen wollen, sondern ihr versprochen, Türen und Fenster zu verschließen und mit Stühlen und Keilen zu sichern. Sie kramte nach ihrem Handy und tippte: »Alles okay daheim?«

Die Antwort folgte prompt. »Bist du schon wach? ☺ Paps.« Nachdem sie sich vergewissert hatte, dass ihr Vater die Nacht heil überstanden hatte und die Einbrecher nicht wiedergekommen waren, legte Lena das Telefon weg und ließ sich zurücksinken. Alles war im Lot, sie konnte noch ein bisschen vor sich hin träumen. Wer mochte ihr Tagebuch haben? Zum Glück hatte sie nichts weiter über Moritz geschrieben.

Ihre Mundwinkel wanderten wie von selbst nach oben. Sie wusste, dass das Grinsen auf ihrem Gesicht sie wie ein Schaf aussehen ließ. Ein *verliebtes* Schaf. Draußen zwitscherten die Vögel. Was für ein wunderbarer Morgen. Konnte es noch schöner werden? Wieder stellte sie sich vor, wie Moritz ihren Kopf zwischen beide Hände genommen und ihr in die Augen geschaut hatte. In der Dunkelheit waren seine Pupillen riesig gewesen. Zuerst hatte er ihre Stirn geküsst, seine Lippen sanft auf die fast verheilte Platzwunde gedrückt, bevor sie langsam über ihre geschlossenen Lider zu ihrem Mund gewandert waren. Sie hatte geschwebt – mehrere Zentimeter über dem Erdboden, über ihnen die Sterne.

Es kam ihr vor, als sei sie mit einem Schlag wieder heil gewesen – alles war in weite Ferne gerückt, schmerzte nicht mehr. Obwohl sie nur ein paar Stunden geschlafen hatte, fühlte sie sich fit und ausgeruht. Keine Albträume, keine Nachtmahre hatten sie heimgesucht.

»Bist du etwa schon munter?« Die Stimme ihrer Freundin brummte unter dem Kopfkissen hervor und ließ Lenas Tagtraum zerplatzen. Anne hatte auch mit Luca geknutscht, schien aber deswegen nur umso fester zu schlafen.

»Du etwa nicht?« Sie drehte sich auf die Seite und lupfte das Kopfkissen.

»Das ist doch nicht normal!« Annes verstrubbelter Schopf erschien. Ihre Augen waren fest zusammengekniffen. »Wie spät ist es?«

»Um sieben.« Lena musste lachen, als sie das empörte Schnaufen hörte. »Sorry, Süße. Schlaf weiter. Ich gehe duschen.«

»Jetzt bin ich auch wach.« Ihre Freundin rieb sich die Augen und sah sie dann an. »Dir ist wohl der gestrige Abend mit meinem Bruder nicht bekommen?«

»Wer im Glashaus sitzt …« Lena zog eine Augenbraue hoch und dann lachten sie beide wie auf Kommando los.

»Ich muss unbedingt Haare waschen.« Anne klemmte sich die Waschtasche unter den Arm und öffnete das Zelt. »Ist das nicht wie im Märchen?« Gemeinsam standen sie neben dem Eingang. Der See glitzerte im Licht der Morgensonne wie flüssiges Silber. Keine Welle kräuselte die Oberfläche.

»Heh!« Fast hätte Lena das leise Flüstern überhört. »Anne, Lena!« Yannick, der neben Lucas Zelt stand, winkte sie herüber. Im gleichen Moment kam Luca aus seinem Zelt, grinste Anne kurz an und ging vorneweg in Richtung See.

»Wieso seid ihr schon wach?« Lena beeilte sich, den dreien zu folgen. Erst als Yannick sich auf den Steg kauerte und ein silbernes Kästchen aus einem Beutel kramte, fiel es ihr wieder ein. Die *Gopro*. Zeitrafferaufnahmen und Nachtsicht. Anscheinend hatten die Jungs die Kamera schon vom Zelt der Baumgärtels geholt und wollten nun nachsehen, was sie aufgenommen hatte.

Ihr Herz begann zu klopfen. Schnell nahm sie neben Anne Platz, die sich schon neben Luca gesetzt hatte und mit den Beinen im Wasser baumelte.

»Ich kann es kaum erwarten.« Man konnte sehen, dass Luca Yannick die Kamera am liebsten aus der Hand genommen hätte. »Ist euch heute Nacht irgendetwas aufgefallen?« Er blickte zuerst Anne an, dann sie.

»Nichts. Wir haben geschlafen wie die Murmeltiere. Und ihr?«

»Dito.« Yannick sah nicht hoch, sondern drückte ein paar Knöpfe. »Zum Glück hat das Ding ein Display, sonst bräuchten wir jetzt einen Rechner. Sogar Julia hat anscheinend durchgeschlafen. Die erste ruhige Nacht, seit wir hier sind.«

»Könnte also heißen, dass da nichts drauf ist.« Luca schien enttäuscht zu sein.

»Das werden wir ja gleich sehen. Ich hab's.« Yannick hielt das Display so, dass alle darauf schauen konnten, und schirmte die Sonne mit der Hand ab. »Ich lasse die Bilderfolgen vorlaufen.«

Gebannt starrte Lena auf den winzigen Bildschirm. Die Kamera erfasste fast alle ihre Zelte. Man sah, wie sich die Sträucher und Bäume abgehackt bewegten und ein Igel durchs Bild rannte.

Als sie und Moritz ins Bild kamen, hielt Lena die Luft an. In ihrem Bauch kribbelten die Feuerameisen. Dass ihre Knutscherei auch gespeichert werden würde, hatte sie nicht bedacht, aber da waren sie. Und gleich darauf tauchten auch Anne und Luca auf.

Ein schneller Blick zu ihrer Freundin zeigte, dass es ihr ähnlich ging. Anne hielt sich kurz die Hand vor die Augen und hob dann resigniert die Schultern. Außer Yannick wussten ja alle hier, was gestern Abend los gewesen war.

Im Zeitraffer wirkte das Ganze irgendwie lächerlich. Abgehackte, roboterhafte Bewegungen, die einem schlecht gemachten Daumenkino glichen. Mal steckten ihre Köpfe zusammen, dann waren sie wieder voneinander entfernt.

Anne kicherte und planschte mit den Füßen. Ein paar Aufnahmen später war der Trickfilm vorbei, und man sah, wie sie, Anne, Moritz und Luca zu ihren Zelten stiefelten und urplötzlich darin verschwunden waren.

»Halb eins.« Yannick deutete auf die mitlaufende Uhr. Die nächste halbe Stunde passierte nichts. Dann öffnete sich der Zelteingang der beiden Unzertrennlichen und Jacko tauchte auf.

Lena beugte sich nach vorn, um Details zu erkennen. Jacobs Kopf ruckte von einer Seite zu anderen, wobei er direkt zur Kamera zu schauen schien, dann machte er ein paar Schritte zur Seite und pinkelte neben Julias Zelt.

»So ein Schwein! Kann der nicht wie alle anderen auch zur Toilette gehen?!« Anne war empört.

»So weit wäre er wahrscheinlich gar nicht gekommen. Der war doch wieder voll wie eine Haubitze.« Luca bewegte die Nasenflügel.

»Aber trotzdem! Man müsste ihm die Aufnahmen unter die Nase halten!«

»Vielleicht in den nächsten Tagen. Wenn der Zeltschleicher ertappt wurde.« Yannick drückte erneut auf »Vorlauf«, und die Äste der Bäume begannen wieder, abrupt hin und her zu wackeln.

»Warte!« Luca, der vor Aufregung flüsterte, stieß Yannick an. »Geh mal ein paar Minuten zurück. Da war doch was!«

Lenas Puls begann zu flattern. Anne hatte aufgehört, die Füße zu bewegen, und saß jetzt ganz still. Bild für Bild klickte vor ihren Augen, bis Luca plötzlich ein zischendes Geräusch von sich gab. Am rechten Bildrand sah man, wie Julias Zelt geöffnet wurde und sie den Kopf herausstreckte. Auf der nächsten Aufnahme war der Eingang wieder geschlossen.

»Was war *das* denn?« Yannick ging noch einmal zurück und ließ die Bildfolge von vorn durchlaufen: Reißverschluss auf, Julias Gesicht im Eingang, Reißverschluss zu.

»Ist sie rausgekrochen?« Lena rutschte an Anne heran.

»Ich glaube nicht.« Zum dritten Mal tauchten die Bilder auf. »Zwanzig Sekunden reichen meiner Meinung nach dafür nicht aus. Selbst wenn sie sehr schnell war, hätten wir zumindest sehen müssen, wie sie von außen das Zelt wieder verschließt.« Yannick drückte auf »Stopp«. »Ich denke, sie hat nachgeschaut, ob alles ruhig ist, und sich dann wieder hingelegt.«

»Oder sie wollte sondieren, ob die Luft rein ist«, mutmaßte Anne. »Ich hab doch schon die ganze Zeit vermutet, dass es gar keinen ›Zeltschleicher‹, gegeben hat, sondern sie sich nur interessant machen wollte.«

»Nun, die Frage lässt sich leicht klären.« Yannick schaltete den Vorlauf wieder an. »Wenn sie das Zelt verlassen hat, kommt sie irgendwann zurück.«

»Oder sie –«, Luca beendete den angefangenen Satz mit einem »Ha!«, während auf dem Display erneut der Eingang von Julias Zelt geöffnet wurde. »Sie war also noch drin!«

Man sah, wie Julia heraushüpfte und sich genauso ruckartig umblickte wie Jacob vorhin. »Sie will doch nicht etwa auch neben ihr Zelt pinkeln?« Lena kicherte, während Julia sich etwas unter den Arm klemmte und losging, oder besser gesagt, auf jedem Bild einen Metersatz nach vorn machte. Direkt auf Lenas und Annes Zelt zu.

»Sie geht zu euch rüber.« Luca legte Anne die Hand aufs Bein.

Julia war inzwischen vor ihrem Zelt angekommen und hielt inne. Sie schien zu lauschen. Im nächsten Bild hockte sie an der Seite, in einer Hand einen rechteckigen Gegenstand, der auf der darauffolgenden Aufnahme verschwunden war.

»Was macht sie da?« Yannick vergrößerte das Bild, aber nur Lena wusste, dass sich hinter dem verlaufenden dunklen Schatten auf dem rechteckigen Gegenstand ein kleiner Hund mit einem weißen und einem braunen Auge verbarg.

»Sie gibt etwas zurück, das sie weggenommen hat.« Zorn brodelte in ihr wie glühende Lava. Anne sah sie an, und Lena wusste, dass ihre Freundin auch erkannt hatte, was es mit dem Rechteck auf sich hatte. *Das wirst du büßen, du blöde Kuh!* Sie presste die Zähne so fest aufeinander, dass es schmerzte. Und sie konnte die Sonderbare vorerst nicht einmal darauf ansprechen, weil sonst die Überwachung aufgeflogen wäre. *Na warte, du Miststück!* Lena lockerte ihren Kiefer. *Heute nicht, aber bald … stelle ich dich zur Rede.*

Bevor einer von den Jungs danach fragen konnte, erklärte Anne, dass Lena seit gestern einen Krimi vermisste und dass nun klar sei, wer ihn weggenommen habe. Luca und Yannick schienen die Erklärung, die ja nur eine halbe Lüge war, anstandslos zu schlucken.

»Sehr interessant, was sich hier nachts so alles abspielt … Dann schauen wir mal weiter. Jetzt fehlt nur noch der Zeltschleicher.« Yannick erweckte die Bilder wieder zum Leben und sie steckten die Köpfe zusammen. Nach weiteren dreißig Minuten schnellen Vorlaufs, in denen lediglich der Igel wieder aufgetaucht war, erlosch das Bild plötzlich und ließ sich auch durch schnelles Vor- und wieder Zurückspulen nicht mehr zum Leben erwecken.

»Shit, Mann.« Yannick klappte das Display zu. »Das war's fürs Erste. Der Akku ist leer. So eine Zeitsprungaufnahme frisst viel Strom.« Er erhob sich.

»Heißt das, es ist nichts mehr drauf, oder müssen wir nur den Akku aufladen, um uns den Rest der Nacht ansehen zu können?« Auch Luca erhob sich und zog Anne mit sich.

»Kann beides sein.«

»Aber wäre sie denn dann vorhin angesprungen, wenn die Batterien schon vorher leer gewesen wären?«

»Manchmal erholt sich der Akku nach einer kurzen Pause wieder, und das reicht dann, um sich ein paar Aufnahmen anzusehen. Wir müssen warten, bis das Ding geladen ist.«

»Wie lange dauert das?« Luca schien es kaum erwarten zu können, sich auch den Rest noch anzusehen.

»Drei, vier Stunden.« Yannick steckte die Kamera wieder in den Beutel. »Ich muss jetzt erst einmal was essen. Mir ist schon ganz flau.«

Auch Lena spürte ihren Magen. Über dem Hin- und Herzappen und dem Betrachten der Aufnahmen hatten sie die Zeit völlig vergessen. Inzwischen hatten sich schon mehrere Familien mit ihren Kindern am Ufer niedergelassen und einige Schwimmer planschten im Wasser herum.

Hintereinander stapften sie den Hang hinauf zum Zelt der Baumgärtels. Tatsächlich hatten sich die anderen schon um den großen Tisch versammelt und Felix' Mutter schenkte gerade Kaffee aus. Tick, Trick und Track saßen neben Felix, ihr

Vater in der Mitte. Zu fünft wirkten sie noch mehr wie Klone. Sogar Tim und Jacko hatten schon aus ihren Betten gefunden und auch Goncalves hockte am Tisch.

»Kommt ran! Wart ihr etwa schon baden?« Moritz winkte Lena zu dem leeren Stuhl neben sich. »Eigentlich wollte ich dich wecken, aber du warst schon ausgeflogen.«

»Anne und ich konnten nicht mehr schlafen. Auf dem Weg zum See haben wir dann Luca und Yann getroffen und ein bisschen gequatscht.« Das musste als Erklärung hier am Tisch reichen. Julia sah schon neugierig herüber, und Lena wandte schnell den Blick ab, damit die Sonderbare die Wut in ihren Augen nicht bemerkte. Gerade hatte sie nach einem Brötchen gegriffen, als Anne auf den einzigen leeren Stuhl zeigte.

»Wo ist eigentlich Miri?« Lenas Groll verwandelte sich schlagartig in Bestürzung, als Anne hinzusetzte: »Sonst steht sie doch immer als Erste auf.«

51

»Ich schau mal nach ihr.« Noch ehe jemand antworten konnte, war Yannick schon aufgesprungen und eilte zu Miris Zelt. Die Baumgärtel-Jungs reckten alle gleichzeitig die Hälse, und auch Lena drehte sich um und beobachtete, wie Yannick Miriams Zelt öffnete, hineinspähte und sich kopfschüttelnd erhob.

»Hat sie sich bei dir abgemeldet?« Rainer Baumgärtel wandte sich seiner Frau zu, doch die verneinte und so fuhr er an Luca gerichtet fort: »Könnte sie baden gegangen sein? Ihr wart doch gerade unten am Wasser.«

Yannick, der wieder herangekommen war, schüttelte noch einmal den Kopf. »Hab sie nicht gesehen. Ihr?«

»Nicht bewusst.« Lena schaute zum See und versuchte, die Badenden zu identifizieren, konnte aber nicht mehr als die Umrisse einiger Köpfe erkennen.

»Dann gehen wir jetzt mal runter und vergewissern uns.« Felix' Vater zeigte auf Tick, Trick und Track, die bereits erwartungsvoll von ihren Stühlen gehopst waren. »Ihr nicht, Jungs. Helft eurer Mutter beim Abräumen.« Mit enttäuschten Gesichtern nahmen die drei wieder Platz. »Moritz, du könntest bitte die anderen Zelte kontrollieren. Nur zur Sicherheit.«

»Ich gehe mit dir.« Lena griff nach Moritz' Hand. Der See jagte ihr plötzlich wieder Angst ein. Julia, die die ganze Zeit wie versteinert auf ihrem Klappstuhl gehockt hatte, begann, sich heftig am Kopf zu kratzen. Jacko spielte mit seinem Messer, nur Tim und Goncalves verzogen keine Miene.

»Wir könnten versuchen, sie anrufen. Miri geht ohne ihr Smartphone nirgendwohin.« Anne, die ebenfalls aufgestanden war, holte ihr Handy aus der Hosentasche. Alle verstummten und starrten zu Anne, die sich das Telefon ans Ohr presste.

»Hört ihr das auch?« Yannick zeigte zu Miriams Zelt und lief los. Nun vernahm auch Lena die leise Melodie. Als er den Reißverschluss aufzog, erhöhte sich die Lautstärke. Anne legte auf und schaute mit großen Augen zu Lena.

Miri geht ohne ihr Smartphone nirgendwohin … geht ohne ihr Smartphone nirgendwohin … nirgendwohin … Die monotone Litanei dröhnte in Lenas Kopf.

»Dann schauen wir jetzt am See nach und Moritz und Lena kontrollieren die Zelte. Kommt.« Ruhig ging Rainer Baumgärtel voran, und Lena wunderte sich, dass alle widerspruchslos taten, was er sagte. Yannick, Luca, Julia und Anne marschierten hinter ihm her, die beiden Unzertrennlichen und Paul folgten ebenfalls; und Felix' Brüder begannen gemeinsam mit ihrer Mutter, den Tisch abzuräumen.

Moritz zog an ihrer Hand und sie erwachte aus ihrer Versunkenheit. »Wenn Miriam weder am See noch in irgendeinem der Zelte ist, müssen wir die anderen Camper befragen.« Während Lena noch darüber nachdachte, welchen Grund

Miriam haben sollte, sich in einem der anderen Zelte zu verstecken, redete er schon weiter. »Ihr wart ja heute schon ziemlich zeitig unten am Steg.«

Ahnte Moritz, was sie dort gewollt hatten? Gestern Abend hatten sie sich gegenseitig das Versprechen abgenommen, niemandem von der Kamera zu erzählen. Das schlechte Gewissen blähte sich wie ein Ballon in ihrer Brust. Schnell kniete sie sich vor Julias Zelt.

»Was für ein Durcheinander!« Moritz schloss den Eingang wieder. »Eure Julia ist ein Messie.«

»Nicht nur das.«

»Glaubst du echt, Miri ist in einem anderen Zelt?«

»Nein. Aber um sicher zu sein, müssen wir nachsehen.«

Lena schaute zum See hinunter. Anne und Yannick diskutierten mit den Leuten, Julia tigerte hin und her und die anderen standen neben Felix' Vater auf dem Steg und schienen aufs Wasser hinauszuschauen. Nur Goncalves war nirgends zu sehen. Ein eisiger Schauer lief ihr Rückgrat hinunter.

»Bei Tim und Jacob ist sie auch nicht. Fehlen noch Paul und Felix und mein Zelt.« Moritz ließ den Reißverschluss hinabgleiten und marschierte zum nächsten Zelt. Lena hatte Mühe, ihm zu folgen. Vor ihren Augen waberte grauer Nebel und in ihrem Kopf surrten irgendwelche Rädchen. Verschwommen sah sie Julia den Hang heraufstolpern, wobei sie schon von Weitem mit den Armen fuchtelte.

»Keiner hat sie gesehen!« Die Sonderbare konnte einfach nicht normal sprechen. Schwer atmend stoppte sie vor Moritz, der sich gerade den Sand von den Knien putzte. »Sie wird doch nicht ertrunken sein!?«

»Was redest du da?« Moritz hatte nach Julia gegriffen und schüttelte sie. »So was sagt man nicht!«

»Aber …«

»Jetzt halt die Klappe!« So war Moritz also, wenn er wütend wurde. Fast konnte man sich ein bisschen fürchten. Gleichzeitig bewunderte Lena ihn dafür, wie er Julia zurechtwies. Über ihnen schob sich eine Wolke vor die Sonne und sofort schien die Temperatur zu sinken. Julia, die sich von Moritz losgerissen hatte, rieb sich ihre Schulter, wobei sie weinerlich das Gesicht verzog. Dann drehte sie sich um und verschwand ohne ein weiteres Wort in ihrem Zelt.

»Ist die immer so?« Moritz trat zu ihr.

»Sie hat ihren Spitznamen nicht umsonst.« Nun kamen auch die anderen herauf, und Lena konnte sehen, dass ihre Befragungen ergebnislos geblieben waren. Miri schien wie vom Erdboden verschluckt.

»Am See war sie nicht und es hat sie auch keiner der dort Anwesenden gesehen.« Felix' Vater hatte sich vor sein Zelt gestellt und sie umringten ihn. »War schon jemand beim Kiosk?« Alle schüttelten die Köpfe.

»Ich schaue nach!« Luca rannte los, und Rainer Baumgärtel rief ihm hinterher, dass er auch fragen sollte, ob sie heute Vormittag dort gewesen war.

»Könnte sie in die Blaubeeren gegangen sein?« Allmählich sah man auch Frau Baumgärtel die Sorge an.

»Miri? Nee.« Anne, die Luca nachgesehen hatte, steckte die Hände in die Taschen und zog sie gleich wieder heraus. Lena bemühte sich, nicht zu auffällig zu Paul zu sehen. Goncalves war später als die anderen zurückgekommen und auch nicht vom Seeufer, sondern aus Richtung des angrenzenden Waldes. Ihre Kehle wurde eng und der altbekannte Reifen schnürte sich um ihren Brustkorb.

»Was machen wir denn jetzt?« Julia, die an ihren Nägeln gekaut hatte, betrachtete ihre Finger. Von Weitem kam Luca herangespurtet. Dass er Miriam nicht gefunden hatte, konnte man ihm ansehen.

»Ausschwärmen und sie suchen.« Felix' Vater hob die Hand. »Wir bilden Zweiergruppen und kämmen den gesamten Campingplatz durch. Fragt in allen Zelten nach Miriam.«

»Ich könnte euch ein Foto von ihr auf die Handys schicken.« Anne zog ihr Mobiltelefon hervor. »Dann könnt ihr das herumzeigen.«

»Sehr gut.« Rainer Baumgärtel wartete, bis Anne die WhatsApp abgesendet hatte, und teilte sie dann in Gruppen ein. Felix' Mutter sollte mit den drei Jungs als Anlaufpunkt am Zelt bleiben und sofort eine Nachricht an alle senden, falls Miriam auftauchte. »In spätestens einer Stunde treffen wir uns alle wieder hier. Wenn wir sie dann immer noch nicht gefunden haben, rufen wir die Polizei.«

Sie wird nicht kommen. In Lenas Kopf lief der Film von Waldersbach ab. Es war Vormittag, es war hell und sie befand sich mit der Clique auf einem Campingplatz. Und doch kam es ihr so vor, als sei sie mitten in der Nacht im Wald.

Sie sah Anne nach, die mit Luca schon losgegangen war. Felix' Vater hatte jedem Mädchen einen Jungen zugeteilt. Julia, die in ihrem Zelt verschwunden war, um sich andere Schuhe anzuziehen, hatte Yannick abbekommen. Tim und Jacko bildeten eine Gruppe und Felix und Paul. Fast die gleiche Besetzung hatte nach Michelle gesucht. Lena bemerkte, dass Yannick ihr ein Zeichen gab, und löste sich von Moritz. Am Horizont hatten sich dunkle Wolken aufgetürmt. Eine plötzliche Bö fuhr ihr in die Haare und ließ sie flattern.

»Wir müssen die Kamera zum Laufen kriegen! Vielleicht ist doch noch etwas drauf!« Yannick hatte den Kopf zu ihrem Ohr geneigt und flüsterte. »Sie lädt schon. Wenn wir wiederkommen, checken wir noch einmal alles.«

»Alles klar.« Lena blickte zum Himmel, der ihre Beklemmung zu spüren schien. Julia kam zurück, und sie ging zu Moritz, der sie mit einem seltsamen Blick ansah. Schnell griff Lena nach seiner Hand und drückte sie. Sobald sie sich von den anderen entfernt hatten, würde sie ihn einweihen.

52

»Warte doch mal!« In Anne kämpfte die Wut mit der Verzweiflung. Warum rannte Luca so? Sie sollten doch alles gründlich inspizieren. Es hatte den Anschein, als wisse er, wo es hinging. Bei der Befragung der anderen Camper war er noch bedacht vorgegangen. Ein Zelt nach dem anderen hatten sie besucht und geschaut, ob jemand da war, den sie nach Miriam fragen konnten. Zwischendurch hatten Yannick und Julia ihren Weg gekreuzt, und nun näherten sie sich dem Zaun, der den Zeltplatz begrenzte.

Nach Luft ringend, erreichte Anne Luca, der gerade eine Lücke zwischen den Latten untersuchte.

»Hier passt man locker durch, schau mal!« Luca drückte die losen Bretter noch weiter auseinander. Über ihnen grollte es. »Ob Miri da raus ist?«

»Warum sollte sie?« Anne betrachtete den dunkelblauen Stofffetzen, der in Kniehöhe am Holz hing. »Wenn sie irgendwohin wollte, wäre sie doch hundertpro zum Tor rausgegangen.«

Sah aus wie Jeansstoff. Wohl eher war da jemand *rein*gekommen. Sie versuchte, das Gefühl abzuschütteln, jemand beobachte sie.

»Lass uns trotzdem kurz nachsehen. Dann gehen wir zurück.« Er blickte auf seine Uhr und dann nach oben, wo sich die schwarzen Wolken ausgebreitet hatten. Dann kroch er durch den Zaun.

Sein Knie streifte exakt die Stelle, an der der blaue Fetzen hing. Anne holte tief Luft und folgte ihm.

Dichtes Gestrüpp erschwerte das Vorankommen. Mücken sirrten um ihre Köpfe. In der Ferne grummelte der erste Donner. Unter dem dichten Blätterdach wirkte der Wald düster und bedrohlich. Nach ein paar Metern lichtete sich das Dickicht und Anne richtete sich auf. Wohin wollte Luca denn noch? Kaum vorstellbar, dass Miri hier herumgekrochen war! Luca schien das Gleiche zu denken, denn er war stehen geblieben und schaute zwischen den Stämmen hindurch zu einer lichten Stelle.

Anne folgte seinem Blick und betrachtete verständnislos den dunklen Rauch, die über dem Gras pulsierte. Es dauerte einige Sekunden, bis ihr klar wurde, was sie sah.

Fliegen.

Dicke schillernde grünblaue Fliegen. Wie eine lebende Wolke surrten und brummten sie aufgeregt auf und nieder. Ein heißer Klumpen ballte sich in ihrem Magen zusammen, und Anne schluckte, um den sauren Geschmack in ihrem Mund loszuwerden.

»Warte hier.« Luca gab ihr ein Zeichen und hatte sich schon in Bewegung gesetzt, ehe sie antworten konnte.

Später wünschte sich Anne, sie hätte auf ihn gehört, doch

jetzt, in diesem Moment, wollte sie ebenfalls wissen, was sich unter dem Fliegenteppich verbarg, und so folgte sie ihm.

Folgte ihm bis zu Miriams Leiche, die auf dem Rücken lag und mit weit aufgerissenen Augen auf die Wolke aus Insekten starrte.

TEIL 4
August

53

»Ich sehe immer vor mir, wie ich Miriam meine Jacke gegeben habe.« Anne schluchzte laut und warf das nasse Taschentuch in den Papierkorb. Ihre Nase war schon ganz wund vom vielen Ausschnauben.

»Das war in der Nacht, in der deine Mitschülerin verschwunden ist?« Frau Doktor Graicchen sprach ruhig und mit sanfter Stimme.

»Ja.« Wieder sah Anne die Truppe im Kreis um das Feuer sitzen, fühlte Lucas Körper neben ihrem und spürte die Hitze des Feuers. Sie hatte nicht verstanden, wie einem dabei kalt sein konnte.

»Gut. Du machst das toll. Und jetzt reden wir noch einmal über den darauffolgenden Morgen.«

»Ist das wirklich nötig?« Ihre Mom, die die ganze Zeit neben ihr gesessen und unentwegt die Finger verschlungen und wieder gelöst hatte, sah die Therapeutin strafend an. Seit sie Anne vom Campingplatz abgeholt hatte, wich sie ihr nicht mehr von der Seite, hatte sogar ihr Bett in ihrem Zimmer aufgeschlagen. »Anne und Luca haben Miriam gefunden, das ist doch schon schrecklich genug! Und jetzt wühlen Sie das Ganze wieder und wieder auf! Seit zwei Wochen gibt es keine Ruhe für uns. Zuerst die Befragungen durch die Kripo und jetzt Sie!«

Mom wusste bestimmt, dass es ungerecht war, was sie Frau Doktor Graicchen an den Kopf warf, aber das schien sie nur noch mehr anzustacheln.

»Frau Neugebauer. Ich verstehe Ihren Unmut.« Die Therapeutin legte eine kleine Pause ein. »Sie wollen Ihre Tochter schützen. Am besten, wir lassen Anne selbst entscheiden, ob sie darüber sprechen möchte. Bis zum Campingurlaub ist sie sehr gut mit traumatischen Erlebnissen umgegangen.« Frau Doktor Graicchen sah sie an und nickte ihr zu. »Du hast proaktiv gehandelt, dich mit den Erfahrungen auseinandergesetzt, etwas unternommen; geforscht, anstatt alles zu verdrängen. Nach Miriams Tod ist es wichtig, dass das auch dieses Mal nicht passiert.«

Anne nahm das nächste *Tempo* aus der Packung und betupfte sich die Augen. »Ich kann darüber sprechen, Mom. Es ist okay.« Noch ein tiefer Schnaufer, dann legte sie los.

»Am schlimmsten waren Miriams Augen. Als würde sie mich direkt ansehen. Oh Gott! Es ist meine Schuld!«

»Warum glaubst du das?«

»Wegen meiner Jacke. Was, wenn es der Mörder auf mich abgesehen hatte und uns im Dunkeln verwechselt hat?«

»Hatte sie denn die Jacke noch an, als ihr sie gefunden habt?«

»N…« Anne hielt inne. Wieder surrten die Fliegen, starrten Miriams tote Augen sie an. Kalter Schweiß trat auf ihre Stirn und sie begann zu zittern. Nur mühsam gelang es ihr, die nächsten Worte auszusprechen. »G… glaube nicht.«

»Dann gibt es auch keine Verwechslung.« Die Therapeutin nahm ihre Hand und sah ihr in die Augen. »Warst du gerade dort?«

»Ja.«

»Das war ein sogenannter Flashback. So nennt man Erinnerungen, die sich so anfühlen, als würde das traumatische Ereignis gerade wieder passieren. Du bist hier in Sicherheit. Und du kannst nichts für den Tod deiner Mitschülerin.« Sie wiederholte »Nichts« und Annes Herzschlag beruhigte sich allmählich.

»Haben Sie das mit der Jacke schon der Polizei erzählt?«

»Ich wusste es bis eben auch nicht.« Mom, die kerzengerade auf der Stuhlkante saß, wirkte, als wolle sie gleich aufspringen.

»Es ist mir erst vorhin wieder eingefallen. Tut mir leid.« Noch mehr Tränen. Anne zerknüllte das Taschentuch und warf es zu den anderen.

»Sie sollten es zumindest erwähnen, auch wenn ich es nicht für relevant halte. Und jetzt besprechen wir gemeinsam, wie wir mit der Therapie fortfahren werden und was Sie zu Hause tun können.«

54

»… zum Glück bin ich ja nicht allein. Anne ist da und Moritz auch. Moritz hat mich ›Kleine Squaw‹ getauft.«

Lena legte das Tagebuch weg und hielt sich die Hände vor die Augen. Je öfter sie die Eintragungen vom Campingplatz las, umso schlimmer wurde es, aber sie konnte auch nicht damit aufhören.

Bis auf den Fakt, dass dieses Mal nicht *sie* und Luca die Leiche gefunden hatten, hatte sich alles wie ein schlimmer Film wiederholt. Luca und Anne waren aus dem Wald gerannt, als sei der Teufel hinter ihnen her. Nachdem sich Felix' Vater vergewissert hatte, dass dort im Gestrüpp tatsächlich Miriams Leiche lag, waren Kriminalpolizei, Spurensicherung, Rechtsmedizin und Notarzt angerückt, dann erschienen nach und nach ihre Eltern und nahmen sie mit nach Hause. Nur Bücherfresser und Agathe hatten gefehlt.

Lena öffnete die Augen wieder und sah sich um. Die tief stehende Sonne schien zum Fenster herein und ließ das Foto ihrer Mama auf dem Schreibtisch leuchten. Ein unerwartetes Schluchzen brach sich Bahn, und dann warf sie sich auf ihr Bett und heulte ins Kissen, damit Papa sie nicht hörte. Mama hätte sie bestimmt in den Arm genommen und getröstet. Aber so ein Perverser hatte sie einfach umgebracht. Lena erlaubte sich, auf die Matratze zu schlagen. Sie müsse ihren Kummer und auch die Wut herauslassen, hatte Frau Doktor Graicchen gesagt.

Fünf Minuten später war es vorbei und Lena setzte sich auf und horchte nach unten. Ihr ganzer Körper schmerzte. In zwei Wochen ging die Schule wieder los. Momentan hatte sie keine Ahnung, ob sie es verkraften würde, alle wiederzusehen. Obwohl es sich jetzt schon abzeichnete, dass einige wohl nicht erscheinen würden.

Julia befand sich in einem psychiatrischen Krankenhaus. Auf dem Zeltplatz war sie noch vor dem Eintreffen der Kriminalpolizei zusammengebrochen, hatte mit den Fäusten auf den Boden getrommelt, laut geheult und sich zwischendurch die Haare gerauft. Als ginge ihr Miriams Tod besonders nahe, dabei hatte sie sich vorher nicht großartig mit ihr abgegeben.

Da sie sich gar nicht beruhigen ließ und ihre Mutter genau wie die anderen Eltern nicht vor dem Nachmittag eintreffen würde, hatte der Notarzt ihr schließlich eine Spritze verpasst, nachdem er mit ihrer Mutter telefoniert hatte. Danach – so hatte Luca bei ihrer ersten Zusammenkunft in Feldstatt berichtet – war sie in die Klinik eingeliefert worden, wo sie angeblich noch immer steckte. Jedenfalls hatte niemand Verbindung zu ihr.

Tim und Jacko hingegen schienen das Grauen gut verkraftet zu haben. Genau wie schon nach Michelles Tod präsentierten sie sich in den Boulevardmagazinen und schilderten jede Einzelheit des gemeinsamen Campingurlaubes. Lena rümpfte die Nase. Als hätten die beiden Unzertrennlichen nur auf ein weiteres Ereignis gewartet, das ihnen ihre fünf Minuten Ruhm bescherte. Von Yannick hatte sie seit dem Treffen vor knapp zwei Wochen nichts mehr gehört, er postete nur ab und zu Bilder und unwichtige Dinge. Goncalves war abgetaucht und Felix und seine Familie hatten sich nach vier Tagen in Feldstatt gleich wieder in den Urlaub aufgemacht – dieses Mal nach Dänemark. Die Einzigen, mit denen sie ständig in Verbindung stand, waren Luca, Anne und Moritz.

Lena hörte ihren Vater in der Küche rumoren. Nach ihrer Rückkehr kochte er fast jeden Abend; geradeso, als könne eine warme Mahlzeit den Kummer vergessen machen.

Sie strich über den blauen Samt ihres Traumtagebuches. Seit Miriams Tod hatte sie nichts mehr geschrieben. Papa hatte sie gleich am übernächsten Tag zu einer Therapeutin geschleppt, da Frau Doktor Graicchen im Urlaub gewesen war. Aber genau wie Anne war auch sie mit der hakennasigen Frau nicht zurechtgekommen. Schon ihre Aufmachung war merkwürdig: rosa gefärbte Haare, ein knöchellanger schwarzer Rock. Zudem wirkte sie nicht mitfühlend, sondern klinisch kalt. Paps hatte sich schließlich überreden lassen, auf die Rückkehr von Frau Doktor Graicchen zu warten, und seit vier Tagen ging sie wieder zu ihr. Genau wie Anne.

Ihre Freundin hatte es schlimm erwischt. Lena nahm das Tagebuch wieder zur Hand blätterte ziellos darin herum. Dabei war Anne doch mit Michelles Tod und dem Angriff auf sie selbst super klargekommen. Anscheinend war es nun doch zu viel geworden. Die erste Woche nach ihrer Rückkehr hatte sie sich überhaupt nicht aus dem Haus getraut, und nun verließ sie es nur, um zu ihren Therapiestunden zu gehen. Wenigstens skypte sie jeden Tag mit ihr.

Luca, der nach Waldersbach zusammengebrochen war, hatte diesmal weniger Emotionen gezeigt. Ihn schien der erneute Leichenfund abzustumpfen. Jeder ging anders mit den Dingen um. Lena erhob sich und suchte nach etwas Trinkbarem. Jetzt konnte sie noch nicht in die Küche gehen. Paps würde sofort sehen, dass sie geheult hatte.

Das einzig Positive in den letzten zwei Wochen war, dass die Ereignisse auf dem Campingplatz sie und Moritz näher zusammengebracht hatten. Er kam fast jeden Tag vorbei, brachte ihr Bücher, unterhielt sich mit Paps, ging mit ihr Eis essen oder begleitete sie zum Einkaufen, damit sie nicht allein losziehen musste. Schade, dass Anne nicht dabei war. Ihre Freundin fehlte ihr. Die Gespräche über Skype waren nicht das Gleiche wie ein echtes Treffen.

Lena setzte die Wasserflasche ab. Neben der Sache mit Moritz gab es noch eine zweite halbwegs gute Sache: Die Polizei hatte eine heiße Spur im Falle des Einbruchs vor drei Wochen bei ihnen. Das Labor hatte DNA-Material gefunden und jagte die Angaben nun durch die Datenbanken. Wenn der Einbrecher irgendwo registriert war, würden die ihn kriegen. Bis dahin hatten sie die Alarmanlage und mehrere Dosen Pfefferspray.

Ihre Finger strichen über die Seiten des blauen Buches. Seit Julia es in den Händen gehabt hatte, fühlte es sich irgendwie schmierig an. Einige Seiten vor dem hinteren Einband hielt Lena inne, blätterte langsam zurück und betrachtete mit angehaltenem Atem die Großbuchstaben.

NIMM DICH IN ACHT!

Der Schreiber hatte so fest aufgedrückt, dass sich die Buchstaben noch auf der übernächsten Seite abzeichneten. Zorn wallte in ihr auf. Julia Dengler war nicht nur sonderbar, sondern echt gestört. Hoffentlich kriegten die ihre Probleme in der Klinik in den Griff!

Was, wenn Julia es gewesen ist? Sie war immer dabei gewesen: auf der Lichtung in Waldersbach, bei Lucas Poolparty, sie ist beim Camping nachts um die Zelte geschlichen und hat dein Tagebuch geklaut. Dafür gibt es sogar Beweise!

Was, wenn ihre innere Stimme nun recht hatte? Die Polizei hatte Yannicks Kamera mitgenommen, um die Aufnahmen aus der Nacht von Miriams Tod auszuwerten. Gab es darauf noch weitere Bilder? Sah man, wie Miriam ihr Zelt verließ oder dazu gezwungen wurde? Aber hätte die Kripo Julia dann nicht längst verhaftet? Wie lief so etwas eigentlich ab, wenn der Täter noch minderjährig war?

Sie musste mit Anne reden. Ihre Freundin wusste in solchen Dingen viel besser Bescheid.

»Hi, Süße!« Anne sah schrecklich aus, aber das würde sie ihr nicht sagen. Dunkle Augenringe zeigten, dass sie zu wenig schlief, und abgenommen hatte sie auch. Lena fragte sich, ob es klug war, die Morde anzusprechen, doch noch ehe sie eine bewusste Entscheidung fällen konnte, hielt sie auch schon ihr Traumtagebuch in die Kamera. »Schau mal.«

»Ist das dein Tagebuch?« Anne kniff die Augen zusammen und las die Worte vor. »Nimm dich in Acht … Wer hat das eingetragen?«

»Fällt dir niemand ein?« Lena konnte sehen, wie es im Gehirn ihrer Freundin Klick machte.

»Julia?«

»Jemand anders kommt wohl kaum infrage. Julia hat das Buch aus unserem Zelt geklaut und nachts in dem Glauben, niemand bemerke sie, wieder zurückgebracht. Sie konnte ja nicht wissen, dass Yannicks Kamera alles aufzeichnet. Deshalb hat sie auch große Buchstaben verwendet, damit man die Schrift nicht erkennt.« Lena legte eine Pause ein, bevor sie die Bombe platzen ließ. »Vielleicht ist Julia die Täterin!«

Anne öffnete die Augen und ihr Mund blieb ein wenig offen. Man konnte sehen, wie sie nachdachte. »Ich weiß, wir hatten sie schon mal im Verdacht … Aber ich denke trotzdem nicht, dass sie es war. Sie ist doch jetzt in dieser Klinik, oder? Ich habe das sichere Gefühl, dass immer noch jemand hinter mir her ist. Der Mörder muss es schon die ganze Zeit auf mich abgesehen haben! Er beobachtet mich!« Annes Stimme wurde mit jedem Satz schriller. »Michelle war auch blond und so groß wie ich, Miriam sah mir ein bisschen ähnlich und Sara Blattner ebenfalls! Er muss sie mit mir verwechselt haben! Die ganze Zeit grübele ich darüber nach, ob er mich auch erwischt! Ich traue mich nicht mehr aus dem Haus!«

»Ich finde es sehr unwahrscheinlich, dass der Täter aus Versehen dreimal die Falsche erwischt hat.« Lena bemühte sich um einen beherrschten Tonfall. Sie musste ihre Freundin beruhigen. »Die Polizei arbeitet an dem Fall. Sie werden ihn bestimmt bald kriegen.«

»Ich fühle mich so allein!« Anne massierte sich die Stirn. »Außerdem habe ich schreckliche Kopfschmerzen. Trotz Aspirin gehen sie einfach nicht weg. Und müde bin ich auch dauernd.«

»Mensch, Anne …« Wie konnte sie ihre Freundin bloß ablenken? »Deine Eltern sind doch da und Moritz auch. Hast du Kontakt zu Luca?«

»Ab und zu schicken wir Nachrichten hin und her.«

Lena verkniff sich die Frage, ob Luca bei Anne vorbeigeschaut hatte, weil sie die Antwort bereits ahnte. Entweder hatte ihn Miriams Tod doch aus der Bahn geworfen, ohne dass er es zugeben konnte, oder er war nicht wirklich in Anne verliebt.

»Ich sehe andauernd die Leiche von Miriam vor mir.« Anne legte die rechte Hand an den Ausschnitt. »Und dann fühle ich die Finger an meinem Hals, wie sie mich würgen und ich keine Luft mehr bekomme.« Sie schluchzte auf.

»Gehst du zu den Therapiesitzungen?«

»Mom schleift mich hin, ob ich will oder nicht.«

»Vielleicht könntest du dich doch von Frau Doktor Graicchen hypnotisieren lassen. Womöglich sind auch in deinem Unterbewusstsein noch Details verborgen. Mir ging es danach echt besser.«

Lena wartete darauf, dass Anne zustimmte, als es klopfte und ihr Vater hereinkam. Er betrachtete den aufgeklappten Laptop und winkte ihrer Freundin zu. »Hallo, Anne! Tut mir leid, aber ihr müsst Schluss machen. Ich muss mit Lena reden.« Auf ihren fragenden Blick setzte er hinzu: »Jetzt gleich bitte. Ich erkläre es dir unten.« Seine Augen blickten ernst. Was war denn jetzt schon wieder passiert?

Lena verabschiedete sich mit dem Versprechen, sich später noch einmal zu melden, und folgte ihrem Papa nach draußen.

55

»Was ist denn los?« Lena nahm am Küchentisch Platz. Auf dem Herd sprudelte das Spaghettiwasser. Dampf stieg nach oben und kondensierte am Metall der Abzugshaube. Wollte Paps nicht endlich die Nudeln hineinwerfen? Der jedoch schien nichts davon wahrzunehmen. Er stand neben seinem Stuhl und betrachtete das Telefon, das mitten auf dem Tisch lag.

»Ich weiß nicht, wie ich anfangen soll, Lenchen.«

Lenchen? So hatte er sie seit Jahren nicht mehr genannt! Sofort begann ihr Herz, schneller zu klopfen. »Beim Anfang. Fang einfach beim Anfang an, Paps.« Der Witz zog nicht. Mit einem Ächzen setzte er sich neben sie und tastete nach ihrer Hand.

»Die Polizei hat gerade angerufen. Sie kommen gleich vorbei, weil sie nicht wollen, dass wir es vorher aus der Zeitung erfahren.«

Sie haben Julia festgenommen!

»Du erinnerst dich an den Einbruch bei uns?«

Den Einbruch? Papa sah ihr Erstaunen und setzte hinzu:

»Als du zelten warst. Ich habe dir doch erzählt, dass man DNA-Spuren gefunden hat.«

Jetzt machte es Klick. Man hatte den Ganoven gefasst. Wieso reagierte Paps dann nicht erfreut?

»Ach je.« Er drückte ihre Hand. »Es ist die gleiche DNA, wie sie an der Stelle gefunden wurde, an der deine Mutter verschwunden ist.«

Peng! Eine graue Wand stieg vor Lenas Augen nach oben und dann war alles dunkel.

»Sie ist einfach vom Stuhl gekippt.« Jemand leuchtete in ihre Augen und Lena zwinkerte. Das Meer. Sie hatte versucht, sich das Meer vorzustellen. Dann fiel es ihr wieder ein: Der Mörder ihrer Mama war gefasst worden. Langsam schärfte sich das Bild. Drei Gesichter schwebten über ihr. Papa und zwei unbekannte Männer. Einer davon mit einem Seerobben-Schnauzbart.

»Wie viele Finger siehst du?« Der Kerl im weißen Anzug zeigte ihr drei Finger.

»Drei.«

»Okay. Ich messe jetzt den Blutdruck und untersuche dich.« Erst jetzt bemerkte Lena, dass sie auf dem Küchenboden lag. Jemand hatte ihr eine Decke untergeschoben. Und der Typ mit den Fingern trug keinen Anzug, sondern einen Kittel. Das Messgerät blies sich auf und schnürte ihren Arm zusammen. Nachdem der Arzt noch ihren Puls gemessen und den Herzschlag abgehört hatte, nickte er ihr zu. »Scheint nur ein kleiner Ohnmachtsanfall gewesen zu sein. Dann versuchen wir jetzt mal, ob du aufstehen kannst.« Gemeinsam mit Papa hievte er sie hoch. Ihre Beine fühlten sich wie Wackelpudding an und schnell nahm sie auf dem bereitgestellten Stuhl Platz.

»Wie fühlst du dich?«

Wie schon? Wie fühlte sich wohl jemand, der eben erfahren hatte, dass man den Mörder seiner Mutter gefasst hatte? Oder – Lena zog die Stirn kraus –, oder hatten sie ihn noch gar nicht, sondern nur die Übereinstimmung der DNA festgestellt? »Wer ist der Kerl?«

»Er heißt Manfred Rickert.« Der schnauzbärtige Fremde hatte das Wort ergriffen. »Ich bin Gunter Freimann von der Soko. Vor drei Stunden haben wir ihn festgenommen. Er wird derzeit verhört.«

Tränen schossen ihr in die Augen, ohne dass sie es aufhalten konnte. »Das Schwein hat meine Mama umgebracht!« Papa legte seinen Arm um sie und reichte ihr ein Taschentuch. Die Männer warteten geduldig, bis sie wieder Luft bekam. Der Notarzt hatte indessen ein paar Medikamente auf den Tisch gepackt und erklärte ihrem Vater nun, was sie wie einnehmen sollte. Dann winkte er dem Sanitäter, der die ganze Zeit ruhig an der Tür gestanden hatte, und verabschiedete sich.

»Haben *Sie* diesen Rickert festgenommen?« Zorn verdrängte das Leid. Der Kummer würde gewiss zurückkommen; spätestens heute Nacht, aber jetzt ging es erst einmal darum, dass der Mörder bestraft wurde. »Wird es eine Gegenüberstellung geben? Muss ich ihn identifizieren?«

»Nicht so schnell, kleine Lady.« Der Kripobeamte benutzte Ausdrücke wie ein Sheriff in einem alten Film. »Manfred Rickert ist der *mutmaßliche* Mörder, denn noch ist die Tat nicht bewiesen. Er ähnelt dem Phantombild, und die DNA lügt nicht, aber wir müssen ausschließen, dass sie auf andere Weise dorthin gekommen ist. Dazu wird er befragt, wir erstellen ein Weg-Zeit-Diagramm, vollziehen nach, wann er sich wo aufgehalten hat, und gleichen alles mit ähnlichen Fällen ab.«

Lena sah ihren Papa an, und dabei fiel ihr ein, dass die ganze Sache noch eine zweite Seite hatte. »Warum ist er bei uns eingebrochen?« Sie ahnte die Antwort schon, wollte aber eine Bestätigung für ihre Vermutung.

»Wir gehen davon aus, dass er nach der Ausstrahlung bei Aktenzeichen XY darauf gekommen ist, dass nur eine Person für das Phantombild verantwortlich sein kann.« Gunter Freimanns Schnauzbart wackelte beim Sprechen. »Du hast ihn damals gesehen. Also kannst auch nur du dich an sein Gesicht erinnert haben. Da die Handtasche deiner Mutter nicht aufgefunden wurde, hatte er sie wohl mitgenommen und kannte dadurch eure Adresse. Bei dem Einbruch wollte er sich vergewissern, ob ihr noch da wohnt, ist aber durch euren Nachbarn gestört worden und unverrichteter Dinge wieder abgezogen. Die Alarmanlage hat ihn dann davon abgehalten, ein zweites Mal einzubrechen.«

Er hätte doch nur ans Klingelschild schauen müssen, um zu wissen, wer da wohnt! Lena versuchte, ihrem Papa in die Augen zu sehen, doch der schaute auf die Tischplatte. Hatten er und Schnauzbart sich abgesprochen, ihr nicht die ganze Wahrheit zu sagen? Was hatte dieser Einbrecher wirklich gewollt? Um richtig nachdenken zu können, brauchte sie Ruhe. Ruhe und jemanden, dem sie vertraute und die Neuigkeiten erzählen konnte, jemanden, der nicht versuchte, sie aus falsch verstandener Schutzbedürftigkeit von all dem fernzuhalten.

Eigentlich gab es nur eine solche Person: ihre beste Freundin. Aber Anne war selbst schwer angeschlagen. Die Festnahme des Mörders von Lenas Mutter würde sie nur noch mehr aufregen. Moritz hingegen … Lena wurde aus ihren Grübeleien gerissen.

Gunter Freimann erhob sich. »So, Herr Waldner. Wir halten Sie auf dem Laufenden. Unsere psychologischen Betreuer stehen zu Ihrer Verfügung.«

»Danke für das nette Angebot, aber wir haben bereits eine gute Therapeutin.« Auch Papa stand auf, um den Kripobeamten hinauszubegleiten. Auf dem Herd brodelte noch immer das Nudelwasser. Lena versuchte, die aufkommenden Tränen zu unterdrücken. Sie hörte die Haustür klappen. Sofort nach dem Abendessen würde sie ihre Kopfschmerzen vorschieben, um schnell auf ihr Zimmer verschwinden zu können.

*

»*… die faseln was von mutmaßlich, aber ich weiß es!*« Lena las die Zeilen noch einmal. Egal, was die von der Kripo sagten, dieser Rickert hatte ihre Mama umgebracht. Im Internet gab es Fotos von ihm, und als sie das Gesicht mit dem Froschmaul gesehen hatte, gab es keine Zweifel mehr. Genau diese Fratze hatte sie im Wald gesehen, diese Verbrechervisage hatte sie angeglotzt. Wenn Papa dachte, er könne sie aus allem raushalten, hatte er sich geirrt. In ihr pulsierte der Zorn, obwohl sie noch vor einer Viertelstunde todtraurig gewesen war. In den Netznachrichten hatte auch gestanden, dass man Manfred Rickert noch für weitere Morde verdächtigte, ja dass es sich bei ihm sogar um den seit Jahren gesuchten Fabrikwürger handeln könne. Hoffentlich konnten die ihm jede einzelne Untat nachweisen! Sie setzte den Stift wieder an. Alles musste aus ihr heraus. Da Moritz nicht erreichbar gewesen war, hatte sie ihm eine Nachricht hinterlassen, dass er bitte zurückrufen solle, und beschlossen, erst einmal etwas aufzuschreiben, um ihre Gedanken zu sortieren.

»Schnauzbart hat gesagt, der ›mutmaßliche Täter‹ sei bei uns eingebrochen, weil er nachsehen wollte, ob wir noch da wohnen, und Herr Seltmann habe ihn in die Flucht geschlagen.«

Lena blickte zum Fenster, in dem sich der Giebel des Nachbarhauses abzeichnete. Was, wenn Rickert gar nicht gestört worden war? Wenn er bei seinem Abzug längst gefunden hatte, was er wollte? Ihren Aufenthaltsort nämlich! Je länger sie darüber nachdachte, desto einleuchtender erschien ihr die Idee.

Sie hatte dazu beigetragen, dass man nach ihm suchte, nur sie kam für das Phantombild infrage, sie war die einzige Augenzeugin, konnte ihn identifizieren und ans Messer liefern. Nachdem er herausbekommen hatte, wo sie steckte, war er zum Campingplatz gefahren und hatte versucht, sie umzubringen. Lena begann zu zittern. Nicht Miriam und auch nicht Anne – sie war das Ziel gewesen!

Du musst das der Polizei mitteilen! Wollten sie nicht ein Bewegungsprofil erstellen? Sie schrie auf, als sich plötzlich ihre Zimmertür öffnete. Ihrem Vater entwich ein verblüffter Ton, dann kam er schnell herein. »Hast du mein Klopfen nicht gehört?«

Lena atmete tief aus. »Nein. Ich war in Gedanken.« *Sag es ihm! Los!*

»Wie fühlst du dich?« Papa setzte sich neben sie aufs Bett und nahm ihre Hand.

»Mies.« Das war noch untertrieben.

»Ich habe eine Idee. Wir zwei brauchen eine Auszeit. Kommissar Freimann hat mich gewarnt, dass die Medien hier auftauchen und uns belagern werden, sobald das mit Rickert durchsickert. Was hältst du davon, wenn wir ein paar Tage ans Meer fahren? Wir könnten uns entspannen, baden gehen und faul am Strand herumliegen.«

Das Meer! Lena sah Möwen über schaumgekrönte Wolken segeln und schon rollten die Tränen wieder.

Paps legte den Arm um sie. »Ich habe gerade bei Last-Minute-Reisen geschaut. Eine Woche in einem Vier-Sterne-Hotel in Zingst, direkt an der Ostsee. Wenn du möchtest, könnten wir morgen schon aufbrechen. Seltmanns passen unterdessen auf unser Haus auf.«

»Was ist mit der Therapie?«

»Die setzen wir fort, wenn wir wieder da sind. Ich rufe gleich morgen früh Frau Doktor Graicchen an und sage ihr Bescheid.« Er nahm ihr Kinn und drehte ihren Kopf zu sich. »Oder kommst du ohne sie nicht klar? Dann bleiben wir natürlich hier.«

»Vielleicht hat sie morgen Vormittag kurz Zeit, dann kann ich noch einmal mit ihr sprechen.« *Und jetzt erzählst du ihm von deinem Verdacht!*

56

Anne betrachtete die Fotos an den Wänden. Ihr gefiel der Fluss am besten. Ein sich sanft schlängelndes Band, an dessen Ufern Erlen und Weiden ihre Zweige ins Wasser hängen ließen. Ein kleines Boot lud zu einer Spazierfahrt ein, bunte Schmetterlinge gaukelten über Blüten.

Lena hatte ihr erzählt, dass sie sich das Meer als gedanklichen Rückzugsort ausgesucht hatte. Und genau dort befand sich ihre Freundin seit gestern. Sie hatte schon massenweise Bilder geschickt und zweimal angerufen, um ihr Mut zuzusprechen. Dabei war doch eher Lena diejenige, die Unterstützung brauchte, nun, wo man den Mörder ihrer Mom gefasst hatte. Bestimmt würden sie demnächst auch herausfinden, wo er ihre Leiche versteckt hatte. Aber Lena schien das alles ganz gut zu verkraften. Im Gegensatz zu ihr. Seit zwei Tagen waren zu den andauernden Kopfschmerzen noch Durchfall und Panikattacken hinzugekommen. Anne versenkte sich in das Bild und stellte sich vor, wie sie in dem Boot saß, das gemächlich auf den Fluss hinausschaukelte.

»Frau Neugebauer? Anne?« Ein Wimmern entfuhr ihr und

sie schlug die Hände vors Gesicht. Jetzt erschrak sie schon, wenn jemand sie mit ihrem Namen ansprach!

»Kommen Sie rein.« Frau Doktor Graicchen lächelte wie immer ihr Madonnenlächeln. Nachdem sie Platz genommen hatten, ging es los. Das übliche Vorgeplänkel: wie es ihr gehe, wie sie geschlafen hatte, ob es Anzeichen für eine posttraumatische Belastung gegeben habe.

Der Gesichtsausdruck der Therapeutin verdüsterte sich in dem Maße, in dem Anne ihren Bericht fortsetzte. Schließlich ließ sie den Stift sinken und blickte von ihr zu Mom.

»Für mich hört sich das ganz nach einem Posttrauma an, das nach Miriams Tod eingesetzt hat. Hast du eine Ahnung, was konkret die Verschlechterung ausgelöst haben könnte?«

Anne sah zu ihrer Mom. Die versuchte, neutral dreinzuschauen, aber an der Ader, die an ihrer Schläfe pochte, konnte man sehen, wie aufgeregt sie war. Annes Theorie, dass der Mörder es jedes Mal auf sie abgesehen hatte, war bei ihr auf fruchtbaren Boden gefallen. Moritz und Dad hingegen zweifelten eher daran.

»Sie glaubt, dass der Mörder eigentlich sie töten wollte.«

»Darüber haben wir ja letztes Mal schon gesprochen. Du hast Miriam deine Jacke gegeben und denkst nun, dass der Täter euch verwechselt hat.«

»Es ist noch mehr!« Anne hörte ihre eigene Stimme wie durch Watte, während sie von der Ähnlichkeit aller Opfer mit ihr berichtete und von ihrem Verdacht, dass es jemand aus ihrer Klasse gewesen sein musste. Frau Doktor Graicchen hörte zu, ohne eine Miene zu verziehen. Glaubte sie ihr?

»Ich möchte, dass Sie mich hypnotisieren. So wie meine

Freundin Lena. Bei ihr hat es doch auch geklappt! Vielleicht habe ich in jener Nacht in Waldersbach, als ich überfallen wurde, auch mehr gesehen, als ich in Erinnerung habe!«

»Möglich wäre es.« Die Therapeutin schien Für und Wider abzuwägen. Schließlich nickte sie ihr zu. »Wir können es versuchen.«

»Jetzt gleich?«

»Wenn du möchtest, auch jetzt gleich. Du bist heute die letzte Patientin, es ist also nicht so schlimm, wenn es etwas länger dauert. Sind Sie auch einverstanden?« Mom nickte und Frau Doktor Graicchen stand auf und brachte einige Utensilien herbei. Anne betrachtete das Pendel und rang nach Luft. Von der Zeremonie hatte Lena ihr schon erzählt, aber es war etwas anderes, wenn man selbst daran teilnahm. Sie hörte das Blut in ihrem Kopf rauschen. Jetzt würde sie endlich erfahren, wer sie hatte umbringen wollen.

*

Hilfe!

Die Arme gerade ausgestreckt, setzte Anne einen Fuß vor den anderen und unterdrückte dabei das Zittern, das ihr durch den Körper fahren wollte. Ein stachliger Zweig schlug in ihr Gesicht, und sie schluchzte, bevor sie die Luft anhielt und lauschte.

Was hörst du?

»Ein Rascheln.«

Gut, geh einfach weiter. Ruhig und bedächtig. Du bist nicht in Gefahr. Kannst du etwas sehen?

»Nicht viel.«

Anne drehte sich um die eigene Achse und starrte in die Dunkelheit. Anscheinend war sie bisher in die falsche Richtung gelaufen. Einen Augenblick lang setzte das Wispern der Blätter aus, und sie konnte hören, wie hinter ihr ein Zweig knackte.

»Hilfe!«

Sag mir, was dir eben Angst eingejagt hat.

»Etwas ist hinter mir her. Ein Ast hat geknackt. So, als ob jemand darauf getreten ist.«

Kannst du dich umschauen?

Mühsam bewegte Anne den Hals. Sie wollte sich nicht umdrehen. Sie *konnte* es nicht. Erneut knackte es, näher jetzt, und sie presste die Lippen fest aufeinander. Nur keinen Laut von sich geben! Dann würde der Verfolger sie nicht entdecken.

Was tust du jetzt?

Ich laufe, taste mich an den Stämmen entlang. Der Mond scheint plötzlich wieder und ich kann besser sehen.

Geh weiter. Fürchte dich nicht. Ist da noch mehr als die Geräusche des Waldes?

»Schritte! Jemand verfolgt mich!« Anne schluchzte auf.

Bleib einen Moment stehen und hör mir genau zu. Du bist in Sicherheit. Dir kann nichts passieren. Ich verspreche es dir, deine Mama und dein Papa versprechen es dir. Atme tief ein und aus. Gut so. Und jetzt geh weiter.

Schnell setzte Anne einen Fuß vor den anderen, dann begann sie zu rennen. Sie musste einen Ausweg aus diesem grausigen Wald finden! Ein Ast bremste ihren Lauf und sie stürzte zu Boden und schrie.

Hörst du meine Stimme? Bleib ganz ruhig. Es ist nicht real.

Etwas knurrte und dann stürzte eine Gestalt auf sie nieder und legte die Hände um ihren Hals.

Ist er jetzt da? Gleich hast du es geschafft, gleich. Schau hin. SIEH IHN AN!

Anne zwang sich, den Blick auf die Person zu richten. Sah ein bleiches Gesicht unter einer Kapuze. Weit aufgerissene braune Augen mit wildem Blick, der Mund geöffnet, sodass man die weißen Zähne sehen konnte. Braune Schneewittchenhaare hingen fast bis zur Taille.

»NEIN!!«

Kennst du die Person? Wer ist es?

»Lena!«

LENA

»… die haben gesagt, ich soll alles aufschreiben. Immer, wenn wieder etwas aus der Dunkelheit meines Gedächtnisses auftaucht, wenn wir gemeinsam etwas hervorholen, soll ich es notieren. Genauso, wie ich es erlebt habe, nichts verfälschen, nichts zensieren. Und vor allem soll ich nicht nur die Fakten protokollieren, sondern auch meine Gefühle. Das ist immens wichtig, sagen die Ärzte, weil es mir hilft, alles zu verarbeiten.

Das Schlimmste ist, dass ich mich an nichts erinnern konnte. In all den Wochen nicht ein einziger Lichtfunken in meinem Gehirn! Und auch jetzt kann ich nicht alles auf einmal verarbeiten. Schritt für Schritt, ganz behutsam, werden die Dinge aufgedeckt, damit ich mich damit auseinandersetzen kann. Ich denke immer, wenn Frau Doktor Graicchen geahnt hätte, dass noch viel mehr schreckliche Dinge in meinem Unterbewusstsein verborgen sind, wäre das alles schon eher ans Licht gekommen, und man hätte vieles von dem, was geschehen ist, verhindern können. Nein: Vieles von dem, was ich getan habe.

Manchmal wünsche ich mir, dass sie bei mir wäre und mit mir alles bespricht. Obwohl die Ärzte hier auch nett sind. Ich könne nichts dafür, sagen sie, ich sei krank.«

Lena hielt inne. Wie konnte man Menschen umbringen und sich danach an nichts erinnern? Wie konnte man nach einem Mord sein Leben ganz normal weiterleben? Sie war ein Monster! Tränen tropften auf das Papier, hinterließen feuchte Flecken.

Gewiss, es hatte Anzeichen gegeben: die zunehmenden Albträume, das Herzrasen, die Panikattacken, ihr Schlafwandeln. All das jedoch hatten sie auf den Verlust ihrer Mutter zurückgeführt, auf die Nacht, in der sie miterlebt hatte, wie ein irrer Serienmörder ihre Mama umbrachte. Was ja letztendlich auch das Motiv für die Jahre später folgenden Taten gewesen war.

Lena zwinkerte die Tränen weg, blickte zur Tür und dann wieder auf ihre Notizen. Gleich würde eine Schwester nach ihr sehen. Sie wurde permanent überwacht und die Medikamente machten sie ganz meschugge. Papa hatte gesagt, sie solle sich nicht dagegen auflehnen. Für ihn war es bestimmt noch schrecklicher. Seine einzige Tochter hatte zwei Menschen umgebracht!

Dass die Morde passiert waren, als sie nicht »zurechnungsfähig« gewesen war, dass sie sich dessen nicht bewusst war, spielte für die Außenwelt keine Rolle. Man hielt die Medien von ihr fern, aber ihr war klar, dass sämtliche Zeitungen, Radio- und Fernsehsender über sie berichtet hatten. Es musste furchtbar für ihn sein.

»Weinst du?« Die Schwester war hereingekommen, ohne dass sie es bemerkt hatte. Eine junge, hübsche Frau, höchstens Mitte zwanzig. Auf ihrem Schild stand »Isabell«. Isabell kam alle halbe Stunde nachsehen. Lena wollte erst den Kopf schütteln, besann sich dann aber eines Besseren und nickte. Nichts verbergen, alles herauslassen, hatten die Ärzte gesagt.

»Möchtest du darüber reden?« Der mitfühlende Blick führte dazu, dass sie aufschluchzte.

»Ich schreibe alles auf.« Lena stammelte die Worte hervor und zeigte auf ihre Notizen.

»Gut. Wenn etwas sein sollte, rufst du mich.« Die Schwester deutete auf den Knopf über dem Bett und ging.

Der Auslöser für ihr Schlafwandeln lag in Waldersbach. *Fang damit an, Lena,* hatte die Ärztin vorhin gesagt. Mit den Ereignissen im Schullandheim.

»… unsere geheime Wanderung durch den Wald, die Lichtung. Ich sehe mich mit Anne im Dunkeln hocken, weil wir die Jungs erschrecken wollen. Der Wind lässt die Blätter rauschen und die Finsternis ist bedrohlich. Alles ähnelt der Nacht, in der Mama umgebracht wurde, aber das weiß ich zu diesem Zeitpunkt noch nicht. Wir kehren zu den anderen zurück und Tim lässt die Flasche kreisen. Anne sitzt bei Luca. Ich werde müde und gehe ein paar Schritte, um einen Stamm zu finden, an den ich mich anlehnen kann. Dann schlafe ich ein.«

Lena legte den Stift beiseite. Ihre Krankheit sei eine aggressive Verlaufsform des Schlafwandelns, gekoppelt mit einer

»dissoziative Fugue«, hatte man ihr und Papa erklärt, und dass es sich in der Kombination um eine sehr seltene Erkrankung handele. Schlafwandeln hingegen komme bei Kindern recht häufig vor. Man schätzte eine Häufigkeit bis zu dreißig Prozent. Meist verschwand das Schlafwandeln mit Einsetzen der Pubertät.

Sie hatte es nachgelesen. Auch wenn man sie nicht ins Internet ließ – Bücher konnte sie zuhauf ausleihen. In früheren Zeiten hatte man angenommen, dass der Vollmond oder eine andere Lichtquelle das Schlafwandeln auslöste, weshalb das Phänomen auch *Mondsucht* genannt wurde. Dies galt jedoch inzwischen als wissenschaftlich widerlegt.

Mondsucht … Lena schaute nach draußen. Der große Park ließ den Eindruck entstehen, man befände sich in einem Hotel und nicht in einer psychiatrischen Klinik.

Viele Menschen verbanden etwas mit dem Mond, und sie selbst hatte sich schon mehrfach dabei ertappt, wie sie zu der großen gelben Scheibe hinaufgestarrt hatte. Auch auf dem Campingplatz war sie nachts umhergeirrt. Julia hatte sich den »Herumschleicher« nicht ausgedacht. Dabei musste sie sich auch die Platzwunde an der Stirn geholt haben.

Lena nahm einen Schluck Tee. In der großen Buche vor ihrem Fenster zankten sich drei Spatzen. Der Abend war gekommen, ohne dass sie es bemerkt hatte.

»Als ich losziehe, fällt das den anderen nicht auf. Luca ist mit Anne im Wald, Julia und Jacko besoffen, die anderen mit den Horrorstorys von Tim beschäftigt. Jetzt erinnere ich mich auch an meine Angst, dieses Gefühl, fliehen zu

müssen, an die lauernde Gefahr. Etwas nähert sich. Ich muss mich verstecken, damit ich nicht entdeckt werde! Schritte nähern sich, ich verberge mich hinter einem Baum, damit man mich nicht sieht. Der Mörder meiner Mama kommt, er sucht mich! Ich habe ihn gesehen, kenne sein Gesicht. Er wird mich umbringen! Ich muss ihm zuvorkommen, bevor er mich findet, muss ihn überraschen, ihn überfallen und in die Flucht schlagen!
Er ist da, stolpert, fällt. Das ist meine Chance!
Schnell werfe ich mich auf ihn, lege meine Hände um seinen Hals, drücke zu!«

Lena holte tief Luft. Ihre Finger zitterten. Fast hätte sie in dem Wahn, der Mörder ihrer Mutter sei hinter ihr her, ihre beste Freundin umgebracht! Nachdem Anne bei der Hypnose gesehen hatte, wer sie dort im Wald angegriffen und gewürgt hatte, war sie zusammengebrochen. Zumindest hatte Papa das erzählt, nachdem die Kriminalpolizei sie direkt aus dem Hotel in Zingst abgeholt hatte. Immer wieder sah sie das verwirrte Gesicht ihres Vaters vor sich. Er hatte die Anschuldigungen genauso wenig wie sie glauben können. Erst nach ihrer Rückkehr, nachdem die Polizei handfeste Beweise präsentiert hatte, war ihm aufgegangen, dass die Beamten sich das nicht nur ausgedacht hatten.

Aber auch da waren sie noch in dem Glauben gewesen, dass es sich um eine Verwechslung handeln müsse. Nichts von den ihr zur Last gelegten Taten hatte sie getan. Jemand wollte sie anschwärzen. Oder es handelte sich um eine Verwechslung. Doch die DNA log nicht. Unter Miriams Fingernägeln hatte man Hautfetzen von ihr gefunden, und nun verstand sie auch, woher am nächsten Morgen die Kratzer an ihren Armen gekommen waren.

Und doch … Dass sie am Tod zweier Menschen schuld war, war ihr erst nach und nach aufgegangen.

Hier in der Klinik, nach vielen Therapiestunden, nachdem die Ärzte das verborgene Wissen für ihr Bewusstsein zugänglich gemacht hatten.

Lena wischte sich die Tränen ab.

Ob Anne jemals die Wahrheit erfahren würde? Und Moritz? Alles war vorbei, die erste große Liebe, die sonnigen Tage am See.

Ihre Mitschüler würde sie wohl nie wiedersehen, Bücherfresser nicht und auch nicht die schreckliche Agathe. Zwar war sie wegen der psychischen Erkrankung und ihres Alters nicht in Untersuchungshaft gekommen, aber das hier war viel schlimmer.

Sie wünschte sich, bestraft zu werden, doch zurzeit stand ein Gerichtsprozess nicht zur Debatte.

Wenn man sie heilte, würde sie nach Jugendstrafrecht verurteilt. Lebenslänglich für Mord hieß hier zehn Jahre. Zehn Jahre Gefängnis. Eine Ewigkeit.

»Ich wollte Anne nichts tun. Nie im Leben hätte ich meine beste Freundin verletzen können! Ich weiß jetzt, dass ich in dem Moment, in dem mein Unterbewusstsein sie erkannt hat, von ihr abgelassen habe. Darüber bin ich froh. Doch sie wird mir das bestimmt nie verzeihen.«

Die Tür sprang auf. »Lena – Abendessen!«

»Komme.« Müde klappte Lena das Buch zu. Sie würde nachher weiterschreiben. Alles musste zu Papier gebracht werden. Ob der Kummer jemals vergehen würde?

*

»… sicher bin ich schon vorher nachts herumgewandert, ohne es zu merken. In den Büchern steht, dass Schlafwandler komplexe Handlungen ausführen können: verschlossene Türen öffnen, Essen kochen, aus Fenstern klettern, das Haus verlassen, Maschinen bedienen und anderes. Auch plötzliches Weglaufen sowie verzweifelte Versuche, einer scheinbaren Gefahr zu entkommen, kommen vor. Man sagt, dass die Schlafwandler ins Bett zurückkehren, ohne das Bewusstsein wiedererlangt zu haben. Nach dem Aufwachen haben sie dann keine Erinnerung mehr an das nächtliche Ereignis.«

Genau wie bei ihr. Wie konnte es sein, dass ein Mensch nachts umherwanderte und kurz darauf von nichts mehr wusste? Die Stimmen der anderen, die im Wald nach Anne riefen, mussten sie aus ihrer Trance geweckt haben, sodass sie in die Realität zurückgekehrt war.

Niemand hatte nachgefragt, wo sie so plötzlich hergekommen war. Dass ihr ein Stück Erinnerung fehlte, war ihr nicht bewusst geworden. Und so hatte sich die Situation am darauffolgenden Abend wiederholt. Nur dass dieses Mal jemand umgekommen war. Lena schluckte. Sie hatte zum Abendessen keinen Bissen heruntergebracht. Seit sie hier war, hatte sie bestimmt schon drei bis vier Kilo abgenommen. Die Ermahnungen der Pfleger waren ihr egal. Zuerst musste sie jede Einzelheit zu Papier bringen, ihre Untaten eingestehen, dann ging es ihr vielleicht besser. Nach dem Angriff auf ihre beste Freundin musste sie nun über Michelle schreiben.

»Anne und ich sitzen in unserem Zimmer im Schullandheim und spekulieren über den nächtlichen Überfall auf sie. Ich sehe aus dem Fenster in die Nacht und spüre Unruhe. Wir wollen im Internet nach ähnlichen Vorfällen suchen, doch es gibt kein Netz. Die Gespräche über Mörder, die durch den Wald laufen und nach Opfern suchen, haben mich aufgeregt, und ich schaue noch ein bisschen aus dem Fenster, während Anne schon im Bett liegt. Wie immer schläft sie fast sofort ein und ich beneide sie ein wenig darum.«

Lena lockerte ihre verkrampften Finger. An jenem Punkt hatte ihre bewusste Erinnerung ausgesetzt und erst wieder begonnen, als sie im Wald mit den anderen nach Michelle gesucht hatte. Alles, was sich in der Stunde dazwischen abgespielt hatte, war in ihrem Unterbewusstsein vergraben gewesen. Bis sie es hier in der Klinik ans Licht gebracht hatten.

»Der Anblick des Waldes da draußen jagt mir Angst ein. Ich muss hier weg! Fliehen! Leise öffne ich das Fenster und klettere nach draußen. Laufe durch die Nacht, einen Pfad entlang, komme zu einer Lichtung. Ich friere. Diese Fins-

ternis! Trotz großer Anstrengungen können meine Blicke die Nacht nicht durchdringen, und ich wünsche mir, dass der Mond hervorkommt und mir leuchtet. Tausend Augen starren mich an, der Wald lebt und will mich fangen.

Dann höre ich schnelle Schritte. Er ist wieder hinter mir her, will mich auf den Boden werfen, würgen, bis ich keine Luft mehr bekomme, bis ich genau wie Mama mit toten Augen blicklos nach oben schaue. Ich ducke mich hinter einen Strauch, damit er mich nicht sieht. Jetzt kommt er heran, er stapft den Berg hinauf, keucht und schnauft. Behutsam richte ich mich auf, folge ihm. Er darf mich nicht bemerken, ich muss ihn von hinten anfallen, den Überraschungsmoment ausnutzen, schnell sein. Nur noch ein paar Meter! Abrupt bleibt er stehen, schaut auf etwas vor sich und ich nutze die Gelegenheit, springe ihn an und lege noch im Fallen die Hände um seinen Hals.«

Lena las den Text noch einmal. Genauso hatte sie sich in jener Nacht gefühlt, als Michelle umgekommen war. In Lebensgefahr. Sie konnte das nur überstehen, wenn sie sich mit allen Kräften wehrte. Der Mörder ihrer Mutter durfte nicht auch noch sie erwischen!

»Ich habe so lange zugedrückt, bis er sich nicht mehr gewehrt hat. Dass der vermeintliche Mörder dem Angriff nichts weiter entgegenzusetzen hatte, ist mir nicht aufgefallen. Nachdem das letzte Zappeln erlahmt war, habe ich Michelle über den Abgrund gestoßen, vor dem sie stehen geblieben war.«

Da hatte sie noch gelebt. Lena zog die Schultern hoch. Michelle war ertrunken. Dass sie sie nicht erwürgt hatte, war kein Trost. Wenn sie und Luca eher vor Ort gewesen wären … Sie war zurückgelaufen, in dem Glauben, das Übel besiegt zu haben, und direkt auf die anderen gestoßen. Dass ihre Erinnerung an die zurückliegende Tat nicht einmal in dem Augenblick aufgetaucht war, als sie mit Luca oben am Rande des Steinbruchs gestanden hatte, hatten die Ärzte mit ihrer »dissoziativen Fugue« erklärt – zielloses, dranghaftes Weglaufen mit anschließender völliger Erinnerungslosigkeit. Betroffene verhielten sich angeblich während der Fugue geordnet und unauffällig, allerdings war der Zustand fast immer mit Verwirrung über die eigene Identität oder mit der Annahme einer neuen Identität verbunden.

Dass der Beginn einer solchen dissoziativen Fugue im Zusammenhang mit besonders traumatischen Lebensereignissen stand, hatte ihr niemand erklären müssen. Nach ihrer Rückkehr aus Waldersbach hatten sich bei ihr Anzeichen wie Albträume, Müdigkeit, Erschöpfung oder Unwohlsein verstärkt, doch niemand war auf die Idee gekommen, dass außer den Erlebnissen im Schullandheim noch etwas anderes dahinterstecken könnte. Nicht einmal dann, als bei der Hypnose die Erinnerung an den Tod ihrer Mutter zurückgekommen war.

Die Tür öffnete sich und Schwester Isabell balancierte ein Tablett herein. Lena vermisste das Anklopfen.

»Deine abendliche Doping-Ration.« Isabell lächelte sie an, als sei sie ein ganz normales sechzehnjähriges Mädchen, reichte ihr den kleinen Plastikbecher und wartete, bis Lena die Tabletten hinuntergespült hatte.

»Und nun ab ins Bett. Morgen ist auch noch ein Tag.«

Natürlich. Morgen war ein Tag und übermorgen und überübermorgen. Unzählige Tage, an denen sie sich mit den Dingen auseinandersetzen konnte. Sie würde ewig hier sein. Lena gähnte und schlurfte ins Bad. Die Medikamente machten sofort müde, und sie schaffte es immer gerade so, noch Zähne zu putzen, bevor sie der Schlaf übermannte.

*

»... wie gut, dass Paul ihr nachgelaufen ist! Wäre er nicht hinzugekommen – ich hätte auch Sara etwas angetan! Goncalves hat ihr das Leben gerettet, und stattdessen hat Anne ihn verdächtigt, der Waldwürger zu sein! Nachdem Moritz Anne abgeholt hatte, habe ich noch ein bisschen auf Lucas Party abgehangen. Ich weiß noch, wie ich hineingegangen bin und mich auf eins der riesigen Sofas gekuschelt habe, weil ich warten wollte, bis Moritz zurückkommt. Dabei muss ich eingeschlafen sein.«

Und dann war sie losmarschiert. Direkt in den Park, den sie sonst im Wachzustand bei Dunkelheit mied, und war dort Sara Blattner begegnet.

Wildes Gezwitscher weckte Lena aus ihren Gedanken. Die Spatzen waren wieder da. Sie stellte sich vor, wie sie ihnen eine Nachricht mitschickte. *Fliegt zu Anne. Sagt ihr, dass es mir so leid tut!*

Die hatten ihr das Handy abgenommen und ins Internet kam sie auch nicht. Alles, um sie zu schützen. Wie sollte sie dann jedoch mit denen da draußen in Verbindung treten? Vielleicht konnte sie Papa bei seinem nächsten Besuch überreden, mit den Neugebauers Kontakt aufzunehmen. Lena zog den Bleistift zwischen den Zähnen hervor. Das Ende war schon ganz abgenagt.

Jetzt kam das Schlimmste. Michelle hatte sie nicht direkt getötet. Aber bei Miriam konnte sie es nicht leugnen. Sie hatte die Mitschülerin erwürgt. DNA-Spuren unter ihren Fingernägeln, die die Polizei nach ihrer Festnahme mit ihrer DNA abgeglichen hatte, bewiesen es.

Einer der Spatzen flog mit einem Tschilpen davon, und Lena sah ihn auf dem Fensterbrett ihrer besten Freundin sitzen, bevor die Tränen hervorkullerten. Sie weinte andauernd. In den Therapiestunden, auf ihrem Zimmer, im Bett. Die Trauer gehöre zur Bewältigung, sagten die Ärzte. Also heulte sie.

»Wir sitzen am Feuer. Moritz hat den Arm um mich gelegt und ich bin so glücklich. Als ich vom Zelt zurückkomme, erzählt Tim gerade wieder eine seiner Horrorstorys. Eine Frau sitzt nachts in einem Waldstück in ihrem Auto, und ein Irrer, der aus einer Anstalt entflohen ist, klopft immer aufs Dach. In dem Moment werde ich ohnmächtig. Heute weiß ich, dass es sich um einen Flashback gehandelt hat. Ohne dass es mir bewusst war, befand ich mich in unserem Auto, Mama war ausgestiegen und nirgends zu sehen, doch dieses Mal wusste ich bereits, was als Nächstes kommen würde.«

Tims Story hatte ihr den Rest gegeben und so war sie in der nächsten Nacht wieder losgezogen. Wenn die Batterien in Yannicks Kamera nicht den Geist aufgegeben hätten, hätte man sehen können, wie sie eine Stunde nach Julia aus ihrem Zelt gekommen war.

Dass Miriam wenige Minuten später auf Toilette gemusst hatte, war nicht vorhersehbar gewesen. Vielleicht hätte sie sonst womöglich Julia erwischt. Aber so hatte sie Miri verfolgt und ins Gestrüpp hinter dem Zaun gezerrt. Auch das ominöse »Nimm dich in Acht« in ihrem Tagebuch war nicht etwa von Julia hineingeschrieben worden. Das hatte sie während der Fugue selbst verfasst. Ihr Unterbewusstsein hatte ihr wohl ein Zeichen geben wollen. Julia hatte zwar ihr Tagebuch geklaut, um es zu lesen, wäre aber wohl kaum so dumm gewesen, mit einem Eintrag darauf hinzuweisen. Dass Yannicks Kamera sie beim Zurücklegen aufgenommen hatte, konnte sie ja nicht wissen. Die Sonderbare war weit weniger verrückt als sie selbst.

Lena sah nach draußen, doch die Spatzen waren weg. Gleich würde Isabell ihr wieder Medizin bringen. Die Schwestern achteten strikt darauf, dass Lena auch alles einnahm. Ihr Aggressionspotenzial sei noch immer sehr hoch und die Medikamente schützten auch sie selbst.

Lena setzte den Stift erneut an. Eins musste sie noch aufschreiben.

Die Therapeuten lasen ihre Eintragungen sehr gründlich und besprachen alles mit ihr. Vielleicht gelang es ihr, sie damit zu beeinflussen.

»Nachdem dieser Rickert ausgepackt hat, haben sie Mamas Leiche gefunden …«

Die Buchstaben verschwammen vor ihren Augen, doch sie schrieb einfach weiter.

»Ich wünsche mir so sehr, dass ich zur Beerdigung rausdarf. Bitte! Und ich möchte Anne und Moritz einen Brief schreiben. Ich wollte niemanden töten! Das müsst ihr mir glauben.«

Claudia Puhlfürst
Lügenschwester
368 Seiten. Gebunden
ISBN 978-3-649-62115-7
Auch als **@book** erhältlich:
ISBN 978-3-649-66871-8

Kat ist verschwunden. Meine große Schwester hat sich tierisch mit Mama gezofft und seitdem hat sie niemand mehr gesehen. Ich war mir ziemlich sicher, dass sie nur wegen des Streits abgehauen ist – so war Kat schon immer. Und diese seltsamen Entführerschreiben im Briefkasten waren ganz bestimmt auch von ihr! Es muss so sein! Denn sonst hätte ich einen riesigen Fehler begangen, als ich mich dazu entschieden habe, die Nachrichten verschwinden zu lassen, damit Mama nicht in Panik gerät … Aber wenn Kat doch etwas zugestoßen ist? Was soll ich denn jetzt machen?

Zu sehr in ihren Lügen verstrickt, traut Sarah sich nicht, die Wahrheit zu sagen – nicht einmal vor der Polizei. Und so beginnt ein gefährliches Katz-und-Maus-Spiel, bei dem selbst der Leser nicht weiß, wem er noch trauen soll …

Corina Bomann
Schwanentod
368 Seiten. Broschur
ISBN 978-3-649-61683-2
Auch als **@book** erhältlich:
ISBN 978-3-649-66869-5

Ein grausiger Fund erschüttert das Leben auf der beschaulichen Urlaubsinsel Rügen: Die aufstrebende Ballerina Sandrine treibt in einem Schwimmbecken – tot, mit abgeschnittenen Füßen und umgeben von weißen Schwanenfedern.
Die 17-jährige Clara liest in der Lokalzeitung von dem Mord. Als sie kurze Zeit später eine bedrohliche anonyme SMS erhält, wird ihr klar, dass es jemand auch auf sie abgesehen hat. Etwa Sandrines Killer? Was plant er als Nächstes? Clara beginnt zu recherchieren und schaut hinter die Fassade der Ballettwelt, in der ein harter Konkurrenzkampf herrscht.
Dabei ahnt sie nicht, dass ein Spiel begonnen hat, bei dem nicht nur ihr Leben, sondern auch das ihrer Freunde in tödlicher Gefahr ist.